KB238918

수선경

허담 新무협 판타지 소설

FANTASTIC ORIENTAL HEROES

수선경 6

허담 新무협 판타지 소설

초판 1쇄 찍은 날 § 2013년 11월 27일
초판 1쇄 펴낸 날 § 2013년 12월 3일

지은이 § 허담
펴낸이 § 서경석

편집부장 § 권태완
편집책임 § 어정원

펴낸곳 § 도서출판 청어람
등록번호 § 제1081-1-89호
등록일자 § 1999. 5. 31
어람번호 § 제2-2431호

주소 § 경기도 부천시 원미구 심곡2동 163-2 서경B/D 3F (우) 420-822
전화 § 032-656-4452 팩스 § 032-656-4453
http://www.chungeoram.com
E-mail § chungeorambook@daum.net

ⓒ 허담, 2013

ISBN 978-89-251-3592-2 04810
ISBN 978-89-251-3391-1 (세트)

허담 新무협 판타지 소설

FANTASTIC ORIENTAL HEROES

水仙經

수선경

6

[운명의 끈]

도서출판
청어람

第一章

피의 수레바퀴

수선
경

초로의 노인이 먹빛 장삼을 걸치고 산길을 헤쳐 나가고 있었다. 그의 뒤를 이제 갓 소년의 티를 벗은 두 청년이 따르고 있었는데 청년들은 등에 작은 궤를 지고 있었고 허리춤에는 검이 매달려 있었다.

"하아… 힘들군!"

문득 노인이 걸음을 멈추고 시선을 들었다. 그러자 그의 눈앞에 그리 높지는 않지만 숲이 무성하고 신령스런 기운이 감도는 산봉우리가 들어왔다.

주위에는 그보다 두어 배는 높은 봉우리가 제법 많았으나 작은 봉우리의 산은 기이하게도 그 커다란 봉우리 중에서 유난히 사람의 눈을 잡아끄는 묘한 기운이 있었다.

"언제 봐도 명산이야."

노인이 중얼거렸다. 그러고는 시선을 돌려 산 주변의 풍광을 살핀다. 그러다가 문득 한 청년에게 묻는다.

"망출, 어찌 생각하느냐? 이 일이 과연 성공할 수 있을까?"

그러자 노인의 질문을 받은 청년이 머리를 조아리면서 대답한다.

"대인의 심모원려가 깃든 일이니 어찌 실패할 수 있겠습니까?"

"나 하나가 세상을 어찌할 수 있었다면 지금 내가 이런 고생을 하고 있겠느냐?"

"……."

노인의 말에 청년이 대답을 하지 못한다. 그러자 다시 노인이 입을 열었다.

"계책은 사람이 꾸미지만 일의 성사는 하늘의 몫이다. 나로서야 지난 세월 이 일에 모든 심력을 쏟았지만 결국 일의 성패는 하늘의 몫인 거지. 진인사대천명이란 말이 그래서 나온 거야. 참으로 고약한 말이지. 어찌 모든 일은 천신이 주관하는 것일까?"

어찌 보면 신세를 한탄하는 말 같지만 사실은 노인의 강렬한 자존감이 드러나는 말이다. 하늘조차도 상대해 낼 듯한 노인의 기세다.

"비록 천운이 따라야 한다지만 이번 일은 백에 아흔아홉 실수가 없을 것입니다. 제가 볼 때는 십할 대업이 완성되리라 생각합니다. 물론… 시작이 중요하겠지요."

"그래. 무슨 일이든 시작이 중요하지. 나 왕함보의 승부가 시작되는 곳이다. 이 가한산은…….."

노인의 눈에서 강렬한 빛이 흘러나온다. 단번에 눈앞의 봉우리를 쪼갤 듯한 기운이 깃든 눈빛이다. 그러자 그의 뒤에 서 있던 두 청년이 두려운 빛을 보이며 두어 걸음 물러난다. 노인의 입이 다시 열렸다.

"스님, 두고 보시오. 내 천하를 들고 스님 앞에 가겠소. 그때도 스님의 뜻이 다르지 않은지 묻겠소."

* * *

쿵!

무거운 소음이 들려오며 빛이 들어왔다. 한 주먹 크기의 구멍이 만들어낸 빛이 동굴 속을 비췄다. 그러자 다시 청풍이 손에 진기를 모아 장력을 쳐냈다.

퍼펑!

이번에는 제법 요란한 소리가 일어났다. 그러자 푸르스름한 달빛이 한 가득 밀려들어 와 청풍과 그가 지나온 동굴을 비췄다. 멀리 황하로 흘러드는 강줄기가 보인다. 달빛 아래 굽이진 강은 거대한 이무기가 승천하기 위해 꿈틀대는 것처럼 보였다.

사위는 조용했다. 깊은 밤이니 침묵이 지배하는 시간이다.

타유가 조금 더 동굴위 입구 쪽으로 다가가 발아래를 내려다보았다. 수십 장 절벽 아래로 깊은 물길이 보인다. 강줄기가 절벽과 만나 만들어진 소는 그 깊이를 측정하기 어렵다. 밤이 아니라 낮이라도 그러했을 것이다.

"탈출은커녕 잘못 뛰어내렸다가는 뼈도 못 추리겠는걸?"

청풍이 탈출로 치고는 지나치게 위험한 절벽과 강물을 번갈아 내려다보며 중얼거렸다. 그러면서 발끝에 놓인 돌 하나를 가볍게 찼다. 그러자 그의 발에 채인 돌이 동굴을 벗어나 절벽 아래로 떨어져 내리기 시작했다. 급기야는 물속으로 사라졌는데 그즈음에서는 돌의 모습도 거의 보이지 않았고, 물에 빠져드는 소리도 들리지 않았다. 그만큼 높은 절벽 위란 뜻이다.

"생사를 하늘에 맡겨야 하는 길이군. 그런데 그들은 죽은 것일까? 산 것일까?"

청풍이 고개를 갸웃했다. 청풍이 서 있는 곳은 천중원의 원주들이 대대로 비밀리에 지켜오고 있었다는 탈출로였다. 당금의 천중원주 야율령이 자신을 배신하고 연정의 바다에 빠진 그의 부인과 호위무사를 화탄과 함께 묻었다는 그 비도, 그 이후로는 그 누구도 들어와 본 적이 없다는 비도를 청풍이 은밀히 살피고 있었던 것이다.

청풍이 찬찬히 비도를 살피며 출구까지 도달했지만 그 와중에 사람의 흔적은 발견할 수 없었다. 화탄에 불탔더라도 유골은 있어야 하는데 검게 그을린 비도 입구에도, 수십 장 절벽과 이어진 비도의 출구에도 사람의 흔적은 없었다.

사람의 흔적이 남아 있지 않다는 것은 그들이 탈출에 성공했다는 의미인데 이상한 것은 비도의 출구가 막혀 있었다는 것이다. 탈출하던 두 사람이 절벽에 매달려 비도의 출구를 다시 막았을 리는 없다. 그러니 두 사람이 이 출구를 통해 외부로 나가지는 않았다는 말이 된다. 그러면 도대체 그 두 사람은 어디로 사라진 걸까. 죽은 흔적도 없고 탈출한 흔적도 없으니 기이한 일이 아닐 수 없었다.

　"다른 길이 있는 걸까?"

　그럴 수도 있었다. 애초에 이 비도는 천중원을 처음 세운 야율가의 선조들이 천연동굴을 이용해 만든 비도임으로 그 안에 다른 곳으로 이어지는 작은 동굴이 있을 수도 있었다. 그러나 지금으로선 확인할 수 없는 일이다. 쉽게 찾을 수도 없을 테지만 혹 다른 사연이 숨어 있을 수도 있었다. 더군다나 청풍에게는 이곳에 오래 머물러 있을 시간도 없었다.

　청풍이 다시 출구를 막기 시작했다. 다행히 주변에 돌과 바위가 많아 출구를 막는 것은 그리 어렵지 않았다. 출구를 막자 동굴이 다시 어둠의 세상으로 변했다. 청풍은 한 치 앞도 보이지 않는 어둠 속에서 걸음을 옮기기 시작했다. 어둡기는 했지만 들어온 길을 되돌아 나가는 것은 어려운 일이 아니었다. 동굴 안과 다른 동굴 밖의 공기가 청풍에게 길을 알려주고 있었기 때문이었다.

　다섯 대의 수레가 절벽 아래로 이어진 길을 따라 움직였다.

수백 년을 이어온 천중원의 역사를 생각하면 초라하기 이를 데 없는 행장이다. 타유는 절벽의 중턱에서 먼 길을 떠나는 야율령 일행을 바라보고 있었다. 다른 식솔들은 미리 떠나보내고 가장 늦게 천중원을 떠나는 야율령은 차마 발걸음이 떨어지지 않는 듯 몇 번이고 고개를 돌려 까마득한 절벽 위 천중원과 그 주변의 숲을 바라보곤 했다.

그러다 한순간 야율령의 시선이 타유와 마주쳤다. 타유가 두 손을 모아 가볍게 포권을 해 보이자 야율령 역시 가볍게 고개를 숙여 보인다. 그러고는 이내 초라한 행렬을 이끌고 북쪽으로 향했다.

타유와 청풍은 야율령 일행이 눈에 보이지 않을 때까지 그 자리를 지켰다. 작지만 한 시대가 저물어가고 있었다. 아마도 그들은 중원에 남아 있던 최후의 요 황실 인물일 터이다. 이제 다시는 중원에서 야율씨의 왕조를 꿈꾸는 자들을 만날 수 없을 것이다.

그러나 누군가에게 끝이 누군가에게는 시작이다. 타유와 청풍은 이제 야율씨가 떠난 이 천중원에서 새로운 시작을 하게 될 것이다. 물론 그 끝은 누구도 예상할 수 없을 테지만…….

*   *   *

"이 거지야, 이렇게 갑자기 날 찾아오면 어쩌란 말인가?"

평범한 마부의 모습을 한 초로의 노인이 어둠 속에서 투덜거렸다.

"제길, 자네가 연락을 하지 않으니 내가 올 수밖에."

"하여간 거지들은 급해. 어련히 알아서 연락을 할까."

"최근 강호의 정세가 심상치 않네. 사방에서 기이한 고수들이 가한산에 모여들었단 말이야. 맹의 판단으로는 그들이 바로 혈막오류의 고수들이 아닐까 생각하고 있다네."

"당연하지."

노인의 대답에 추레한 차림의 늙은 거지가 놀란 눈으로 노인을 바라봤다.

"알고 있었나?"

"모르고 있었다면 어찌 내가 이곳에 있을까."

"하긴 등나 자네가 밀문에 들어온 이상 그 일을 모를 리 없지. 그래, 무슨 일이 있는 건가?"

"가만… 그러고 보니 이상하군. 그걸 내가 왜 자네에게, 그것도 다름 아닌 의천맹의 현무기주에게 말해줘야 한단 말인가? 내가 의천맹 사람인가?"

노인의 반문에 늙은 거지가 머리를 긁적였다. 늙은 거지는 타유와도 인연이 깊은 개방의 구결장로 팔비수 지광이다. 그리고 그와 대거리를 하고 있는 노인은 사대현인으로 불리는 자부진인 등나였다.

"뭐… 물론 자네가 의천맹에 강호의 소식을 전할 의무는 없지. 그러나 자네도 알다시피 천하가 혼란한 시절로 접어드는 이때, 그나마 강호의 정기를 지킬 수 있는 곳은……"

"의천맹뿐이다?"

"그렇다네."

지광이 대답하자 등나가 코웃음을 쳤다.

"흥, 말도 안 되는 소리."

"무슨 말인가? 그렇다면 우리 의천맹 말고 강호의 암류를 상대할 세력이 또 있단 말인가?"

"그런 것이 아니라 의천맹이 강호의 정기를 지킨다는 말이 하도 가소로워서 말이야. 의천맹에 모인 자들의 목적을 모르는 내가 아닐세. 자네 입으로 내가 강호사대현인이라고 해놓고도 그런 말을 하나?"

등나의 말에 지광이 어색한 미소를 짓는다.

"아, 뭐 의천맹에도 야심가가 많다는 것은 나도 인정하지. 그러나 혈막오류보다야 낫지 않겠나? 최선이 아니면 차선이라도 택해야지. 그게 세상의 이치 아닌가?"

"그래서 내가 이렇게 자네를 만나주는 거야. 그렇지 않다면 아예 상대도 하지 않았을 걸세."

"좋아, 좋아. 그러니 이제 말해보게. 도대체 무슨 일이 있는 거야?"

"음… 혈막오류의 수장들이 가한산에 모인 것은 맞네."

"예상대로군. 아까운 일이야."

지광이 나직하게 탄식했다.

"뭐가 아깝다는 건가?"

등나가 의아한 표정으로 물었다.

"그렇지 않은가? 그들이 가한산에 모인다는 사실을 미리 알았다면 중원의 모든 고수를 동원해 가한산에 천라지망을 펼쳤을 수 있을 텐데."

"그만하게. 이래서 내가 마음 놓고 혈막의 소식을 전할 수 없는 거야."

등나가 불쾌한 표정으로 소리쳤다.

"아니, 왜 그러나?"

지광이 등나가 화를 내는 이유를 모르겠다는 듯 되물었다.

"자네 의천맹의 전력이 이백 년 전에 비해 어떻다고 생각하나?"

"그야……."

지광이 말꼬리를 흐린다.

"흥, 물론 그동안 봉문하다시피 한 구파와 명문세가들이 암중에 각자 힘을 길러온 것을 모르는 바가 아니야. 그러나 그렇다고 이백 년 전의 성세를 회복했다고도 할 수 없을 걸세. 그런데 이백 년 전에도 당하지 못한 혈막오류를 지금은 당할 수 있을 거라 생각하는가?"

"그러니 중요한 기회 아닌가? 가한산에 그들의 수뇌들이 모였으니 그를 기회로 기습을 하면……."

"아아, 이 어리석은 친구 같으니. 기습도 전력이 얼추 상대가 될 때 해야 효과가 있는 법이라네. 지금 가한산을 급습한다면 아마도 의천맹은 전멸을 면치 못할 걸세. 내가 이걸 걱정했던 거야. 가한산에 혈막오류의 수장들이 모이는 것을 알면 그는 반드시 무슨 수를 내려 할 것이기에."

"마뇌 어른을 말함인가?"

"어른은 무슨……."

등나가 못마땅한 표정을 짓는다.

"그래도 자네보단 여러 살 위가 아닌가?"

"젠장, 강호의 서열이 어디 나이로 정해진다든가? 아무튼 지난날 송백림의 일도 있고… 그는 너무 위험한 계책을 많이 써. 자네 말대로 의천맹이 중원 무림 최후의 보루라면 좀 더 신중할 필요가 있을 걸세."

"자네의 말을 듣고 보니 그런 것도 같군. 그런데… 그들이 왜 가한산에 모인 것인가?"

지광은 은밀한 어조로 물었다. 그러자 등나가 고개를 젓는다.

"나도 그 자세한 사정은 모르겠어. 내가 비록 밀문에 들어와 있다고는 해도 난 그저 모가장에서 파견한 마차꾼일 뿐이니까. 중요한 일에는 접근하기가 어렵네."

"그도 그렇겠지. 그러나……."

지광이 등나의 눈치를 본다.

"그를 만나라고?"

등나가 되물었다.

"지금쯤이면 만나야지 않겠나?"

"음, 그렇긴 하지만……."

등나가 그답지 않게 말을 얼버무린다.

"왜 그러나? 문제가 있나?"

"그것이 말이야. 솔직히 말하면 그가 좀 두렵네."

"그가 두렵다고?"

"그렇다네."

등나가 고개를 끄덕였다. 그러자 지광이 실실거리면서 웃음을 흘린다.

"흐흐흐, 이것 참 기사 중에 기사로군. 자부진인 등나에게도 두려운 사람이 있다니. 그의 무공이 그리 대단한가?"

"그의 무공이 두려운 것은 아니야. 무공이라면 그보다 강한 사람이 있을 수도 있겠지. 내가 두려운 것은 그의 마음과 머리네."

"무슨 말인가?"

"나와 같은 사람은 사람들의 생각을 읽는 것으로 세상을 헤쳐 나가지. 상대의 생각을 알고 나면 사실 그에 대한 대처는 무척 수월한 편이거든. 그런데 그는 도통 생각을 읽을 수가 없어. 그가 지금까지 걸어온 행보는 절대 정상적인 것이 아니야. 정과 사가 모호하고 진퇴 역시 가늠할 수 없네. 때로는 의외의 사람들과 친해지기도 하고……."

"속을 알 수 없어서 무섭다?"

"그렇다네. 그러니 내가 그를 만나기 쉽겠나? 내가 그동안 계속 그의 곁에 머물러 왔다는 사실을 아는 순간 그가 어찌 나올지……."

등나의 말에 지광이 고개를 끄덕였다.

"듣고 보니 그렇군. 사실 나도 그가 밀문의 삼왕까지 될 줄은 몰랐어. 난 그가 모가장을 멸문시키는 것으로 금석촌에 대한 복수를 끝낼 거라고 생각했거든. 그런데 밀문이라니… 그것도 밀문 삼왕이야. 도대체 그런 일이 어떻게 가능했을까?"

"둘 중 하나지. 능력이 그만큼 출중하든지, 아니면 운이 좋은 것이든지……."

"어느 쪽이든 탐나는 건 마찬가지야. 그러니……."

지광이 말꼬리를 흐린다. 그러자 등나가 다시 눈에 쌍심지를 켠다.

"그러니 결국 나보고 그를 만나라고?"

"지금이 가장 필요한 때네. 그는 혈막의 향후 행보를 자세히 알고 있을 거야. 그 사정을 알게 된다면 역시 다음의 일을 계획할 수 있지."

지광이 말했다. 그러자 등나가 침묵을 지키다가 말했다.

"생각해 보지."

"생각해 보겠다고? 무슨 대답이 그런가?"

"이보게. 팔비수, 난 여전히 의천맹을 믿을 수가 없어."

"날 못 믿는다는 말인가?"

"아니, 팔비수 지광은 믿어도 의천맹은 못 믿는다는 말이야. 특히나 마뇌 하순이 군사로 있는 의천맹은 더더욱……. 그런데 자네 설마 그의 존재를 맹에 알린 것은 아니겠지?"

"그야 이를 말인가? 목숨을 걸고 약속을 한 일인데……."

지광이 대답했다.

"절대 그에 대해 입을 열면 안 되네. 만약 마뇌의 귀에 그의 존재가 들어가면 마뇌는 반드시 어떤 방법으로든 그를 이용하려 할 거야. 그게 그를 죽이는 일이 되더라도 말이야. 그러니……."

"걱정 말게."

지광이 고개를 저으며 말했다.

"그래. 내 자네는 믿지. 난 그만 가봐야겠네. 오래 자리를 비울 수가 없어."

"알겠네. 내가 한 말은 곰곰이 생각해 보게. 다시 연락하지."

"그러세."

등나가 대답을 하고는 세심히 주변을 살핀다. 인적이 없는 것을 확인하고 신형을 움직이려는데 문득 지광이 물었다.

"그런데 말이야. 이 천중원을 그의 손에 넣어준 것은 자네의 계책이었나?"

"왜 그리 생각하나?"

등나가 고개를 돌리며 물었다.

"내가 알아본 바에 의하면 야율령을 속이고 수만금을 챙겨 간 자는 그 흔적이 묘연했네. 그런 큰일을 벌인 자라면 반드시 우리 개방의 눈에 들어와야 하는데 그자를 찾을 수 없었지. 그래서 난 퍼뜩 이런 생각이 들더군. 자네만이 이렇게 흔적 없이 일을 처리할 수 있을 거란 생각 말일세. 더군다나 자네에게는 아주 특별한 친구들이 있지 않은가?"

"좋을 대로 생각하게."

등나가 대꾸했다. 그러자 지광이 빙그레 미소를 지었다.

"역시 자네였군."

"가네."

등나가 짧은 인사를 남기고는 어둠 속으로 사라졌다. 그러자 지광이 중얼거렸다.

"고기가 있는 곳에 그물을 치는 것이 아니라, 고기가 올 곳에 그물을 치고 고기가 들기를 기다리는 것이 훨씬 노련한 어부지. 등나, 자네는 밀문을 천중원이라는 그물에 가두었군. 그 안에서 자네 마음껏 그들을 요리할 수 있을 테지. 후후후, 역시 대단한 친구야. 자네가 아무리 부정하려 해도 그런 자네의 능력은 결국 의천맹을 위해 쓰일 걸세. 다음에 만나게 될 때는 좀 더 많은 이야기를 들을 수 있겠지."

지광의 말이 끝났을 때 그의 신형은 이미 장내에서 사라지고 없었다. 숲에 다시 고요가 찾아왔다. 천중원 절벽 아래 펼쳐진 깊은 산중에서 일어난 일이었다.

등나가 서둘러 마차가 있는 곳으로 걸어 나왔다. 그러자 석 대의 마차를 지키고 있던 모가장의 무사들 중 하나가 놀려댔다.

"어이 등 씨. 그래, 볼일은 시원하게 보았소?"

"그렇수."

등나가 퉁명스레 대답했다.

"어째 이곳까지 냄새가 풍기는 것 같소. 멀리 가서 본 것이 확실하오?"

"그렇다고 하지 않았소? 그런데 어제 누가 술에 장난을 친 것이오?"

"장난이라니 무슨 소리요?"

"다 같이 술을 마셨는데 나만 오늘 다섯 번째 볼일을 보지 않았소. 이는 필시 누군가 나를 골탕 먹이려 술에 장난을 친 것이 분명하오. 육 표두께서 반드시 그자를 찾아주시오."

"저런… 정말 그렇다면 정말 고약한 장난이오. 하물며 육십이 넘은 노인에게… 쯔쯔, 내 나름대로 조사를 해보겠소. 그런데 힘들면 이 일을 그만하시겠소?"

그러자 등나가 얼른 고개를 젓는다.

"아, 아니오. 뭐, 그냥 조금 서운하달 뿐이지, 어찌 일을 그만두겠소. 흐흠!"

일을 그만두면 당장 목구멍에 거미줄을 쳐야 할 사정인 듯 등나가 고개를 젓자 육 표두라 불린 자가 음흉한 미소를 지으며 말했다.

"역시 세상을 오래 사신 분이라 셈이 빠르시구려. 자, 잘들 쉬었으면 그만 가지. 짐을 장원으로 올리는 것은 힘든 일이니 모두 단단히 각오들 하라구!"

사내의 말에 마차 주변에서 쉬고 있던 무사들과 마부들이 자리를 털고 일어나 마차를 몰기 시작했다.

절벽 아래까지 마차로 실어온 짐을 천중원으로 올리는 방법은 두 가지였다. 하나는 인부들이 등에 지고 위태로운 절벽 길을 올라 나르는 방법이고, 다른 하나는 절벽 위에서 내려 보낸 줄에 짐을 매달아 올리는 것이었다.

귀하고 파손되기 쉬운 짐들은 인부들이 직접 날랐다. 반면 오늘처럼 천중원을 밀문의 본거지로 개축하기 위해 들여온 자재들은 줄에 매달아 절벽 위로 올렸다. 그 일이 하루 종일 계속되고 있었다.

"서둘러라. 곧 저녁이다. 달 보며 일하고 싶은 거냐?"

인부들을 독려하는 목소리가 매섭다. 그 모습을 타유와 청풍이 절벽 위에서 내려다보고 있었다.

"일은 계획대로 될 것 같아요."

청풍이 말했다.

"그는 오지 않았군."

"모잠이요?"

"응."

타유가 고개를 끄덕였다.

"아무래도 그는 지난번에 밀황을 만난 이후 조금 의기소침해진 것 같아요."

"그렇겠지. 모가장에서는 모든 사람이 그를 떠받들지만 밀문은 다르니까. 그러나 그래도 밀문 삼전의 부왕으로서 해야 할 일은 해야겠지."

"그를 불러오실 거예요?"

"그래야, 그곳에 남아 있는 사람들의 일이 수월해진다."

모가장에는 천소관 등의 금석촌 출신 무인들이 남아서 모가장에 대해 샅샅이 들여다보고 있었다. 또한 모가장의 무사들과 친분을 쌓기 위해 노력하고 있었는데 그 일이 성공한다면 필시 모가장은 무너지고 금석촌은 모가장의 굴레에서 벗어나는 데 큰 도움이 될 터였다. 그러려면 아무래도 모잠이 장원을 비우는 날이 많아야 한다.

"밀황이 오면 그도 와야겠죠."

청풍이 말했다.

"얼마나 남았지?"

"이제 한 달 정도 남았어요."

"시간이 없구나. 그가 만족할지 모르겠다."

"그는 충분히 만족할 거예요. 이런 곳을 찾았다는 것 자체가 기쁠 거예요."

"천중원이라… 정말 좋은 곳이다. 마치 하늘에서 뚝 떨어지듯 이런 장원이 내 손에 들어오다니 가끔은 기이한 생각도 드는구나."

타유가 절벽 위에 거대한 성처럼 서 있는 천중원으로 시선을 돌렸다. 서서히 해가 지고 있어 어둑한 기운이 장원과 숲을 쉽게 구분할 수 없게 만든다.

그런데 그때였다. 한 명의 인부가 급히 타유와 청풍이 있는 숲 쪽으로 달려왔다. 그리고 그 뒤에서 사람들의 왁자한 웃음이 터져 나왔다.

"하하, 등 노인 또 볼일을 보러 가는 거요? 오늘 벌써 몇 번째요? 그러다가 창자까지 쏟아내겠소."

아마도 급하게 볼일을 보러 숲을 찾아드는 사람인 듯 보였다. 그런데 공교롭게도 그의 발걸음이 타유와 청풍이 있는 곳으로 향했으니 볼일을 볼 장소를 찾는 것이라면 자리를 한 참 잘못 찾았다고 할 수 있었다.

그런데 사람들의 시야에서 사라진 노인은 두 사람을 보고도 거침없이 두 사람 앞으로 다가왔다. 이는 정말 놀라운 일이었다. 밀문에서 밀문 오전의 왕들은 절대적인 존재다.

그래서 밀문의 고수들 중 타유에게 이렇게 겁없이 다가설 수 있는 사람은 오직 밀황과 몇몇 수뇌뿐이다. 그런데 이 추레한 마부가 두려움 없이 타유의 앞에 다가섰으니 타유와 청풍이 놀라지 않을 수 없다.

"뭐냐?"

타유가 차갑게 물었다.

"오랜만이오."

볼일을 보러 숲에 온 노인의 입에서 예상치 못한 목소리가 흘러나왔다. 타유의 눈이 가늘어졌다. 자신을 알고 있다는 말이고, 그것도 제법 인연이 있는 자의 말투다. 그러나 타유의 기억 속에는 노인과 같은 마부와 인연을 맺은 적이 없다.

어쩌면 모가장에서 잠시 스치고 지나쳤을 수는 있다. 그러나 그런 인연으로 감히 밀문 삼왕에게 이렇게 대범하게 다가서는 자는 없다.

"변복을 했는가?"

타유가 무표정한 얼굴로 물었다. 청풍은 어느새 타유로 부터 떨어져 노인의 후미로 돌아서고 있었다. 이제 노인이 두 부자 앞에서 도주할 길은 없다.

"날 모르시겠소?"

노인이 다시 물었다.

"정체를 밝혀라."

타유는 노인과 말씨름을 하고 싶은 생각이 없었다. 정체를 드러내지 않으면 검을 쓰면 그만이다. 타유가 검을 잡아갔다. 평소에 잘 쓰지 않는 단천마검이다. 이유는 단 하나, 자신의 정체를 알고 있는 자를 가볍게 대해서는 안 되기 때문이었다. 그런데 그때 노인이 타유가 전혀 예상치 못한 말을 했다.

"어떠시오? 단천마검은 쓸 만하시오?"

순간 타유의 손이 멈췄다. 자신에게 단천마검이 있는 것을 아는 사람은 강호에 오직 셋뿐이다. 자부진인 등나와 공묘천, 그리고 아마 개방의 팔비수 지광도 알고 있을 것이다. 타유가 눈을 가늘게 뜨고 날카로운 시선으로 노인을 살폈다. 그러다가 나직하게 말했다.

"이제 보니 자부진인이시구려."

"이제 알아보시겠소?"

노인이 빙그레 미소를 짓는다. 노인의 대답에 타유는 정말 자부진인 등나가 자신의 앞에 있음을 실감했다. 놀라운 일이다. 어찌 밀문까지 들어올 수 있었을까. 그것도 이런 태연한 모습으로…….

"대범하시구려."

"그리 어려운 일도 아니라오."

"날… 따라다니고 있었던 거요?"

"뭐… 그렇다고 할 수 있소. 하지만 오해는 마시오. 난 그저 모가장과 밀문… 아니, 혈막오류라고 해야 하나? 그들에 대해 알고 싶었을 뿐이오."

"그 도구로 날 이용했구려."

하나를 보면 열을 알 수 있다. 자부진인 둥나는 타유의 그늘에 숨어서 타유의 행보를 따르며 모가장과 밀문, 그리고 혈막오류에 대해 알아가고 있었을 것이다. 아무도 예상치 못한 모습으로…….

"이용이라니. 그저 밥상에 숟가락 하나 더 얹었다고 생각하시구려."

어찌 보면 뻔뻔한 대답이기도 하지만 또 어찌 보면 맞는 말이기도 했다. 타유와 청풍이 그를 위해 직접 한 일은 아무것도 없었다.

"오늘은 어째서 모습을 드러낸 것이오?"

"뭐랄까… 이젠 호기심을 참을 수 없는 지경이 되었기 때문이라고 할 수 있소."

"뭘 알고 싶소?"

"도대체 혈막이 지금 어떻게 돌아가고 있는 것인지 그걸 알고 싶소. 갑자기 왜 밀문이 본거지를 만드는 것인지도 궁금하고……."

"단천마검을 준 것에 대한 대가요?"

타유가 물었다.

"그건 아니오. 단천마검은 스스로 자신의 주인을 찾아간 것 뿐, 내가 준 것은 아니라오."

"그럼 왜 내가 진인께 혈막과 밀문의 일에 대해 말해줘야 하오?"

"그건 음… 작은 빚을 갚는 거라 생각하면 될 것 같소."

"빚? 난 단천마검 말고는 진인께 빚을 진 기억이 없는데……."

"사람이 살아가다 보면 자신도 모르는 사이에 남에게 빚을 지게 된다오. 그것이 의도치 않은 일이라 해도 말이오."

"알고 싶구려. 내가 진인께 무슨 빚을 졌는지……?"

"천중원이 그냥 허공에서 툭하고 타 대협의 발아래 떨어졌다고 생각하오?"

순간 타유의 눈빛이 번쩍인다. 그동안 뭔가 수수께끼처럼 찜찜했던 일이 한순간에 풀려 버리는 느낌이다.

"그럼……?"

타유가 자부진인 등나에게 되물을 때 숲 저편에서 누군가의 짜증스런 목소리가 들려온다.

"이보시오, 등 노인. 아예 그곳에 살림을 차릴 생각이오?"

"아, 알겠소. 금방 가겠소. 지금은 가봐야 할 것 같구려. 오늘 밤 찾아가리다. 번을 서는 자들이 있으니 마중을 나와주시구려."

등나가 거리낌없이 요구한다. 그러자 타유가 잠시 등나를 바라보다 고개를 끄덕였다.

"좋소이다. 그리합시다."

"그럼 밤에 봅시다."

등나가 말을 내뱉고는 서둘러 숲 저쪽으로 달려갔다. 그러자 잠시 후 등나가 사라진 쪽에서 그를 놀리는 목소리가 들린다.

"이보시오, 등 노인. 아무래도 오늘 이 천중원의 숲은 기름진 거름을 얻을 것 같소이다."

"제길, 그런 말 마십시오. 이젠 말할 기력도 없는데……."

"자자, 오늘은 그만 들어가 쉬시오. 내 특별히 등 노인을 저녁 일에서 빼주겠소."

"그, 그래 주겠소?"

"아무래도 형제들의 장난이 지나쳤던 모양이오. 들어가 쉬시오."

"고맙소이다, 육 표두!"

"흐흠. 나니까 그나마 사정을 봐주는 줄 아시오."

표두의 거드름 피우는 소리를 끝으로 더 이상 등나의 목소리는 들려오지 않았다. 그러자 청풍이 타유에게 물었다.

"정말 그가 이 천중원을 우리에게 준 것일까요?"

"그의 능력이라면 그럴 수도 있지."

"하지만 우리가 마땅한 장소를 찾기 시작한 것은 겨우 한 달

전이에요. 그런데 어떻게 그 사이에……?"

"그가 누구냐? 그는 강호사대현자 자부진인 등나다."

"그래도 그건 너무 짧은 시간인데……."

"두 가지는 생각할 수 있다."

타유가 확신하듯 말한다.

"……?"

"하나는 그가 오래전부터 이 천중원에 욕심을 내었을 수 있다는 것, 다른 하나는 그에게 다른 조력자가 있다는 것이다. 그 혼자서는 모가장과 밀문에 잠입해 있으면서 이런 일을 도모할수가 없었을 테니까."

"그렇다면… 혹 의천맹이 아닐까요?"

"글쎄다. 그가 비록 팔비수 지광과 친분이 두텁다고는 해도 의천맹을 도울 일은 없을 것 같았는데… 두고 보면 알겠지."

"길흉을 점치기 어려운 인물이에요."

"선악의 구분도 모호하다. 모르겠구나. 그를 가까이하는 것이 좋을지. 그러나 당장은 무척 쓸모가 있지."

"어째서요?"

"그가 누구냐? 세상에서 가장 똑똑하다고 알려진 사람이다. 그러니 당연히 기문진식에도 능할 터, 이 천중원을 개축하는데 그와 같은 사람의 도움이 있다면 일은 한결 수월할 것이다. 더군다나 그는 우리의 정체를 아는 사람이……."

"그에게 비도에 대해 말할 건가요?"

"하나만 숨기고 모두 말해주는 것이 좋겠지. 그게 그를 제대로 쓰는 방법이 될 것이다."

"두렵네요. 그가 배신을 한다면……."

"세상에 위험하지 않은 일은 없다. 우리가 밀문에 들어온 것은 그를 쓰는 것보다 몇 배는 위험한 일이지."

"그렇기는 해요."

"한편으로는 곁에 두고 살피는 편이 나을 것 같기도 하고."

"하긴 눈에 보이지 않는 것보다는 나을지도 모르죠."

청풍이 타유의 말에 고개를 끄덕였다.

청풍이 검을 품에 안고 대전 앞을 서성인다. 밀문 삼왕의 처소 치고는 허술한 경비다. 주변을 지키는 무사는 겨우 셋, 누구라도 절대의 무공을 수련한 자라면 단번에 뚫을 수 있는 경비다. 그럼에도 타유의 처소 근처에는 쥐새끼 한 마리 얼씬거리지 않는다. 이유는 단 하나, 밀문 삼왕을 감히 시험해 볼 인물이 천중원에는 없기 때문이었다.

끼익!

고요한 침묵을 깨고 대전과 이어진 문이 열린다. 그리고 한 명의 노인이 청수한 옷을 입고 대전을 향해 다가왔다. 경비무사들이 노인을 향해 다가가려는데 청풍이 손을 들어 그들을 제지하고 그 자신이 앞으로 나아갔다. 그러자 노인이 깊이 허리를 숙이며 입을 열었다.

"삼왕님의 부름을 받고 왔습니다."

"기다리고 계시오."

청풍이 무심하게 말했다. 순간 노인, 자부진인 등나의 눈빛이 반짝인다. 자신을 대하는 청풍의 태도가 타유와 다름없어 그 아비에 그 아들이라는 생각이 드는 모양이었다. 그런데 청풍 역시 내심으론 제법 놀라고 있었다. 그건 자부진인 등나의 모습 때문이었는데, 그는 저녁 무렵 보았던 허름한 마부의 모습에서 탈피해 청수한 인상의 학인의 모습을 하고 있었다.

"그런데 무슨 일로……?"

등나가 짐짓 청풍에게 묻는다. 그러자 청풍이 능청스런 등나를 보며 말했다.

"장원을 개축하는 데 조언을 얻고 싶어 하시오. 마침 그대가 기관진식에 밝다 하여 부른 것이오."

"알겠습니다. 그런 일이라면야 제가 도움을 드릴 수 있지요. 미력하게나마……."

"드시오."

청풍이 더 이상 할 말이 없다는 듯 등나를 대전으로 인도한다. 그러자 경비무사들이 재빨리 대전의 문을 열어 두 사람을 안으로 들여보냈다. 연후 경비 무사 중 한 명이 고개를 갸웃하며 중얼거렸다.

"모르는 잔데… 장원의 개축을 위해 불러온 자들은 내가 모두 알고 있는데……?"

"특별히 장안 성내에서 불러온 모양이지."

"그런가?"

"보아하니 힘없는 글쟁이 같은데 뭘 걱정하나?"

"그야 그렇지만… 요즘 들어 우리 밀문이 너무 외부에 많이 노출되는 것이 아닌가 하여 말일세."

"음, 그런 경향이 없진 않지. 그러나 어쩌겠나. 이렇게 터전을 잡고 살아가려면 세상에 노출되는 것이야 어쩔 수 없는 일이지. 또 언제까지 거처없이 강호를 떠돌 수도 없는 일이고……."

"그렇긴 하네만……."

사내가 말꼬리를 흐린다. 그러면서 슬쩍 대전 쪽으로 시선을 주며 말한다.

"삼왕께서는 참으로 특이한 분인 것 같네."

"뭐가 말인가?"

"처음 대할 때는 그 살기에 오금이 저려 마주보기도 힘들었는데 또 어떤 때 보면 무척 부드러운 기운을 지니고 계신다 말이야. 더군다나 삼왕이 되신 이후 단 한 번도 피를 보지 않았네."

"하긴 그렇군. 본래 각 전의 왕이 된 자는 스스로의 위엄을 세우고 전의 무사들을 완벽하게 장악하기 위해 무슨 이유를 대서라도 서너 명의 목을 베는 것이 관례였는데……."

"하긴 뭐, 그런 일이 없더라도 삼왕께선 이미 삼전을 온전히 장악하지 않으셨나? 그 기도만으로 말이야."

"맞는 말이네. 피를 흘려 공포심을 심어주는 것은 사실 실력이 약한 사람들이나 하는 일이지."

"이크, 그런 소리 함부로 말게. 다른 왕들의 귀에 들어가면 비록 자네가 삼전의 무사라도 죽음을 면치 못할 걸세."

"그, 그런가? 하지만 뭐 우리 둘만의 이야기 아닌가?"

"낮말은 새가 듣고 밤말은 쥐가 듣는 법이라네."

"알겠네. 내 조심하지."

사내 둘이 뭔가 불안한 느낌이 들었는지 슬쩍 주변을 살핀다. 그러나 걱정했던 새나 쥐는 대전 근처에서는 찾아볼 수 없었다.

"앉으시오."

건조한 음성이다. 실내도 어둑한 것이 전혀 귀한 손님을 맞이하는 모습이 아니다. 노련한 등나도 살짝 긴장한 모습이 보인다.

그가 지광에게 말했듯이 눈앞의 사내는 그 속을 알 수 없다. 언제라도 자신이 목을 칠 수 있는 사내라는 것을 등나는 알고 있었다.

"말해보시오. 어떻게 야율령을 속였소?"

"야율령을 속이는 것은 그리 어렵지 않았소. 당시 그는 마치 당겨진 활과 같았소. 천하가 혼란하고 야율가의 늙은이들이 기회를 만들라고 들볶는 통에 누구라도 조금만 머리를 쓰면 그를 능히 속일 수가 있었소."

"그렇다고 해도 금석촌의 철을 주겠다는 말은 그렇게 쉽게 믿을 수 있는 것이 아니오."

타유의 지적은 정확하다. 야율령 같은 사람이 금석촌의 철을 거래하겠다는 말을 쉽게 믿을 수는 없다. 그런 큰 거래는 적어도 모가장의 수뇌와 이야기가 되어야 하는 일이다.

"그는 믿을 수밖에 없었을 거요. 왜냐하면 그가 만난 사람이 다름 아닌 모가장주 모잠이었으니 말이오."

"가짜를 내세웠단 말이오?"

"그렇소. 그러니 당연히 그도 속을밖에…… 물론 솔직히 말하자면 그전에 이미 한 달여간 그를 속일 생각으로 제법 신중하게 이야기를 만들어가고 있었소. 그러다 최후의 순간에 모가장주가 나타나 거래를 완성하는 것으로 계획을 짰소. 마침 모가장주는 밀문의 회합에 참여하느라 그 행적이 세상에 알려지지 않았으니… 그가 속지 않을 수 없지 않겠소?"

그러자 타유가 잠시 등나를 보다가 입을 열었다.

"결코 날 위해 야율령을 속인 게 아니구려."

"맞소이다. 사실 내게 몇 명의 기이한 친구가 있소. 그 친구들은 워낙 괴팍해서 괴물이라 불리는데 천중원을 무척 욕심내고 있었소. 이런 곳에 틀어박혀 천하를 조롱하며 살고 싶었던 거요. 더군다나 그들은 과거 야율가와 적지 않은 원한을 맺었었기에 한 번 크게 골탕을 먹일 생각을 하고 있었소. 그리고 그때 마침 그대는 밀문의 거처를 찾고 있었소. 난 친구들을 설득해 이 장원을 그대에게 양보하게 만들었던 것이오. 살다 보면 이렇게 때가 맞는 경우가 있는 모양이오."

'어디까지 믿을 수 있을까?'

타유는 아무런 대답 없이 등나를 응시했다. 그의 말에 거짓은 없어 보였다. 그러나 그렇다고 함부로 믿을 수도 없다. 그가 누군가. 천하를 속일 수 있는 자부진인 등나다. 그의 말을 모두 믿는다는 것은 어리석은 일이다. 표정, 행동 하나하나에 의미가 없는 것이 없는 자다.

"그럼 난 그대에게 빚을 진 것은 아니구려."

"그건 아니오. 천중원이라는 곳이 있다는 것을 그대의 귀에 들어가게 한 것 또한 나이니 역시 빚이 있다고 해야지."

"도대체 그들이 누구요?"

참을 수 없다는 듯 타유가 물었다. 그러자 등나가 고개를 저었다.

"그들에 대해서는 말해줄 수 없소."

그러자 타유가 고개를 끄덕였다.

"그렇구려. 그렇다면 차나 한잔 마시고 돌아가시오."

순간 등나가 당황한 빛을 보인다.

"그들의 존재는 우리 일과 아무런 상관이 없소."

"그건 그대의 생각이고 난 다르오. 난 내가 모르는 누군가가 우리 일에 관여하는 것을 결코 방치할 사람이 아니오. 세상일이란 게 바늘 하나에 찔려 황소가 죽어나가는 경우도 있는 것 아니오? 그리고 그대는 나에 대해 거의 모든 것을 알고 있소. 반면 난 그대에 대해 강호의 풍문 정도 말고는 아는 것이 없소. 이런 사람끼리는 결국 이렇게 차 한잔 나누고 헤어지는 것이 가장 좋은 관계요. 물론 가끔 귀한 선물을 받을 때도 있지만 말이오."

타유가 단천마검을 툭 건드렸다. 선물은 선물이고 거래는 거래라는 말이다. 타유의 말에 등나가 곤혹스런 표정을 지었다.

"음… 내가 그대의 곁에 있는 것이 그대의 목적을 달성하는 데 도움이 될 것이오."

"위험도 함께 늘어나지 않겠소?"

"날 의심하는 거요?"

등나가 실망스런 표정으로 물었다. 그로서는 그래도 자신이 타유에게 제법 신뢰를 얻고 있었다고 생각한 모양이었다.

"진인을 의심하는 것이 아니라 진인의 비밀이 두려운 것이오."

타유의 말에 등나가 잠시 말없이 앉아 차만 들이켰다. 타유의 말처럼 어쩌면 그는 차만 마시고 떠날 수도 있을 것 같았다. 그러나 타유는 이미 등나가 차만 마시고 가지는 않을 거란 걸 알고 있었다. 그럴 사람이라면 그는 애초에 타유를 찾지도 않았을 것이다.

"강호엔 잘 알려지지 않았지만 상산이라는 곳에 네 명의 괴인이 살고 있소. 사람들은 그들을 상산사괴라 말하오. 천중원을 두고 일을 벌인 것은 바로 그들이오."

"상산사괴… 모르는 사람들이구려."

"알 수 없을 거요. 그들은 세상의 명리를 쫓지 않는 사람이라서 아는 사람이 극히 드물다오. 하지만 뭐, 그들도 사람이니 욕심이 없을 수는 없지. 오래전 요 황실이 건재할 때 상산사괴의 조상들은 지금처럼 상산에 은거하며 살고 있었소. 그런데 상산의 절경이 워낙 뛰어나다 보니 요 황실에서 그들을 강제로 내쫓고 그곳에 황제의 여름별장을 지었지. 물론 당시에도 상산사괴의 조상들은 뛰어난 무공을 지니고 있었지만 그렇다고 황실의 대군을 상대할 수는 없는 일이라 울며 겨자 먹기로 그곳을 떠났다오. 그러다가 요와 금이 차례로 망하는 사이 다시 상산으로 들어가 은거를 한 것이오."

"수백 년 전의 원한을 지금 갚는다는 것이오?"

타유가 실망스런 표정으로 물었다.

"어찌 그것만으로 이런 일을 벌였겠소. 야율령이 강호로 나와 처음 한 일이 뭔 줄 아시오? 바로 상산을 찾는 것이었소. 아마도 과거 요 황실의 여름별장이 상산에 지어졌을 때 그곳에 귀중한 물건들을 많이 숨겨두었던 것 같소. 야율령은 그것들을 찾으려 했지. 그러려면 자연히 상산을 자신의 것으로 만들어야 하는데 지금에 와서 상산사괴가 순순히 상산을 빼앗길 리 없지 않겠소? 오히려 그들은 아예 이 기회에 야율가를 완전히 몰락시키기로 했던 거요."

"그 와중에 내가 끼어들었다는 말이구려."

"타 대협이 끼어든 것이 아니라 내가 끼어든 것이라고 해야 맞을 거요. 그들은 타 대협이 누군지도 몰랐소."

"그 말은 밀문의 본거지를 진인께서 선택하셨다는 뜻이 된다는 걸 아시오?"

타유의 말에 등나가 슬쩍 표정이 변했다.

"뭐, 결과만 놓고 보면 그렇소만……."

등나가 말꼬리를 흐린다. 그러자 타유가 차가운 미소를 지으며 물었다.

"자, 그럼 이제 진인의 본심을 들어봅시다. 진인께서는 왜 이곳이 밀문의 본거지로 적당하다고 생각했소이까?"

여유를 주지 않는 타유의 물음에 등나가 잠시 생각에 잠겼다가 입을 열었다.

"천중원에 대한 소문은 예전부터 많이 들어왔었소. 이 장원은 참으로 묘한 곳이오. 그 위치가 절벽 위에 있으니 난공불락의 요새요. 수백 년 이어진 장원이니 그 안에 숨은 공간이 한두 곳이 아닐 것이오. 이런 곳이라면……."

"진인께서는 앉아서 밀문의 움직임을 보시기를 원했구려."

"말이 통하는구려. 그렇소. 난 밀문을 내 눈과 귀 안에 두기를 원했소. 해서 이 천중원을 타 대협에게 드렸던 것이오."

등나가 시원하게 자신의 본심을 털어놨다. 그러자 타유가 고개를 끄덕이고는 한 장의 양피지를 찻잔 옆에 놓았다.

"그럼 진인께서는 이 설계도가 필요하겠구려. 그래서 어쩔 수 없이 내 앞에 나타나야 했고 말이오."

타유가 꺼내 놓은 양피지는 천중원의 여러 설계도 중 지하에 만들어진 은밀한 비도들이 그려진 설계도였다.

"역시 타 대협은 내 속을 모두 읽고 계셨구려."

등나가 감탄사를 흘린다.

"내가 이 설계도를 내놓을 것 같소?"

"불가능하오?"

등나가 물었다. 등나의 표정에서 간절함이 묻어난다. 그러자 타유는 갑자기 등나에 대해 궁금해졌다. 강호에 알려진 바에 따르면 등나는 어느 곳에도 속하지 않고 자유롭게 세상을 살아가는 이인이었다. 물론 과거 젊은 시절 송백림에 들어 반원의 기치를 내걸고 강호를 주름잡았을 때도 있었지만 송백림이 멸망한 이후에는 어느 곳에도 적을 둔 적이 없는 사람이었다.

그런데 왜 밀문이나 혈막오류에 대해 이렇게 발을 벗고 나서는 것일까 하는 의문이 생기지 않을 수 없었다. 어쩌면 등나는 타유가 모르는 세력에 속한 사람일 수도 있었다.

"혈막에 원한이 있으시오?"

타유가 불쑥 물었다. 그러자 등나가 고개를 저으며 말했다.

"딱히 직접적인 원한은 없소."

"그런데 왜 이런 일을 하시는 것이오?"

등나는 현명한 사람이다. 타유가 이런 질문을 하는 것은 자신을 의심하고 있다는 의미라는 걸 단번에 알아차렸다.

"날 의심하는구려."

"어쩔 수 없는 일 아니겠소? 이런 일은 극히 위험한 것으로… 특별한 이유가 없다면 할 수 없는 일이오."

타유의 말이 지극히 타당했으므로 자부진인 등나가 고개를 끄덕인다.

"맞는 말이오. 어찌 이유 없이 이 일을 하겠소."

"들어보고 싶소이다."

타유의 직설적으로 말했다. 그러자 등나가 망설이지 않고 대답했다.

"내가 혈막의 일에 깊이 관여하려는 것은 두 가지 이유요. 그중 하나는 지난번 단천마검을 두고 밀문 일왕을 만났을 때 그가 송백림을 멸한 백혈랑의 일원이라는 것을 알았기 때문이오."

"송백림의 복수를 하겠다는 것이오?"

"복수라기보다는 과연 백혈랑과 혈막이 어떤 관계인지 그걸 알아보려 하오. 연후 그들이 관련이 있다면 복수를 생각해 볼 수도 있소."

등나의 대답에 타유가 천천히 고개를 끄덕였다. 충분히 이유가 될 수 있는 일이다. 비록 그가 백혈랑과의 최후 결전에는 참여하지 않았지만 그건 송백림을 배신했기 때문이 아니었다. 무모한 싸움에 목숨을 걸고 싶지 않았던 것이었을 뿐이다.

"두 번째 이유는 무엇이오?"

타유가 다시 물었다.

"두 번째 이유는 다시 과거를 되풀이하지 않았으면 해서요. 과거 원이 서역을 손에 넣고, 금을 멸한 후 송을 병합할 때 중원의 무림인은 전혀 힘을 쓸 수 없었는데 그 이유는 원을 지원하는 무인들 때문이었소. 그때는 그들이 혈막오류라는 이름을 가지고 있다는 것조차도 몰랐었소. 물론 강호무림이 혈막에 대항했다고 해도 천하의 향배가 원으로 돌아가는 것은 어쩔 수 없는 천명이었을 수도 있소. 그러나 아무튼 당시에는 중원 무림이 속절없이 혈막에게 당했던 시기였소. 그런데 이제 원이 쇠락해 가는 이때에 다시 혈막으로 인해 과거와 같은 일을 반복할 수는 없지 않겠소?"

등나의 대답은 지극히 타당한 말이어서 어느 곳 하나 허점이 없었다. 자부진인 등나가 밀문과 혈막의 일에 관여하려 하는 것은 중원의 무인으로서 당연한 일인 듯 보였다. 하지만 오히려 그런 완벽한 대답이 그에 대한 의심을 키운다. 그러나 타유는 자신의 의심을 더 이상 밖으로 드러내지 않았다. 대신 그는 비도와 밀실들이 그려진 설계도를 등나에게 건넸다.

"날 믿는 거요?"

등나가 설계도에는 관심을 보이지 않고 타유를 보며 물었다.

"그렇지 않아도 마침 진인과 같은 분의 도움이 필요한 때였소이다."

"음… 믿고 안 믿고를 떠나서 서로에게 필요한 존재란 말이구려."

"진인의 말씀에는 어떤 허점도 없으니 믿지 않을 수도 없지요."

타유가 한줄기 미소를 짓는다. 그런 타유의 모습을 보며 자부진인 등나는 오히려 두려움을 느꼈다. 속을 읽을 수 없는 것은 사실 양쪽 모두가 마찬가지였다. 최후의 순간 타유가 어떤 행동을 할지 등나는 전혀 예측할 수가 없었다.

그러나 그렇다고 타유와 손을 잡지 않을 수도 없다. 사람의 마음을 어찌 모두 알까 하는 심정으로 등나가 설계도에 눈길을 돌렸다. 거미줄처럼 얽힌 붉은 선들과 장방형의 밀실들이 눈에 들어온다. 자세히 보지 않으면 누군가 장난을 친 것과 같은 모습이다.

"음… 좋군."

등나가 자신도 모르게 입을 열었다.

"비도와 밀실을 되살리는 일은 어렵지 않을 것 같소이다. 문제는 그 비도를 은밀하게 숨겨 밀문의 다른 문도들이 모르게 하는 일이오. 그게 가능하겠소?"

이런 일이야말로 당신의 해결해야 하는 일이라는 듯 타유가 물었다. 그러자 등나가 설계도를 곰곰이 들여다보다가 대답했다.

"어려울 것도 없겠구려."

"가능하겠소?"

"대협이 머물 곳은 역시 천명각이겠구려."

역시 무서운 사람이다. 설계도만 보고도 타유와 청풍이 향후 거할 곳을 알아챘다.

"맞소이다."

"천명각은 사실 이 천중원의 중심이라고 할 수 있소. 물론 동쪽으로 치우쳐 있지만 그건 겉으로 드러난 천중원의 모습에서 그렇고, 그 지하에 숨겨진 기반을 중심으로 볼 때는 천명각이 천중원의 중심이오. 아마도 과거 야율가의 선조들이 이 천중원을 지을 때 세인들의 의심을 피하기 위해 건물의 배치를 중심에서 서쪽으로 치우치게 한 것 같구려."

"역시 진인이시오. 그 내막을 한눈에 알아내시다니."

"후후, 진식을 조금이라도 공부한 사람이라면 당연한 일이오. 이 천중원은 천명각을 중심으로 어린진의 형태를 갖추고 있소. 각 건물이 서쪽의 출구를 향해 물고기의 비늘처럼 늘어서 있는데 그 시작이 바로 천명각이구려. 이 천룡전조차도 말이오. 당연히 비도의 출입구 역시 천명각에 있을 것이오."

"정확하오."

타유가 고개를 끄덕인다.

"그렇다면 비도의 출입구를 숨기는 것은 어려운 일이 아니오. 이 천명각이 과거 야율가 선조들의 위패를 모시는 곳이었던 모양인데 누가 있어 그런 곳에 자리를 잡으려 하겠소. 아마도 타 대협이 머물겠다면 방해하는 사람이 없을 것이오."

물론 여기까지는 타유와 청풍도 이미 생각하고 있었던 것이다.

"거기에 더해 천명각에 있는 비도의 출입구 주변에 환진을 하나 설치하면 완벽하게 사람들의 눈을 가릴 수 있을 것이오."

"환진이라면 어떤 것을……?"

"내가 적당한 진을 알고 있소. 내게 맡겨주시오."

등나가 자신 있게 말했다. 그러자 타유가 등나를 보며 물었다.

"진인의 거처도 천명각으로 하시겠소?"

"그리해도 되겠소?"

등나로서는 바라던 바다. 감히 청하지 못했을 뿐…….

"비도를 자유롭게 왕래하기 위해선 그러는 편이 좋지 않겠소? 그런데 그러자면 진인께서 내 곁에 머물 타당한 이유가 필요한데……."

"걱정할 일은 아니오."

등나가 자신 있게 말했다.

"방책이 있소?"

"거주지가 없었을 때는 몰라도 일단 천중원이라는 거주지가 생긴 이상 밀문으로서도 세상의 눈을 가리고만 살 수 없을 거요. 당연히 숙수도 필요하고 시중을 들 사람도 필요하고, 장원을 돌볼 일꾼도 필요치 않겠소? 그중 한 자리 차지하는 것이 뭐가 어렵겠소."

"그런 위치에 계셔도 상관이 없겠소?"

"후후, 지금도 난 마부요."

등나가 두 손을 들어 보였다. 그러자 타유가 전혀 예상치 못한 질문을 던진다.

"뭘 잘하시오?"

순간 등나가 당황한 빛을 보이다가 갑자기 웃음을 터뜨렸다.

"하하, 이런. 타 대협은 정말 날 천명각의 잡부로 쓰시려는 모양이구려."

"하면 달리 생각해 둔 자리가 있소?"

"아니, 아니오. 그저 천명각에서 마당이나 쓸고 군불이나 때는 사람으로 있도록 하겠소."

"그러기에는 연세가 너무 많으신 것 아니오?"

불쑥 청풍이 물었다. 그러자 등나가 손을 내젓는다.

"그건 걱정 마시게. 한 시진이면 나이를 이십여 세는 젊게 보이게 할 수 있으니."

등나의 말은 거짓이 아니었다. 다음 날 타유를 만나러 온 등나의 모습은 또 한 번 달라져 있었다. 그의 진실한 나이를 의심할 만큼 젊어져 있었다. 본래 역용을 하는 사람들에게 나이가 들어 보이게 만드는 것은 쉬운 일이나 나이보다 젊게 변신하는 것은 어려운 일인데 등나는 하루 사이에 육십대 노인에서 사십대 후반의 중년 사내로 변해 있었다.

중년의 나이로 변한 등나를 타유 곁에 머물게 하는 일은 어려운 일이 아니었다.

만약 이곳에 밀황이 들어와 밀문의 본거지로 자리를 잡은 이후라면 쉬운 일이 아닐 수 있으나 아직은 밀문의 본진이 들어오지 않아 어수선한 분위기의 천중원이었다. 그러니 등나가 잡일꾼이 되는 일은 그리 어렵지 않았다.

더군다나 그는 밀문 삼왕이 직접 들인 사람이라 일꾼들 사이에서도 제법 존중을 받게 되었다.

타유는 그날부터 등나의 도움을 받아 천중원을 좀 더 자신의 입맛에 맞게 고치기 시작했다. 그리하여 천중원은 외양으

로는 밀문의 본거지로 변해갔지만 그 내밀한 곳은 타유와 청
풍, 그리고 둥나의 비밀스런 공간으로 변해갔던 것이다. 그렇
게 석 달이 흘렀다.

*　　　*　　　*

며칠 동안 폭풍이 몰아쳤다. 늦여름 농부의 가슴을 저리게
만드는 폭풍이었다. 여물지 못한 곡식은 쓰러지고 사람은 곡
식보다 자신과 자식들의 목숨을 걱정해야 할 판이었다.

그러나 절벽 위에 고고히 서 있는 천중원은 폭풍에 아랑곳
없이 붉은 흙물이 흘러가는 절벽 아래 강을 도도하게 내려다
보고 있었다. 절벽 아래쪽에서는 아비규환의 물난리가 났지만
천중원은 고요했다.

천중원에 물이 차는 일은 없다. 본래부터 야율가가 적절한
배수로를 만들어놓았기 때문이기도 하고 워낙 높은 곳에 지어
져 물이 머물 시간이 없기 때문이기도 했다.

가뜩이나 높은 천중원의 지붕 위로 금방이라도 무너져 내릴
것 같은 먹구름이 짙게 드리워 있었다. 폭우는 드디어 멎었다.
그 와중에 연이어 몇 마리의 전서구가 타유의 처소를 찾아들
었다.

"오왕님은 반나절 길이랍니다."

삼전의 여섯 사자 중 서열 삼위의 고수 왕사미가 말했다. 그
녀는 여인의 몸으로 야심가들이 득실대는 밀문에서 삼선의 육

사자 안에 든 사람이다. 당연히 그 강단이 능히 사내 서넛은 상대하고 남음이 있었다.

그런데 그녀는 밀문의 몇 안 되는 여고수이기도 하지만 특히 한 가지 재주로 밀황의 신뢰를 크게 받는 여인이었다. 그건 바로 전서구를 관리하는 데 특별한 재주가 있다는 것이었다.

혹자는 그녀가 새들과 이야기를 할 수 있다고도 할 정도로 그녀의 전서구들은 빠르고 정확했다.

본래 전서구는 사람의 말을 알아들을 수 없는 동물이라 강호의 여러 문파에서 전서구를 다루는 사람은 무척 귀하게 여기게 마련이었다. 그럼에도 불구하고 아무리 능숙한 자라도 전서구가 실종되거나 제 시간에 도달하지 못하는 경우가 종종 있었다.

그런데 왕사미의 전서구는 달랐다. 그녀의 전서구는 실패하는 경우가 거의 없었다. 백에 아흔아홉은 원하는 사람의 손에 도달하니 중원에 본거지가 없던 밀문으로선 그녀의 존재가 무척 귀중할 수밖에 없었다.

그리하여 천중원을 차지한 이후 타유가 가장 먼저 한 일도 그녀에게 천룡전의 방 세 개를 내주어 전서구를 관리하게 한 일이었다. 아마도 그녀는 그곳에서 향후 밀문의 모든 소식들을 밀황에게 전하게 될 터였다.

그러고 보면 기이한 일이기도 했다. 밀문의 모든 소식을 손에 넣을 수 있는 그녀가 밀황의 곁이 아니라 삼전에 소속된 것은 확실히 이상했다. 타유는 그 이유를 알아보고 싶었지만 그녀는 자신이 삼전에 속한 이유를 입 밖에 내지 않았다.

삼왕의 권위로 그녀의 입을 열게 할 수도 있었다. 그러나 타유는 굳이 강제로 그녀의 입을 열지는 않았다. 그녀와 같은 사람은 신중하게 다뤄야 한다는 것을 본능적으로 깨달았기 때문이었다.

"밀황께서는?"

타유가 물었다.

"하루 거리는 되실 겁니다."

"다른 왕들에게 전하시오. 서둘러 오라고. 행여나 밀황님보다 늦게 도착하여 노여움을 사는 일이 없도록 밀황님의 행로를 다른 왕들에게 정확하게 전하시오."

타유가 신중하게 명을 내린다.

"명대로 하겠습니다."

왕사미가 정중하게 대답했다.

타유는 자신의 명을 받고 수하들에게 새로운 전서를 날릴 준비를 시키는 왕사미를 보며 한편으로는 이상한 일이라고 생각했다. 밀문이 비록 강자존의 문파이기는 하나 삼전의 고수들은 어느 날 갑자기 하늘에서 떨어진 것처럼 나타난 타유를 아무런 배척 없이 받아들였다.

본래 어느 조직이거나 먼저 자리를 잡은 자들의 텃새라는 것이 존재할 수밖에 없는 법이다. 하물며 무림의 세력이라면 더더욱 그러했다. 그런데 삼전의 사자들이나 무사들은 타유를 너무 쉽게 받아들였다. 마치 아주 오래전부터 그가 삼전의 주인이었던 것처럼 그들은 타유에게 아무런 거부감을 드러내지 않았던 것이다.

어쩌면 타유가 두려워서일 수도 있었다. 밀문 내에는 타유의 무공에 대해 그가 드러낸 실력보다도 과장되게 소문이 나 있었다. 더불어 타유의 성정이 무척 과단하다는 소리도 돌아 은연중에 밀문 고수들이 타유를 두려워하고 있었다.

그러나 그것만으로는 설명이 되지 않은 무엇인가가 있었다. 아무리 두려운 존재라도 외인에 대한 본능적인 반발심이 없을 수 없는데 삼전의 무사들에게선 그런 본능적인 거부감조차도 찾아볼 수 없었던 것이다.

'이유를 찾아보는 것이 좋겠어.'

타유가 분주히 움직이는 왕사미를 보며 생각했다. 이들이 아무런 반발 없이 자신을 삼왕으로 받아들인 데에는 분명 다른 이유가 있을 거란 생각이 들었다.

그때 문득 청풍이 문을 열고 안으로 들어왔다. 그는 왕사미와 그녀의 수하들이 분주히 전서구를 날리는 것을 흘깃 바라보고는 이내 타유의 옆에 다가섰다.

"어찌 되었느냐?"

타유가 나직하게 물었다. 그러자 청풍이 사람들이 들을 수 없을 만큼 낮은 목소리로 대답했다.

"모든 것은 완벽하게 끝났어요. 시간이 촉박했는데 역시 자부진인은 뛰어난 사람이더군요."

"천하사대현자라면 당연히 그런 능력이 있어야겠지. 아무

튼 그렇다면 이젠 비도를 다른 자들에게 들킬 염려는 없겠구
나."

타유의 말에 청풍이 고개를 끄덕이며 대답했다.

"비도의 출입구에 펼쳐진 그 육합진은 과거 그가 단천마검
을 지킬 때 숲에 펼쳤던 바로 그 진이라고 하더라고요. 눈앞에
문이 있어도 그 누구도 찾지 못하는 기진이에요."

"위험한 사람이야."

타유가 중얼거렸다. 그러자 청풍이 대답했다.

"쓸모가 많은 사람이기도 하지요."

"그렇구나. 날카로우면 좋은 칼이 아니지만, 반면 날이 제대
로 선 칼은 손을 베이기 십상이지. 어쨌든 그를 다시 한 번 써
야겠다."

"그에게 부탁하실 일이 있으세요?"

"음… 너도 함께 들어둘 일이다. 밤에 그를 데리고 오너라."

"알았어요."

청풍이 대답을 하고 자리를 벗어났다. 그러자 기다렸다는
듯이 왕사미의 목소리가 들려온다.

"일왕께서 한 시진 후에 도착하신 답니다."

"좋소. 그럼 손님 맞을 준비를 시작해 봅시다."

타유가 대답을 하고는 걸음을 옮기기 시작했다. 그러자 왕
사미가 수하들에게 빠르게 명을 내렸다.

"전서들이 오면 바로 내게 전하도록 하라."

"알겠습니다."

그녀의 수하들이 고개를 숙여 대답을 하는 사이 그녀는 어느새 타유의 뒤를 따라붙고 있었다.

한 노인이 절벽 위로 이어지는 돌계단을 느린 걸음으로 오르고 있었다. 힘이 드는지 가끔은 걸음을 멈추고 이마에 손을 얹어 먼 곳을 바라보기도 했다. 그러나 그의 정체를 아는 사람이라면 누구도 그가 돌계단을 오르기가 힘겨워 걸음을 멈췄다고 생각하지 않을 것이다. 그는 바로 밀문 오왕 중 첫 손가락에 꼽히는 일왕 원왕련이기 때문이었다.

밀문 오왕 중 가장 먼저 천중원에 도착한 사람은 일왕 원왕련이었다. 그는 수십 명의 수하를 이끌고 천중원이 있는 절벽 아래에 도착한 후 수하들을 그곳에 머물게 하고는 자신만 홀로 천중원으로 오르고 있었다.

잠시 걸음을 멈췄던 원왕련이 다시 움직였다. 그리고 이번에는 지금까지와 다르게 바람처럼 돌계단을 오르기 시작했다. 그의 일보에 계단 대여섯 개가 지나쳐 갔다. 그야말로 축지의 술을 익힌 듯한 모습이다.

툭!

원왕련이 한순간 귀찮다는 듯 계단을 박찼다. 그러자 그의 신형이 쏘아진 화살처럼 돌계단을 날아올라 단숨에 천중원 앞에 넓게 펼쳐진 공터에 내려섰다.

"어서 오십시오, 일왕!"

원왕련이 계단을 벗어나자마자 타유가 나타나 원왕련에게

가볍게 포권을 해 보인다. 타유의 마중이 조금 의외인지 원왕련이 잠시 놀란 표정을 짓더니 이내 고개를 끄덕였다.

"잘 계셨소? 삼왕!"

삼왕이라 부르기는 해도 타유를 아랫사람 대하는 듯한 말투다.

"저야 그저 장원 하나 장만하는 일을 맡았으니까요."

"음… 좋은 장원을 얻은 것 같소. 천중원이라 했소?"

"그렇습니다."

"하늘 중에 있는 장원이라… 외양을 보고 지은 것 같지만 다른 속뜻도 느껴지는 이름이군. 야율가의 장원이었다고 하던데 새로운 황조를 꿈꾸었나?"

타유는 역시 원왕련이라고 생각했다. 천중원의 위치를 알려주기는 했으나 그 내력을 말해주지는 않았는데 이미 원왕련은 천중원에 대해 많은 것을 알고 있었다. 그건 그가 이곳에 도착하기 전에 이미 천중원의 내력을 알아보았다는 의미다.

"운이 좋았지요."

"운도 능력이오. 그런데… 우리 일전이 머물 곳은 어디요?"

원왕련이 물었다.

"아직 정하지 않았습니다. 그래서 일전의 형제들을 밑에 두고 올라오시라 말씀드린 것입니다. 거처가 정해지지 않았는데 장원에 오르면 혹여라도 밀황께서 오셨을 때 혼란스러울까 하여……."

"음, 왜 각 전의 거처를 정하지 않은 거요?"

원왕련이 의아한 표정으로 묻는다. 그러자 타유가 고개를 저으며 말한다.

"밀문이 처음으로 중원에 본거지를 정하는 일입니다. 어찌 제가 감히 각 전의 위치를 함부로 정할 수 있겠습니까? 이는 오직 밀황께서 결정하실 일이기에……."

"듣고 보니 그렇구려. 사람의 팔자가 사는 곳에 따라 변한다 니 역시 밀황께서 결정하실 일이오. 그럼 난 어디에 있으면 좋 겠소?"

"대전에 잠시 쉬실 곳을 마련해 두었습니다. 밀황께서는 내 일 아침에 도착하실 예정이라니 오늘은 그곳에서 쉬시는 것 이……."

그러자 원왕련이 잠시 생각에 잠겼다가 고개를 저었다.

"아니오. 아무래도 난 다시 내려가야 할 것 같소."

"어째서……?"

타유가 의아한 표정으로 물었다.

"밀황께서 들지 않으신 곳에 감히 먼저 들어가 하룻밤을 보 낼 용기가 내게는 없소이다. 더군다나 나의 수하들은 차가운 땅에서 노숙을 하는데 우두머리 된 자만 편한 잠자리를 찾을 수는 없지 않겠소?"

원왕련의 말에 타유가 머리를 조아리며 말한다.

"역시 일왕이십니다. 저로서는 생각지도 못한 것들이군요. 앞으로 많은 가르침을 바랍니다."

"하하하, 밀문오전의 왕들이 어디 누구에게 가르침을 받을 사람들이오? 그러나 날 좋게 보아주니 그 점은 고맙소. 내일 다시 봅시다."

원왕련이 호탕한 웃음을 터뜨리고는 홀쩍 신형을 날려 올라온 길을 다시 내려갔다. 그러자 어느새 다가왔는지 왕사미가 조심스런 표정으로 물었다.

"무슨 일일까요? 그런 이유로 노숙을 택할 분은 아닌데……."

그러자 타유가 빙그레 미소를 지었다.

"그는 두려운 거요."

"두렵다니 뭐가 말입니까?"

왕사미가 이해가 가지 않는다는 표정으로 물었다. 그도 그럴 것이 일왕 원왕련이 밀문의 본거지에서 누굴 두려워한단 말인가? 설혹 밀황이라도 그를 함부로 대하지 않는다.

"그는 내가 두려웠던 거요."

타유의 대답은 왕사미를 더욱 당황스럽게 만들었다.

"그가 삼왕님을 두려워한단 말입니까?"

왕사미가 믿을 수 없다는 듯 물었다.

"그렇소. 그는 수하들을 모두 절벽 아래 놓아두고 이 천중원에서 홀로 잠들 용기가 없었던 거요. 밀문은 강자존의 세계, 우리 삼전의 고수들은 모두 천중원에 들어 있고 그의 수하들은 절벽 아래 있으니 만약 내가 독한 마음을 먹는다면 하룻밤 새 그의 목을 취하는 것이 무에 어렵겠소. 그는 그 일을 걱정한 거요."

그제야 왕사미가 타유의 말뜻을 알아들었다. 그러면서 피식 웃음을 흘린다.

"정말 그렇다면 일왕께선 보기보다 소심한 분이시군요. 괜한 걱정을 해 일부러 장원을 내려가시다니… 평소에는 그토록 대담한 분이."

"그가 지나친 것은 아니오."

타유가 고개를 저으며 말했다.

"무슨 말씀이신지……?"

"그가 홀로 천중원에 머물렀다면 어쩌면 난 정말 그의 걱정대로 그를 죽였을지도 모르오."

타유의 말에 왕사미가 깜짝 놀란 표정으로 타유를 본다. 그러자 타유가 친절하게 그 이유를 설명했다.

"그를 죽이면 얻는 것이 아주 많소. 첫째는 사람들의 두려움을 얻게 될 거요. 그 누구도 향후 나를 쉽게 적대시하지 못하겠지. 또한 그 누구도 나를 가볍게 여기지 못할 것이며, 그 누구도 날 배신하지 못할 거요. 그리고 가장 중요한 것은 밀황님의 신임을 얻을 수 있을 거란 점이오. 밀황께선 일왕을 벤 나를 책하는 대신 나의 독수를 칭찬할 거요. 밀문에 필요한 인물은 그런 인물이니까. 어떻소. 그를 벨 충분한 이유가 있지 않소?"

타유의 말에 왕사미의 얼굴이 창백하게 변한다. 생각해 보니 타유의 말대로 일왕 원왕련을 죽을 이유는 차고 넘친다. 그러나 그렇다고 일왕을 죽일 수 있는 사람이 밀문에 얼마나 될까.

"삼왕께선 정말 독하신 분이군요."

"내가 처음 사왕의 도움으로 밀문에 들 때 사왕이 이런 말을 했소. 밀문에선 한낱 칼을 가는 숫돌장이라도 조심해야 한다고. 언제 어느 때 맡긴 칼로 칼 주인을 벨지 모른다고 말이오. 그러니… 이런 곳에서 독하지 않고 어찌 살아가겠소?"

"그러나 형제들을 모두 적으로 돌리는 것은 위험한 일이지요."

"후후, 내가 어찌 밀문의 모든 형제를 적으로 돌리겠소. 당장 삼사자만 하더라도 이렇게 내 곁에 있질 않소? 설마 삼 사자가 나의 적이오?"

타유가 농처럼 물었다. 그러자 왕사미가 얼른 고개를 저었다.

"어찌 그런 말씀을! 삼전의 형제들은 오직 삼왕을 따를 뿐입니다."

"그것 보시오. 밀문의 모든 사람이 나의 적은 아니지 않소? 내 인생에는 철칙이 하나 있소. 그건 바로 내가 나의 적을 만들지는 않는다는 거요. 적이 날 그의 적으로 만들 뿐이지."

타유의 입가에 한줄기 미소가 지어졌다. 그러고는 이내 걸음을 옮겨 천룡전으로 향하기 시작했다. 그런 타유를 보며 왕사미가 나직하게 중얼거렸다.

"볼수록 무서운 사람… 어쩌면 밀황님의 생각이 잘못된 것일 수도 있겠어……."

왕사미의 얼굴에 옅은 그늘이 진다.

지난밤 아무도 천중원에 오르지 않았다. 그러나 타유를 제외한 나머지 네 명의 왕이 천중원 아래 모두 도착해 있기는 했다. 타유는 천명각 자신의 거처에 앉아 그들의 움직임을 하나도 빠짐없이 전해 듣고 있었다. 당연히 그에게 소식을 전하는 사람은 하룻밤 새 타유를 좀 더 두려워하게 된 왕사미였다.

그녀가 가지고 오는 소식들은 무척 세밀하고 정확해서 타유는 마치 네 명 왕의 움직임을 눈앞에 두고 보는 것 같았다. 그러나 그런 그녀도 타유에게 전하지 않는 소식이 있었다. 밀황의 소식이었다.

왕사미는 밀황의 행적에 대해서는 자세히 입에 올리지 않았다. 그저 천중원과의 거리 정도가 다였다. 그것은 밀문의 오랜 전통으로, 밀문의 문도 중 밀황의 정확한 행적을 입에 올리는 자는 죽음을 각오해야 했다.

그래서 그녀에게서 밀황의 소식을 들으려면 어쩔 수 없이 타유가 먼저 그의 소식을 물어야 했다.

"밀황께서는 간밤 어디에 머무셨소?"

아침 해와 함께 찾아온 왕사미에게 타유가 물었다. 그러자 그녀의 표정이 굳어진다.

"지난밤 일이야 거론해도 되는 것 아니오?"

타유가 감히 밀황의 행적을 입에 올리지 못하는 왕사미에게 말했다. 그러자 왕사미가 조심스레 대답한다.

"장안 남쪽 진가촌에서 묵으셨습니다."

"음. 천중원과의 거리는?"

"두 시진 안쪽입니다."

"곧 오시겠군."

"아마도……."

"그들은 올라올 기미가 없소?"

타유가 물었다. 그러자 왕사미의 표정이 풀렸다. 밀황이 아니라 오왕의 일이라면 언제라도 입을 열 수 있는 왕사미다.

"아마도 아래에서 밀황님을 맞을 생각인 모양입니다."

"음… 그럼 나도 내려가야겠군."

"그게 좋을 듯싶습니다."

"알겠소. 하면 가서 일사자와 이사자에게 나와 동행하자고 전해주시오."

"그리하겠습니다."

왕사미가 공손하게 고개를 숙여 보이고는 자리를 물러났다.

절벽 아래는 또 다른 세상이다. 천중원은 그 높이로 인해 절벽 아래의 숲과는 환경이 사뭇 달랐다. 절벽 위와 달리 아침의 온기에 묻어 올라온 안개들이 약간의 끈적임을 느끼게 한다. 늦여름이라도 한낮이면 아직 더위가 기승을 부린다.

타유가 절벽 아래로 내려갔을 때 일왕을 포함한 사왕들은 이미 모두 노숙지를 벗어나 길 위에 서 있었다. 곧 도착할 밀황을 기다리고 있는 것이다.

"삼왕께서도 내려오셨소?"

타유를 보고 가장 먼저 말을 건넨 사람은 사왕 이궐령이다. 타유는 그의 말투에서 가장된 친절함을 느낀다. 숨겨진 그의 마음속에 자신에 대한 경계심과 질시가 존재한다는 것을 모르지 않는 타유다.

아마도 이궐령은 타유를 처음 밀문으로 인도할 때 그가 삼전의 왕이 될 줄은 꿈에도 생각지 못했을 터였다. 그로서는 밀문에 든든한 수하를 한 명 입문시킨다는 기분으로 타유와 모잠을 밀황에게 데려온 것인데 이제 타유는 그와 어깨를 나란히 하는 삼왕의 자리에 있었다. 이건 그의 계획을 한참 벗어난 일이었다.

그러나 그렇다고 해서 타유를 적대시할 수도 없다. 그러니 이궐령으로서는 얼굴에서 거짓 웃음을 거둘 수 없는 것이다.

"여러 왕들과 밀황께서 오시는데 장원에 앉아서 귀인들을 맞을 수는 없는 일이지요."

"하긴 밀황님을 맞이하는 일은 무척 조심스런 일이오. 그러니 우리도 이렇게 장원에 들지 못하고 이곳에서 밀황님을 기다리는 것 아니오."

이궐령의 목소리가 사뭇 다감하다. 그런데 그때 문득 일왕 원왕련이 입을 열었다.

"사왕, 곤륜에 가셨던 일은 어찌 되셨소?"

그러자 이궐령이 조금 불쾌한 표정을 지었다. 원왕련의 말투가 마치 아랫사람을 대하는 듯했기 때문이었다.

"뭐, 어려운 일이 있겠소이까? 그저 밀문의 신물 중 하나를 가져오는 일인데……."

"그래, 무슨 신물을 가져오셨소?"

"그건 밀황께서 도착하시면 자연히 알게 되실 거요."

이궐령이 퉁명스럽게 대답했다. 그러자 원왕련의 눈가에 살짝 노기가 스치고 지나간다. 그는 비록 같은 오왕이라 할지라도 그 자신은 다른 왕들과는 다르다고 생각하고 있었다. 어쩌면 스스로 밀황에 대적할 수 있는 유일한 인물이라고 생각하는지도 몰랐다.

타유는 무심한 듯하면서도 두 사람의 신경전을 유심히 살피고 있었다. 왕들 사이의 알력은 향후 그에게도 큰 도움이 될 것이다.

그런데 일왕 원왕련과 사왕 이궐령의 묘한 대립으로 장내의 공기가 차가워진 그 순간 갑자기 길 저쪽에서 한 사람의 중년인이 바람처럼 달려왔다.

그는 그림자를 남기지 않고 달려오더니 다섯 명의 왕이 늘어선 곳에서 걸음을 멈췄다.

"밀황께서 이각 후에 도착하시오."

왕들의 존재도 무시하는 듯한 말투다. 타유가 중년 사내의 모습을 보며 호기심을 드러냈다. 그의 정체는 비록 그를 처음 보는 것이지만 능히 짐작할 수 있었다.

밀황 사불 역시 다른 오왕과 마찬가지로 자신만의 사자들을 데리고 있었다. 이들은 밀문에서 오왕이나 다름없는 권세를 누리고 있었는데 대부분의 경우 밀황의 그늘 속에 묻혀 살기 때문에 밀문도들의 눈에 드러나는 경우가 거의 없었다.

그들은 각기 비검, 산도, 환보, 마수라는 별호로 불리는데 그 진실한 이름은 누구에게도 알려지지 않았다. 그중 타유의 눈 앞에 나타난 중년인은 환보라는 자로, 보법의 달인이자 밀황 의 입과 발이라고 알려진 자였다.

밀황의 명은 대부분 그를 통해 밀문도들에게 전해졌는데 그 때에도 그는 거의 얼굴을 보이지 않고 밀황의 말을 전하는 자 로 유명했다.

그러나 오늘만큼은 그도 모습을 숨기고 밀황의 행보를 전할 수 없었다. 이유는 단 하나, 비록 그의 권세가 다섯 왕에 견준 다고 하더라도 감히 오전의 왕들 앞에서 모습을 감출 수는 없 는 일이기 때문이었다.

"안내하시오!"

원왕련이 환보에게 말했다. 그러자 환보가 고개를 저었다.

"밀황께서 이곳에서 기다리라시오."

환보의 말에 문득 원왕련의 눈빛이 차가워진다. 환보의 말 투가 여간 귀에 거슬리는 것이 아니었다. 다른 때라면 모르지 만 지금은 밀문도들의 눈이 살아 있을 때다. 이럴 때 오왕의 권위를 침범하는 것은 용납될 수 없는 행동이다.

"환보!"

문득 원왕련이 환보를 불렀다. 그러자 환보가 무슨 일이냐 는 듯 원왕련을 바라봤다. 그 눈빛에선 전혀 원왕련에 대한 두려움을 느낄 수 없다.

"이젠 대답조차 하지 않는군."

원왕련이 피식 웃음을 흘린다. 그러자 환보가 불쾌한 기색을 드러내며 말했다.

"무슨 일이시오?"

환보가 어쩔 수 없다는 듯 입을 열었다. 그러자 원왕련이 노기를 드러내며 말했다.

"그대를 포함한 밀황전의 사자 네 사람이 밀황님의 총애를 받는다는 것은 잘 알고 있다. 그러나 그러한들 감히 오왕의 권위를 침탈할 수 있는 것은 아니야. 밀황의 총애를 믿고 방자하게 굴었다가는 반드시 큰 화를 입게 될 것이다."

이쯤 되면 보통의 경우 자신의 잘못을 수긍하고 한발 물러나는 것이 상례다. 그러나 환보는 달랐다.

"난 그리 생각지 않소."

"생각이 다르다?"

"그렇소이다. 물론 다섯 왕의 권위를 모르는 것은 아니오. 그러나 우리 밀황전의 사자 네 명은 능히 다섯 분과 어깨를 나란히 할 자격이 있다고 생각하오. 과거 밀황께서 이런 말씀을 하신 적이 있소. 당신의 사자라면 능히 각 전의 왕과 같은 능력을 지니고 있어야 한다고……. 난 우리 네 사람이 그런 정도의 능력은 있다고 생각하오. 그러니… 우리의 행보에는 관여치 마시길!"

정중하지만 철저히 원왕련 체면을 묵살하는 말투다. 원왕련이 더 이상 참지 못하고 노성을 토하려는데 갑자기 뜻밖에도 타유가 앞으로 나섰다.

"밀황께서 도착하시려면 이각이 남았다고 했는가?"

타유의 물음에 환보는 물론 그와 실랑이 아닌 실랑이를 벌이고 있던 원왕런까지 놀란다. 그뿐인가. 다른 왕들 역시 뜻밖의 상황에 당황한 기색이 역력했다.

"그렇소?"

환보가 차갑게 대답했다. 비록 타유가 삼전의 왕이라고는 하나 이제 갓 밀문에 들어온 자다. 그런 그가 오랫동안 밀황을 모셔온 자신에게 하대를 해대니 환보로서는 불쾌하지 않을 수 없었다. 그러나 그런 환보의 기분에는 아랑곳하지 않고 타유가 혼잣말을 중얼거렸다.

"그렇다면 시간은 충분하군."

"무슨 시간이 충분하단 말이오?"

환보가 도발하듯 물었다. 삼왕이란 존재에 대한 존중은 찾아볼 수 없다. 그러자 타유가 차가운 미소를 짓더니 번개처럼 발검을 했다.

팟!

"웃!"

환보의 입에서 다급한 음성이 터져 나온다. 검집을 벗어난 타유의 검이 눈 깜짝할 사이에 그의 팔을 베어냈던 것이다.

팟!

한순간 피분수가 터져 나왔다. 환보가 베인 팔을 잡고 주춤

거리며 뒤로 물러났다. 타유는 그런 환보를 향해 미끄러지듯 다가서더니 다시 한 번 검을 뻗어냈다.

파앗!

한 마리 독사가 움직이듯 타유의 검이 날카롭게 환보의 심장을 찾아들었다. 그러자 환보가 소리를 내지르며 성한 팔로 검을 휘둘렀다.

"뭐하는 짓이냐?"

캉!

환보의 검에 타유의 검이 막혔다. 그런데 그 순간 타유가 지그시 검을 눌러 환보의 검을 밀어내더니 한순간에 검을 들지 않은 손으로 환보의 목줄기를 잡았다.

"컥!"

환보가 속절없이 타유에게 목을 내주었다. 타유의 이 일수는 본래 살수행을 할 때 쓰는 것이었다. 지금은 맨손으로 환보의 목을 잡고 있지만 살행에 나설 때에는 타유의 왼손에 작은 비도가 들려 있어 단번에 상대의 목줄을 잘라내곤 했었다.

"크억!"

환보의 목을 움켜쥔 타유의 손에 힘이 들어가자 환보가 고통스런 비명을 흘리며 들고 있던 검조차 떨어뜨렸다. 그러자 타유가 자신의 검을 환보의 눈앞에 가져다 대었다. 그러고는 무심한 표정으로 말했다.

"내가 알기로 밀문은 강자존의 세계다. 약한 자는 강한 자에게 굴복해야 하는 곳이 밀문이라고 들었다. 해서 우리 오왕은 밀황께 충성을 다하지. 그러나 그 이외의 자들은 감히 우리 오왕을 무시할 수 없다. 설혹 밀황의 사자라고 해도 말이다. 그런데 감히 넌 오왕의 권위를 무시했다. 힘을 가진 것은 밀황이시지, 네가 아니다. 다른 왕들은 몰라도 난 호가호위하는 간사한 자를 용서할 마음이 없다. 네가 정 우리 오왕의 권위를 무시하고 싶다면 우리에게 도전해 왕의 자리를 취해라. 그 전에는… 넌 그저 한 명의 심부름꾼에 지나지 않아."

"컥!"

다시 한 번 타유의 손에 힘이 들어갔다. 그러자 환보의 눈에 흰자위가 보이기 시작한다. 숨을 쉬지 못하고 있는 것이다. 그러자 그 모습을 보고 있던 오왕 탄미가 황급히 다가와 타유를 말린다.

"삼왕, 그만하시오. 아무리 그래도 그는 밀황의 사자요. 적장의 사신도 죽이지 않는 법이거늘, 하물며 밀황께서 보내신 사자를 죽일 수야 있겠소."

탄미의 말에 타유가 잠시 환보를 노려보다가 툭 환보를 밀어젖혔다.

쿵!

환보가 중심을 잡지 못하고 땅에 나뒹군다. 그러자 타유가 차갑게 말을 내뱉었다.

"널 죽이지 않는 것은 밀황께 대한 예의다. 네 다리를 손상시키지 않은 것은 밀황의 도구를 훼손하지 않기 위함이다. 그러나 밀황님의 말을 전하는 데 너의 팔은 필요가 없지. 그래서 너의 죄를 다스리는 뜻에서 팔을 벤 것이다. 포상!"

타유가 삼전의 제일사자 포상을 불렀다. 그러자 포상이 기다렸다는 듯이 타유에게 다가왔다.

"찾으셨습니까, 삼왕!"

"그를 치료해 주시오."

"명대로 따르겠습니다."

포상이 고개를 숙여 보이곤 재빨리 환보에게로 다가갔다. 환보가 포상의 부축에 기대어 몸을 일으키며 타유를 노려봤다. 그러고는 무슨 말인가를 내뱉으려는 순간 포상의 그의 귀에 대고 뭔가를 속삭였다. 그러자 환보가 입술을 꾹 다물고는 포상을 따라 뒤로 물러났다. 환보가 물러나자 이왕 여선이 걱정스런 표정으로 입을 열었다.

"삼왕께선 생각보다 성정이 급하시구려."

"무슨 말씀이신지……?"

"물론 그동안 밀황전의 네 사자가 안하무인으로 행동한 것은 사실이오. 그러나 그들의 행동을 제지하지 않은 것은 밀황님에 대한 충성심 때문이었소. 그런데 삼왕께서 그의 팔을 베었으니 밀황님이 노하지 않으실지 그게 걱정이오. 조금 참으셨으면 좋았을 것을 그랬소."

여선의 말에 타유가 고개를 젓는다.

"그렇지가 않지요. 만약 그들의 방자한 행동을 그대로 놓아두었다가는 결국 그들의 오만함이 밀문에 큰 해를 끼치게 되었을 것이오. 그러니 그자를 치죄한 것은 밀황님에 대한 충성심과는 아무 관계가 없는 것이오. 오히려 그를 훈계해 밀문의 질서를 바로잡는 것이 밀황님에 대한 충성이라 할 것이오. 그 일을 누가 하겠소이까? 우리 오왕만이 할 수 있는 일이오."

타유의 말에 여선이 고개를 끄덕이면서도 여전히 낯빛을 풀지는 못한다.

"맞는 말이기는 하오만 밀황께선 어찌 생각하실지……."

여선의 말에 타유가 한줄기 미소를 짓는다.

"내 생각에는 밀황께서는 이 일은 칭찬을 하실지언정 문제 삼지는 않으실 것이오."

"어째서 그리 생각하시오?"

"그야 당연히 밀황께서 바로 밀문의 주인이시기 때문이오. 밀문의 주인께서 이런 일을 받아들이지 못할 리가 없지 않겠소? 하물며 천하를 꿈꾸시는 분이니 사사로운 정보다야 문의 기강이 바로서는 것을 원하실 거요."

"음… 그렇긴 하오만……."

타유의 자신감에도 불구하고 여선은 여전히 걱정이 되는 모양이었다. 그런데 그때 문득 동쪽 길 위에 일단의 사람들이 나타났다. 밀황 사불과 그를 호위하는 밀문의 고수들이었다.

사위가 순식간에 침묵에 빠져들었다. 오왕을 비롯한 밀문의 문도들이 모두 고개를 숙인 채 밀황의 말을 기다리고 있었다. 그들 중에는 한 팔이 잘린 환보도 섞여 있었는데 그는 원한 가득한 눈으로 타유를 노려보고 있었다. 아마도 그는 자신의 팔을 자른 것에 대한 복수를 밀황이 해줄 것이라고 생각하는 모양이었다.

"삼왕!"

갑자기 밀황이 입을 열었다. 그러자 타유가 기다렸다는 듯이 대답했다.

"예, 밀황!"

"장원을 보수하는 일은 모두 끝났는가?"

밀황의 물음에 사람들이 의아한 표정을 짓는다. 필시 환보의 팔을 자른 일에 대해 추궁이 있을 거라 생각했는데 밀황의 입에서 나온 말은 천중원의 보수에 대한 것이었다.

"당장 필요한 것은 모두 끝냈습니다. 이후의 일은 세월을 두고 밀문의 심처로 만드는 것이지요."

"음, 수고했소. 금자가 제법 들었겠군."

"모두 모가장에서 조달이 되었습니다."

"그렇겠지. 보자… 좋군. 과연 난공불락의 요새야."

밀황 사불이 고개를 들어 절벽 위에 거대하게 서 있는 천중원을 보며 말했다. 그는 천중원이 무척 마음에 드는 모양이었다. 그러다가 문득 사불의 시선이 한쪽 뒤에 물러나 원한 깃든 눈으로 타유를 노려보고 있는 환보에게 닿았다.

"환보!"

밀황이 환보를 부른다. 그러자 환보가 기다렸다는 듯이 미끄러지듯 땅을 달려 밀황 앞에 이른다. 팔이 상한 사람이라고는 믿기지 않는 움직임이다. 그 모습에 밀황 환보가 고개를 끄덕인다.

"두 다리는 성하군."

"주군! 이 일의 시비를 가려 주십시오."

순간 사불이 눈살을 찌푸린다.

"시비를 가려 달라고?"

"그렇습니다. 삼왕의 도발은……."

"갈!"

한순간 밀황의 사자후에 환보의 말이 끊기고 천지가 진동한
다. 천중원을 떠받치고 있던 절벽이 무너질 것처럼 흔들리는
듯도 싶었다. 환보의 얼굴이 파랗게 질린다. 밀황의 태도로 보
아 자신의 행동에 필시 실수가 있었던 것이 분명하다. 그러나
그는 자신이 무슨 잘못을 했는지 알 수가 없었다.

"환보!"

"예, 주군."

환보는 사불을 다른 사람들처럼 밀문주를 밀황이라 부르지
않고 주군이라 불렀다. 그 하나만으로도 밀황 전의 네 사자가
사불과 얼마나 친밀한 인물인지 드러난다. 그러나 지금 이 순
간 사불은 환보에게 지옥의 염왕과도 같은 존재로 변해 있었
다.

"네가 감히 삼왕과 시비를 논하겠다는 것이냐?"

사불이 물었다.

"그, 그것이……!"

"네놈은 나의 일개 시종일 뿐이다. 그런데 감히 본 황을 제

외하고는 밀문의 주인과 마찬가지인 오전의 왕들과 시비를 논해!"

"주군! 소… 소인은……."

예상치 못한 사불의 반응에 환보가 이마로 땅을 찧는다.

"진정 네가 삼왕과 시비를 가리겠다면 나에게 청할 일이 아니다. 도검을 들어 삼왕과 겨루면 될 일. 그것이 밀문의 법도임을 모르느냐? 강자존의 율법으로 성장한 밀문이다. 그런 곳에서 감히 네가 나 밀황의 말 심부름꾼이란 작은 권세를 내세워 오전의 왕들을 업신여긴단 말이냐? 너의 그 오만함이 오늘 네 팔을 잃게 만들었구나. 그런데 아직도 정신을 차리지 못하고 삼왕의 권위에 도전하다니… 너와 같은 자가 어찌 내 수하로 있었을꼬!"

사불이 짐짓 과장되게 한탄을 한다. 환보는 머리를 땅에 대고 아무 말도 하지 못한 채 부들부들 몸을 떨 뿐이다. 그는 이제야 자신의 주인이 어떤 사람인지를 떠올렸음이 분명했다.

사불은 밀문을 만들고 밀문의 법칙을 세운 사람이다. 강자존! 오직 그 율법 하나로 밀문을 이끌고 있는 자가 밀황 사불이다. 그런 그에게 스스로 율법을 어기라 청을 넣은 것이니 환보로서는 지옥의 문을 연 것이나 마찬가지였다. 언제라도 사불의 손이 자신의 머리에 떨어질 수 있는 상황이다.

"삼왕!"

밀황 사불이 이번에는 타유를 불렀다.

"예, 밀황!"

타유가 무표정한 얼굴로 대답한다. 환보의 일이 자신과는 아예 상관없다는 투의 모습이다.

"어째서 목을 베지 않고 팔만 벤 것인가?"

밀황이 질책하는 표정으로 물었다. 그러나 노기를 찾아볼 수는 없는 얼굴이다.

"그는 밀황님의 발이요, 입이요, 귀이니, 어찌 밀황님의 유용한 도구를 없앨 수 있겠습니까. 다행히 팔 하나 없다고 그 일을 하지 못하는 것은 아니니 훈계가 되었다면 그것으로 족하다 생각했습니다."

"흠, 삼왕은 역시 밀문에 입문한 지 얼마 되지 않아 인정이 있군. 밀문의 사람이라면 단번에 목을 베었을 텐데."

밀황이 다른 왕들을 주욱 둘러본다. 의도를 알 수 없는 말이다. 사실 그동안 다른 왕들은 환보 등 밀황전 네 사자의 오만함을 무던히 참아내고 있었다.

"인정 때문이 아니라 그의 두 발이 아까웠기 때문이옵니다."

타유가 다시 대답한다. 그러자 사불이 고개를 끄덕였다.

"하긴 밀문의 문도들 중 환보의 발이 가장 빠르지. 사실 저놈이 없다면 나도 제법 불편할 거야. 환보!"

"예, 주군!"

환보가 안도의 숨을 쉬며 대답한다. 사불의 목소리가 제법 부드러워졌기 때문이다.

"네가 오늘 삼왕에게 큰 은혜를 입은 것을 알겠느냐?"

"소인이 불민하여 이제야 그것을 깨달았습니다."

"좋아. 이제라도 깨달았다니 네 머리는 자르지 않으마. 그러나 몸을 추스른 후에는 반드시 삼왕을 찾아가 다시 사죄를 해야 할 것이다."

"명심하겠습니다."

환보가 재차 머리를 땅에 댄다.

"물러가라."

밀황이 가볍게 손짓을 하자 환보가 미끄러지듯 뒤로 물러났다. 그러자 밀황 사불이 좌우를 돌아보며 엄한 얼굴로 말했다.

"모두 잘 들어라. 그대들이 알다시피 본 문은 혈연으로 이어온 문파가 아니고, 그렇다고 사승의 관계로 형성된 문파도 아니다. 오로지 무를 숭앙하고 천하에 대한 야망을 꿈꾸는 사람들이 모여 만든 문파다. 이런 밀문을 지탱하는 것이 무엇이겠는가? 그것은 바로 법이다. 법이 무너지면 밀문도 무너진다. 와해된 밀문에서 그대들이 무엇을 얻겠는가?"

밀황의 물음에 밀문의 문도들은 모두 두려워 몸을 떨 뿐 누구도 입을 열지 않았다. 그러자 사불이 다시 입을 열었다.

"밀문의 법은 오직 하나, 강자존이다. 강자에 대한 절대적 복종. 강한 자에 대한 그 복종이 혈연과 사승의 관계가 만들어내는 결속을 대신한다. 그러니 그 누구라도 이 강자존의 율법에 어긋나는 행동을 하는 자는… 죽는다."

사불의 몸에서 짙은 살기가 흘러나온다. 그 살기에 숨을 헐떡이는 사람까지 있었다. 타유는 오늘에서야 사불의 진정한 힘을 느꼈다. 말이 아니라 그 기도로서 타유는 사불이 천하제일의 경지에 오른 고수임을 깨달았다.

'어려운 상대다.'

살수로서 타유가 생각했다. 그를 죽이려면 아주 오랜 시간이 걸려야 가능한 일일 것이다.

"힘을 원하는 자는 도전하라. 그에 대해선 나도 아무런 제약을 두지 않는다. 그러나 도전할 용기가 없는 자는 복종하라. 그래야 밀문이 존재한다. 모두 알겠는가?"

"예, 밀황!"

장내의 모든 사람이 고개를 조아려 대답했다. 그러자 밀황이 만족스런 표정으로 고개를 끄덕이고는 다시 입을 열었다.

"좋아. 앞으로 이 년여의 시간 동안 나와 그대들의 꿈은 시험받게 될 것이다. 그 시험을 이겨내면 우린 천하를 갖게 될 것이고, 실패하면 천하를 가진 자의 수족이 되어야 할 것이다. 그러니 모두 단단히 각오를 해야 할 거야. 삼왕!"

"예, 밀황!"

타유가 대답한다.

"일단 천중원을 보겠네."

"모시겠습니다."

타유가 앞으로 나섰다. 그러자 밀문의 문도들이 좌우로 물러서며 천중원으로 이르는 길을 열었다. 타유가 앞장을 서자 밀황 사불은 깊은 눈으로 주변을 살피며 타유를 따라 위태롭게 난 절벽 길을 오르기 시작했다.

사불은 천중원이 몹시 마음에 드는 모양이었다. 그는 근 반 나절 동안 타유를 데리고 천중원 곳곳을 살폈다. 천애의 절벽 위에 세워진 천중원은 난공불락의 요처다. 사불은 세상으로부터 격리된 이 장원이 그 자신을 위해 만들어진 장원이라고 말할 만큼 천중원을 마음에 들어 했다.

그리고 저녁이 되자 천중원 중앙에 위치한 천룡전 앞에 밀문의 문도들을 불러 모았다.

장원을 경계하는 자들을 제외하고는 거의 모든 밀문도들이 천룡전 앞에 모여들었다. 그들은 대전 앞 공터에 각 전 별로 무리를 이루고 밀황이 나올 때만을 기다렸다. 밀황은 한동안 천룡전 안에서 모습을 보이지 않다가 달빛이 천중원을 비추는 시간에 사람들 앞에 모습을 드러냈다. 그의 곁을 오전의 왕들이 호위하듯 에워싸고 있었다.

"모두 모였는가?"

사불의 눈에서 염광이 이는 듯하다. 어둠이 그의 눈을 더욱 강렬하게 만들었다.

"예, 밀황!"

밀문도들이 일제히 대답했다. 그러자 사불이 좌우를 한 번 돌아보고는 고개를 끄덕이며 다시 입을 열었다.

"좋아. 그럼 이제부터 내가 하는 말을 명심해 듣도록 하라. 이달 보름부터 이 년 동안 혈시의 난이 시작된다. 모두들 혈시가 무엇을 뜻하는지, 또한 그를 둔 혈막 내의 쟁투가 어떤 의미를 가지고 있는지 잘 알고 있을 것이다."

혈시란 혈막의 막주를 결정하는 혼돈시에 참여할 수 있는 자격을 나타내는 증표다. 지난 가한산의 회합에서 혈막의 주인들은 오류에 배정될 혈시의 양을 결정했다.

이제 이달 보름부터는 그 혈시 주인으로부터 혈시를 탈취할 수 있는 싸움이 시작된다. 혈막오류에 속한 자들은 이 쟁탈의 시간을 혈시의 난이라고 불렀다.

"혈시의 난에서 승리하는 방법은 오직 하나다. 우리 것을 지키고 상대의 것을 빼앗는 것! 그런 면에서 본 문은 아주 중요한 거처를 얻었다. 이 천중원은 나는 새도 오르기 힘든 요지에 위치해 있다. 지키기 쉬운 곳이란 뜻이다. 그러나 우리의 뜻이 천하에 있으니 지키는 것만으로는 부족하다. 최대한 많은 혈시를 모아야 혼돈시에서 우리 밀문이 오류의 수장이 될 수 있다. 그러니… 결국 천하를 얻기 위해선 강호로 나가지 않을 수 없는 것이다."

타유와 청풍은 밀황 사불의 말을 들으며 드디어 혈난의 시대가 도래하고 있음을 피부로 느꼈다. 장내에 모인 밀문의 문도들 역시 눈가에 핏발이 섰다. 혈시를 얻는 것은 밀문에도 중요하지만 밀문도 한 사람, 한 사람에게도 중요한 일이다. 혼돈시까지 혈시를 지니고 있을 수 있다면 그는 일약 밀문의 수뇌가 될 수 있기 때문이었다. 사람들이 제각기 마음속에 다른 생각을 품고 있을 때 다시 밀황의 말이 이어졌다.

"이번 가한산의 회합에서 혈시의 주인으로 결정된 사람은 모두 일백이다."

"음……."

"아……."

나직한 침음성이 흐른다. 일백이라면 단순하게 생각해 오류 각각에 이십 인 정도의 사람이 혈시의 주인이 되었다는 말이 된다. 혈막오류 각 문파에서 이십 위 안에 드는 고수들은 모두 가 절정고수다. 그런 사람들로부터 혈시를 뺏어내는 일은 거의 불가능에 가까운 일이다. 그러니 무공이 부족한 사람들은 당장에 혈시에 대한 야망이 실망으로 바뀔 수밖에 없었다.

"실망스럽게도 그중 본 문이 받아낸 혈시의 숫자는 열다섯 개에 불과하다."

"아……!"

다시금 사람들의 탄식이 이어진다. 얻은 혈시의 숫자가 생 각보다 적은 것이다.

"그러나 실망할 바는 아니다. 우리에겐 이 년의 시간이 남아 있기 때문이다. 우리의 것을 지키고 상대의 것을 빼앗는다. 혈 시를 얻는 자가 곧 혈시의 주인이다. 모두 알겠는가?"

"존명!"

"좋아. 우리 전략은 하나다. 무턱대고 강호로 나가 혈시의 주인을 찾아다닐 수는 없는 일, 다행스럽게도 우리에겐 다른 파벌이 갖지 못한 밝은 눈이 있다. 그동안 강호에 세력을 넓혀 온 이유도 모두 그 때문이었다. 우린 중원 최대의 상가 집단인 상원의 눈을 이용할 수 있다. 상원의 눈이라면 천하에 퍼져 있

는 혈시의 주인들을 찾아내는 것이 어렵지 않을 것이다. 혈시
의 위치가 파악되면 정예의 고수를 파견에 혈시를 거둬들인
다. 이것이 바로 우리가 다른 오류와의 경쟁에서 승리할 수 있
는 이유다. 삼왕!'

사불이 타유를 부른다.

"예, 밀황!"

"상원의 힘을 써야겠어. 그대와 모가장주가 삼전의 주인이
된 이유가 바로 이것 때문이었다."

생각보다도 훨씬 치밀한 사람이다.

비록 타유가 보여준 무공과 공적이 뛰어나다 하더라도 갓
입문한 그를 삼왕의 자리에 앉힌 이유에 대해 모든 사람이 의
아함을 가지고 있었는데, 오늘에서야 밀황이 타유와 모잠을
밀문 삼전의 주인으로 지목한 이유가 드러나고 있었다.

"알겠습니다."

타유가 고개를 숙여 보인다. 그러자 밀황이 다시 입을 열었
다.

"그대는 삼전의 고수들을 데리고 모가장을 거쳐 다시 상원
으로 간다."

순간 타유의 눈에 당혹한 빛이 흘렀다. 이는 그가 예상했던
일이 아니다. 그는 천중원에 남아 천중원의 비도와 밀실을 이
용해 밀문을 안으로부터 무너뜨릴 요량이었다. 그런데 밀황은
타유에게 출도를 명하고 있으니 타유의 계획은 크게 어그러지
고 있었다. 그러나 그렇다고 아니 따를 수도 없는 일이다.

"명을 따르겠습니다."

"각별히 조심해야 할 것이다. 그대 역시 혈시의 주인이 니……."

"명심하겠습니다."

타유가 대답을 하자 사불이 만족한 표정을 짓고는 좌우를 돌아보며 말했다.

"본 문에 주어진 열다섯 개 혈시의 주인은 각전의 왕과 부왕들의 몫이 열이다. 내 것을 제외하면 다시 네 개가 남는데 그 것들은 밀황전 네 명 사자의 몫으로 정했다. 이는 지금까지의 서열에 따라 정해진 것이다. 가한산에서 정해진 혈시의 주인들은 모두 혼돈록에 그 이름이 올라 오류의 모든 문도들에게 공개되었다. 그러니 보름부터 혼돈록에 이름을 올린 사람들에 대한 공격이 이어질 것이다. 모두 조심하도록!"

"알겠습니다, 밀황!"

원왕련이 다른 왕들을 대신해 대답했다.

"그리고… 한 가지 더 당부를 하겠다. 혈시에 대한 문 내의 경쟁을 금지하지는 않는다. 대신……! 그 경쟁에 뛰어든 자는 반드시 혈시를 본 문 내에서 지켜내야 한다. 만약 자신의 욕심을 채우려 혈시를 노렸다가 혈시가 다른 오류에 넘어간다면 그 싸움을 일으킨 자는 살아 있어도 다시 내 손에 죽을 것이다. 알겠는가?"

"명심하겠습니다, 밀황!"

밀문의 문도들이 일제히 고개를 숙여 대답했다.

"좋아. 그럼 우리 모두 한번 천하를 상대로 큰 도박을 해보자! 하하하!"

밀황 사불의 웃음소리가 천룡전을 넘어 천중원을 뒤흔들었다.

*　　　*　　　*

"함께 가볼 곳이 있다."

"또 어디를요?"

강검산이 퉁명스레 물었다. 그러자 선승 묵철이 부드러운 미소를 지으며 대답했다.

"네가 왜 그 일을 해야 하는지 알게 될 것이다."

묵철이 대답했다.

"선사께서 지금 그 이유를 설명해 주시면 안 됩니까?"

"처음에는 나도 그러려고 했었다. 그러나 넌 이미 우리에게 제법 큰 실망을 하지 않았느냐? 내가 말로 아무리 설득한들 네가 과연 이 일을 받아들이겠느냐?"

묵철이 말을 하면서 한쪽에 멀뚱히 서 있는 방남산을 바라봤다. 방남산이 수적들을 향해 독한 살수를 쓰지만 않았어도 일이 이렇게까지 꼬여 버리지는 않았을 터였다.

그러나 그렇다고 방남산을 탓할 수도 없는 일이다. 그에게는 그의 방식이 있다. 그는 당대의 화마경주이니 누구도 그의 방식에 이견을 달수는 없는 일이다.

"꼭, 아버지 탓은 아니지요."

강검산이 말했다.

"역시 부자지간이라 다르군."

"부자간의 정이 하루아침에 사라지는 것은 아니지요."

다시 강검산이 대답한다.

"그런데 왜 그 일을 거부하는 것이냐?"

"선사와 아버지가 도모하시는 일이 꼭 내가 가야 할 길인지에 대한 의문이 생겼기 때문이지요. 그리고 정확히 그 일의 목적이 뭔지 모르겠습니다. 검을 만들어 그걸로 뭘 어쩌시려는지. 그것에 천하에 도움이 되는 일인지도. 어쨌든 전… 그 일에 대해서 자세히 알지도 못합니다."

"그렇지."

묵철이 고개를 끄덕인다.

"그러니 이 일에 얽힌 모든 사정들을 설명해 주십시오. 연후에 제가 다시 화로 앞에 앉을지 아니면 이곳에서 양이나 치며 살지 결정하겠습니다."

"음… 네 친부도 고집이 세었느니…….."

"그래서 돌아가셨다고요."

"사내다운 죽음이었지."

"전 그런 사람은 못 됩니다."

"아무튼 내 생각은 그렇다. 일의 선후를 설명하는 것은 나와 잠시 여행을 한 후에 하자꾸나."

"혼인을 올린 지 이제 겨우 석 달입니다."

"허허허, 그 아이와 함께 지낸 것은 이미 일 년이 넘지 않았느냐?"

"아이를 가졌어요."

강검산의 말에 묵철이 고개를 끄덕인다.

"알고 있다."

"그걸 알고도 떠나자는 건가요?"

"가보면 네가 하는 일이 결국 태어날 네 아이를 위한 일이기도 하다는 것을 알게 될 것이다."

묵철의 설득이 집요하다.

"내 아이를 위한 일이라고요?"

강검산의 표정이 묘하게 변한다.

"그래."

"하지만 그 사람을 두고 떠난다는 것은… 이곳은 거친 땅이지요."

그러자 멀리서 방남산이 불쑥 입을 열었다.

"이곳 일은 걱정 말거라. 내가 지켜주마."

"함께 가지 않으실 겁니까?"

강검산이 조금 의아한 표정으로 물었다. 그러자 방남산이 퉁명스레 대답했다.

"아들 놈에겐 정이 떨어졌으니 이젠 태어날 손주 놈에게나 정을 붙일란다!"

第二章 어둠 속의 칼들

수선
경

　타유와 청풍이 성도로 이어진 관도로 나섰다. 깊은 가을빛
이 풍성하다. 마음이 따뜻해지는 계절이다. 그러나 곧 겨울이
다가오리라. 몸과 마음은 추위에 떨 것이고, 이 풍요도 거짓말
처럼 사라질 것이다. 더불어 무림의 겨울도 시작되고 있었다.

　"지금 생각해 보면 그라도 남게 되어 다행이에요."

　청풍이 말했다.

　"자부진인 말이냐?"

　"예."

　"그렇구나. 그러나 온전한 것은 아니지. 그가 과연 비도와
밀실을 이용해 들은 말들을 우리에게 모두 전할까?"

　"여전히 그를 의심하세요?"

"음… 악인은 아닌 것 같지만……."

타유가 말꼬리를 흐린다. 그러면서 바람결에 날린 머리칼을 쓸어 올리려 팔을 들었다. 그러자 검은 무복 소맷자락에 붉은 실로 수놓은 작은 혈검의 문양이 눈에 들어온다. 자세히 보면 검이 아니라 열쇠의 모양일 수도 있지만 첫눈에 느껴지는 모습은 검의 모양이다. 혈시다.

혈막은 혈시를 소지한 자는 반드시 혼돈록에 이름을 올리고 소매깃에 혈시 문양을 수놓을 것을 요구하고 있었다. 혈시의 주인들에게는 곤혹스런 일이 아닐 수 없었다. 스스로 자신이 혈시의 주인임을 드러내는 것이기에 수많은 적의 공격을 유도하는 것이나 다름없기 때문이었다.

그러나 그 난관을 뚫고 혈시를 지켜내야 혼돈시에 들 수 있다. 그래서 개중에는 아예 폐관을 하고 혼돈시가 열릴 때까지 은거하는 자도 여럿 있는 실정이었다.

타유의 입장에서도 혈시를 지키자면 천중원에 남아 있는 것이 훨씬 유리했다. 더군다나 천중원은 온전히 타유의 손아귀에 있는 것이나 마찬가지였다. 그러나 명이 떨어졌으니 천중원을 아니 떠날 수도 없는 일이었다. 그리하여 천중원에서 준비했던 모든 비도와 밀실들이 쓸모없는 것이 되어버릴 뻔했지만 다행히 그곳에는 자부진인 등나가 남아 있었다.

등나는 천중원에서 타유와 청풍의 거처인 천명각의 일꾼으로 머물고 있었는데 비록 타유와 청풍이 천중원을 떠난다고 해도 천명각을 돌볼 사람은 필요했기에 계속 천중원에 남을 수 있었다. 이제 천중원의 비도와 밀실은 자부진인 등나의 책임이 되었으니 그가 그것들을 통해 밀문의 정세와 밀황 사불의 동정을 세세하게 살펴 전해주기를 바랄 뿐이었다.

"최소한 우리에게 해를 끼치지는 않을 사람 같아요."

"나도 그렇게는 생각한다. 그러나 사람이란 본성도 중요하지만 어떤 상황에 처했느냐가 더 중요하지. 그의 심성이 정대하다 해도 그에게 이뤄야 할 어떤 목적이 있다면 결국 그도 우리를 배신할 수 있을 것이다."

"여전히 그의 배후가 있다고 보세요?"

"음……."

타유가 고개를 끄덕였다.

"만약 그렇다면 우리에겐 정말 치명적인 위험이 될 거예요."

청풍이 우울한 표정으로 말했다.

"대비를 해야겠지."

"후… 세상에 믿을 사람이 없네요. 저들은 어떨까요?"

타유가 그들과 이십여 장 떨어진 뒤쪽에서 관도를 따라 이동하고 있는 한 대의 마차를 가리켰다. 그곳에는 밀문 삼전의 육사자 중 포상과 왕사미 그리고 갈목생이 타고 있었다. 그리고 또한 그들 뒤쪽으로는 보이지 않는 곳에서 삼전의 고수들이 은밀히 타유와 청풍을 따르고 있었다.

"후후 저들이야말로 목 앞에 들어와 있는 칼이지."

"그렇죠?"

청풍이 빙긋 웃었다.

"밀황의 의도는 확실해졌다. 날 진심으로 삼왕으로 받아들인 것이 아니야. 모가장과 상원을 효과적으로 이용하기 위해 날 삼왕의 자리에 앉힌 것이지. 그러니 저들이라고 진심으로 날 따르겠느냐? 오히려 저들은 밀황이 날 감시하기 위해 붙여놓은 감시자들이라고 해야 옳을 것이다."

"그런데 별로 걱정하지 않으시는 것 같은데요?"

그러고 보니 타유는 삼전의 고수들 이야기를 하며 줄곧 얼굴에 미소를 띠고 있었다.

"행적을 알고 있고, 또 그 내심을 알고 있는 자들은 다루기 쉽지. 저들의 본심을 알고 있는데 두려워할 일이 무엇이냐? 오히려 제대로 저들을 쓸 수 있겠지. 저들은 아마도 내가 하는 일이 밀황을 위한 것이라면 죽음도 불사하고 날 도울 것이다. 쓰기 좋은 칼이지."

"어찌 보면 충신보다도 든든한 우군이군요."

"그렇지."

타유가 미소를 지었다. 그러자 청풍이 화제를 돌렸다.

"그는 어찌하고 있을까요?"

"누구?"

"모잠이요."

"흐흠… 글쎄다. 내 생각에는 아마도 장원 깊숙한 곳에 숨어서 절대 밖으로 나오지 않을 것이다. 그는 설마 자신이 혈시의 주인이 될 거라고는 생각지도 못했을 거야. 비록 삼전의 부왕이기는 하나 그도 나처럼 밀문에 갓 들어왔으니 설마했겠지."

타유의 말에 청풍이 고개를 갸웃한다.

"그래도 그는 욕심이 많은 사람이잖아요."

"물론 그렇지. 그러나 그 욕심이란 것도 혈시의 내력을 제대로 몰랐을 때의 일이다. 혈시를 지닌다는 것이 얼마나 위험한 일인지 알게 된 순간 그는 혈시가 자신의 손에 들어온 것을 오히려 두려워했을 것이다."

"그럼 일이 좀 더 수월해질까요?"

"그럴게다."

"어쩌실 생각이세요?"

청풍이 물었다. 그러자 타유가 잠시 생각에 잠겼다가 입을 열었다.

"모가장에 대한 복수를 끝내는 것은 지금 당장에라도 가능하다. 이미 천 대협 등이 모잠이 자리를 비운 사이 모광을 포섭해 놓았을 거야. 그를 충동질하고 숨죽인 종씨 가문을 부추기면 모가장은 단숨에 무너져 내릴 것이다. 그러나 지금은 때가 아닌 듯싶구나."

"어째서요?"

청풍이 의아한 표정으로 묻는다. 누가 뭐래도 모가장은 금석촌의 제일의 복수 대상이다. 그 복수를 늦출 이유가 뭐란 말인가? 청풍의 물음에 타유가 침착하게 대답한다.

"내 생각에 밀문의 무너지기 전에 모가장을 무너뜨리는 것은 좋은 일이 아니다. 모가장이 무너지면 금석촌이 온전히 예전으로 돌아갈까? 아니다. 밀문이 건재한 이상 그때가 되면 오히려 밀문이 금석촌을 직접 통제하려 할 것이다. 그리되면……."

타유의 말에 청풍이 얼른 고개를 끄덕였다.

"그렇군요. 지금은 오히려 모가장이 금석촌의 방패막이가 되겠군요."

"그렇단다. 그리고 우린 그 안에서 금석촌에 조금씩 숨을 쉴 공간을 만들어줄 수 있겠지. 모잠이 장원 깊이 숨을수록 우리가 할 수 있는 일이 많아질 테니 말이다."

"생각해 두신 게 있군요."

"그렇단다. 두고 보면 안다."

타유가 빙그레 미소를 지었다.

타유와 청풍은 장장 여섯 달 만에 모가장으로 귀환했다. 예상대로 모가장은 마치 전장을 치르려는 성처럼 삼엄한 경비를 펼치고 있었다. 그런 모가장에 타유의 귀환은 그야말로 가뭄의 단비 같은 일이었다.

모잠은 타유의 귀환 소식을 듣고 정문까지 달려 나와 그를 반겼다. 그러나 그러면서도 그는 결코 장원의 문밖을 벗어나지는 않았다.

"좌호… 아니, 삼왕! 어서 오십시오."

모잠이 타유의 호칭을 고쳐 부르며 가볍게 고개를 숙여 보인다. 과거의 인연이야 어찌 되었든 이제 그는 타유를 보좌하

는 밀문 삼전의 부왕이다. 그런 모잠을 보며 타유가 부드럽게
말한다.

"장주, 지나친 예는 삼가시구려. 이곳은 모가장이오. 모가
장의 주인은 장주시고, 난 이곳에서만큼은 밀문의 삼왕이 아
니라 모가장의 좌호법인 사람이외다."

"아, 말씀만으로도 고맙소이다. 그러나 어찌 그럴 수 있겠소
이까. 삼왕께서는 이미 존귀한 신분이 되었는데… 자자, 일단
안으로 들어가십시다. 혈시의 난이 시작되었으니 밖은 위험하
오."

"그러지요."

타유가 빙그레 미소를 지으며 모잠을 따라 장원 안으로 들
어갔다.

모잠은 타유를 극진히 대접했다. 그건 단순히 타유가 밀문
삼왕이 되었기 때문만은 아니었다. 혈시의 난이 시작된 이상
타유는 그에게 호구의 비책이나 다름없는 사람이었다.

"그래서 내 생각은 본 장의 활동을 축소하는 것이 어떤가 하
는데… 삼왕께선 어찌 생각하시는지."

모잠이 황제와 같은 식사를 마친 타유에게 물었다. 모잠은
지금 자신의 호신책을 타유에게 묻고 있었다. 그러자 타유가
차를 한 모금 마시며 말했다.

"그것도 일책이라 할 수 있소."

"다른 방책도 있소이까?"

"음… 천중원으로 들어가 있는 것은 어떻겠소?"

타유가 물었다.

"천중원으로 말이오?"

모잠이 꺼림칙한 표정으로 되물었다.

"그렇소이다. 천중원은 난공불락의 요새요. 밀문의 뭇 고수
가 모여 있으니 오류의 다른 고수들이 침입하기가 불가능하
오. 그곳이라면… 장주께서 혼돈시가 열릴 때까지 충분히 몸
을 보전하실 수 있을 거요."

타유의 말은 현 시점에서 모잠에게 가장 적당한 충고라고
할 수 있었다. 그러나 모잠에게는 그리 달가운 방책이 아니었
다. 이유는 간단했다. 밀문의 회합에 참석한 이후 모잠은 밀황
은 물론 밀문의 고수들, 그리고 밀문 자체에 대해 극심한 두려
움을 느끼고 있기 때문이었다.

"그러나 아버님, 그 방책은 외부의 적은 막을 수 있으나 내
부의 적은 막을 수 없지 않을까요?"

문득 청풍이 입을 열었다. 두 사람은 이미 모잠을 만나기 전
그를 어찌 상대할 것인지 논의가 된 상태였다.

"무슨 말이냐? 내부의 적이라니?"

"혈시 쟁탈전은 밀문 내에서도 벌어지지 않습니까? 물론 밀
황께서 혈시의 외부유출을 막기 위해 문 내의 경쟁에 까다로
운 조건을 붙이기는 했으나 그 조건이란 것이 기실 천중원 밖
에서나 적용되는 것이지 천중원 안이라면……."

"음, 듣고 보니 네 생각에도 일리가 있구나."

타유가 고개를 끄덕인다. 그러자 모잠이 얼른 입을 열었다.

"맞소이다. 내가 혈시를 지닌 채 천중원에 들어가면 아마도 밀문의 야심가들이 끝없이 날 공격해 댈 것이오. 난 솔직히 그 공격을 버텨낼 자신이 없소."

모잠이 솔직하게 자신의 심정을 말했다.

"듣고 보니 그렇구려. 내가 잘못 생각한 것 같소이다. 그렇다면 결국 방책은 장주의 말대로 장원의 경비를 철저히 하고 가급적 강호에 나서지 않는 것밖에 없겠구려."

"아무래도 그게 좋을 것 같소이다."

모잠이 얼른 고개를 끄덕인다. 그러자 타유가 은밀한 어조로 말했다.

"그렇다면 아무래도 장원의 무사를 늘려야지 않겠소?"

"하지만 외부의 사람들을 함부로 들이는 것은… 그들 중에 오류의 고수들이 섞여 들어올 수도 있지 않겠소이까?"

이런 면에선 정말 치밀한 생각을 하는 모잠이다. 그러나 타유는 이미 모잠의 반응을 예상하고 있었다.

"맞소이다. 그러니 결국의 내부의 무사들을 모아야 할 것이오."

"내부의 무사라면 어딜……?"

"음… 상원에 나가 있는 지왕당주는 불러올 수 없소이다. 그건 강호에서 모가장의 평판을 크게 떨어뜨리는 일이 될 것이오. 그러니 이렇게 합시다. 금석촌에 나가 있는 천봉당의 무사들을 장원으로 들입시다."

"그러나 그렇게 되면 금석촌의 일은 어찌한단 말인지······?"

금석촌의 모가장의 재력 오 할을 감당하는 곳이다. 함부로 사람을 뺄 수 없는 곳이 금석촌이다. 그러자 타유가 은근한 목소리로 말한다.

"금석촌은 이곳에서 사나흘 길, 빠른 말로 달리면 삼 일 내에도 갈 수 있는 거리요. 그러니 일단 그곳에 소수의 고수만을 두어 내부를 단속하고 일이 벌어지면 이곳에서 빠른 고수들을 파견해 대응하는 것으로 하면 될 것이오. 다행히··· 나의 친구들이 제법 도검을 잘 쓰니 그곳에 그들을 보내놓으면 모가장의 전력에는 손실이 없을 것이오."

타유가 마음에 두고 있던 말을 드디어 꺼냈다.

"천 대협과 그 친우 분들 말씀이시오?"

"그렇소이다."

"음··· 좋은 방책이기는 한데 과연 그 사람들이 금석촌을 맡아줄까요? 그 일은 사실 제법 고된 일인데······."

"충분한 보상을 해주어야지요. 그리고 내가 부탁을 하면 필시 금석촌을 맡아줄 것이오."

"어떤 보상이면 되리까?"

"그건 그들이 원하는 바를 들어보도록 합시다."

타유의 말에 모잠이 얼른 고개를 끄덕였다.

"그렇게만 된다면야······."

모잠이 엉덩이를 들썩이며 말했다. 그가 얼마나 다급한 심정인지 여실히 드러나고 있었다.

타유와 청풍은 거처로 돌아온 후 즉시 천소관 등 금석촌에서 은밀히 키운 고수들을 불렀다. 그리고 그들이 모잠과 나눈 이야기를 그들에게 전했다.

　"이것이야말로 손도 안대고 코를 푸는 격이군요."

　천소관이 가벼운 실소를 흘리며 말했다. 그러자 타유가 신중한 표정으로 말한다.

　"천 대협 등은 이 일을 결코 쉽게 생각하시면 안 되오."

　"걱정 마십시오. 신중하게 행동하겠습니다. 다만 생각보다 기회가 빨리 온 것이 반가운 것이지요."

　천소관이 대답했다. 그러자 타유가 다시 입을 열었다.

　"난… 모잠에게 과거 촌장님의 거처를 요구할 생각이오."

　"아……."

　천소관이 감격한 듯 탄성을 흘린다. 과거 금석촌의 촌장 복호인의 거처를 회복한다는 것은 금석촌에 특별한 의미가 있는 일이었다.

　"그리고 한 가지 더… 그에게 금석촌의 젊은이 몇을 뽑아 도검을 가르쳐 금석촌 주변을 경계하는 데 쓰자고 할 것이오. 사람이 없으니 그 방법이 좋을 듯하다고 말이오. 당연히 그들에게 무공을 가르치는 것은 천 대협 등이 되겠지요. 이렇게만 된다면 금석촌은 이 기회에 자립을 위한 기틀을 마련할 수 있을 것이오."

　타유의 말이 끝나자 천소관이 자리에서 일어나 타유에게 깊이 포권을 해 보인다.

"대협의 은혜에 금석촌을 대신해 감사드립니다."

그러자 타유가 손을 저으며 말했다.

"그러실 필요 없소이다. 이 일은 나의 친구와 나의 아들을 위한 일이니 여러분의 감사를 받을 이유가 없소. 그것보다는 이 일을 시행함에 있어 절대 모가장의 의심을 사면 안 되오."

"이를 말입니까."

천소관이 대답했다. 그러자 타유의 당부가 이어진다.

"금석촌에 들어가서도 절대 지금까지 모가장이 해왔던 일들을 함부로 바꾸려 하지 마시오. 금석촌의 형제들과는 거리를 두고 지내야 할 것이오. 조금씩, 조금씩 금석촌을 되찾아야 한다는 걸 명심하시오."

"대협의 당부 잊지 않겠습니다."

"좋소. 그럼 내일 모잠을 만나고 곧 금석촌으로 떠나시오."

타유의 말에 천소관 등이 일제히 고개를 숙여 보이고는 흥분된 얼굴로 타유의 거처를 벗어났다.

"이렇게 되면 금석촌의 일은 실질적으로·끝난 거군요. 밀문과 모가장이 무너지면 금석촌은 자연히 자립을 하겠지요."

"그렇겠지. 그나저나… 모광을 한 번 만나봐야겠다."

"모광을요? 왜요?"

"난 그에게 단 한 가지 말만 전해주겠다."

"무슨……?"

"모잠에게 혈시란 것이 있다고. 그 혈시가 천하의 권세를 대대손손 누릴 기보라고. 혼돈시에 든 자들의 영광은 수백 년을 이어가게 된다고 말이다."

청풍은 타유의 말이 얼마나 무서운 것인지 알고 있었다. 모광이 혈시의 존재와 혈시를 얻는 방법을 알게 된다면 아마도 모가장은 형제간의 은밀한 암투로 안에서부터 무너져 가게 될 것이다. 그 비참한 말로는 금석촌의 후인들에겐 가장 완벽한 복수가 될 것이다.

그러나 청풍의 마음은 편치 않았다. 그는 차라리 때가 되면 그와 타유의 검으로 모잠과 모광의 목을 베는 것이 더 좋지 않을까하는 생각을 잠시나마 떠올렸다.

"풍아, 이 아비는 본래 심성이 독한 사람이다."

청풍의 생각을 읽었을까. 타유가 우울한 음성으로 말했다. 그러자 청풍이 고개를 저었다.

"아뇨, 아버지는 마음이 따뜻한 사람이에요. 단지 적아의 구분이 명확할 뿐이시죠."

모잠의 명이 떨어졌을 때 가장 먼저 반발한 것은 당연히 천봉당주 민아연이었다. 그녀는 수십 년 지켜온 금석촌의 통제권을 외인에게 내주는 것은 있을 수 없는 일이라며 결정을 재고할 것을 강력하게 주장했다.

그러나 모잠의 결심은 바위처럼 단단했다. 그에게는 금석촌보다 자신이 목이 중요했다.

물론 민아연은 모잠이 왜 이렇게 모가장의 경비를 강화시키려 하는지 그 내막을 자세히 알지는 못했다. 혈시의 난에 대해 모잠은 아직 모가장의 수하들에게 상세한 내용을 털어놓지 않고 있었다. 그러니 민아연과 다른 당주들이 반발하는 것은 어쩔 수 없는 일이었다.

그러나 누가 뭐래도 모가장의 주인은 모잠이다. 그가 결정한 일을 번복하는 것은 오로지 그 자신만이 가능한 일이다. 그리고 모잠은 절대 자신의 결심을 번복할 사람이 아니었다.

"그럼 수고들 해주시오!"

모잠이 평소의 그답지 않게 정중한 태도로 천소관 일행을 전송한다. 그러자 천소관 등이 마주 포권을 하며 대답했다.

"너무 걱정 마십시오. 강호에 그 누가 있어 감히 모가장을 상대로 금석촌을 빼앗으려 하겠습니까? 저희는 그저 잠을 줄이고 눈을 열어 금석촌에 욕심을 내는 자가 있는지를 살피겠습니다. 그런 자들이 나타나면 즉시 장주께 알릴 터이니 이후의 일은 장주께서 해결하시면 되실 것입니다."

"그렇소. 그렇소. 본 장과 금석촌의 거리가 멀지 않으니 위험이 있으면 즉시 달려가겠소. 그러니 부디 금석촌을 잘 부탁하오."

"하하하, 이 천소관 비록 일개 필부에 지나지 않으나 한 번 맡은 일은 실수한 적이 없으니 걱정 마십시오."

"여러분을 믿겠소."

모잠이 든든한 표정으로 말했다. 그러자 타유가 천소관 등을 보며 말했다.

"자, 이만 떠나시게들. 한시가 급하니!"

타유의 재촉에 천소관 등이 고개를 끄덕이고는 천봉당의 고수 셋과 함께 장원을 나서 금석촌으로 떠나갔다. 그런데 그렇게 금석촌으로 가는 사람들을 배웅하고 자신의 처소로 돌아가던 타유를 어느새 쫓아왔는지 민아연이 불러 세운다.

"좌호법께서는 잠시 제게 시간을 내어주실 수 있나요?"

"무슨 일이오?"

타유와 청풍이 의아한 표정으로 민아연을 보며 물었다. 그러자 민아연이 정색을 한 표정으로 대답했다.

"최근 들어 본 장에서 일어나고 있는 일들에 대해 좌호법께 여쭐 말씀이 있습니다."

그런데 그때 지금까지 침묵을 지키고 있던 청풍이 불쑥 앞으로 나서며 입을 열었다.

"당주께 한 말씀 올리지요."

"부당주가 끼어들 일이 아니네."

"아닙니다. 이 일은 반드시 짚고 넘어가야 할 듯합니다. 물론 당주님을 위해서 말이지요."

"날 위해서? 그래 무슨 말이 하고 싶은 건가?"

민아연이 여전히 불쾌한 표정으로 물었다. 그러자 청풍이 싸늘한 음성으로 말한다.

"당주께서도 알다시피 아버님께서는 밀문의 회합에 참석하신 후 밀황의 신임을 얻으셔서 밀문오왕 중 삼왕의 자리에 오르셨습니다. 삼전의 부당주는 바로 본 문의 장주시지요. 그런데… 당주께선 여전히 아버님을 모가장의 좌호법으로만 생각하시는 것 같은데 이는 아버님에 대한 커다란 결례가 아닌지요? 과거 밀문사왕이 모가장을 통제할 때에도 그에게 이런 태도로 대하셨는지 그것이 궁금하군요."

청풍의 말에 민아연의 표정이 변했다. 생각해 보면 그녀는 여전히 타유를 모가장의 좌호법으로만 생각하고 있었던 것이다. 그러나 이제 타유의 신분이 크게 변해 모가장의 그 누구라도 머리를 조아리지 않을 수 없는 밀문삼왕이 되었으니 그녀가 이렇게 함부로 타유의 행보를 막을 수는 없는 처지였다.

"듣고 보니 부당주의 말이 맞는 것 같구려. 삼왕께 사죄드립니다. 천녀가 감히 옛 버릇을 고치지 못하고 삼왕께 무례를 저질렀습니다."

"괘념치 마시구려. 나도 예상치 못한 감투를 쓴 것이니. 그런데 내게 하고 싶은 말이 뭐요?"

말을 그렇게 했지만 민아연으로서는 타유의 음성에서 느껴지는 싸늘한 기운을 느끼지 않을 수 없었다. 민아연이 예전 같지 않은 타유의 반응에 잠시 침묵을 지키다가 입술을 깨물며 입을 열었다.

"삼왕께 여쭙고 싶은 것이 있습니다."

"말해보시오."

"혈시가 무엇입니까?"

순간 타유가 살짝 눈살을 찌푸린다.

"누구에게 들었소?"

타유가 민아연의 질문에 대답을 하는 대신 추궁하듯 물었다. 그러자 민아연의 눈가에 설핏 두려움이 깃든다.

타유와 모잠을 제외하고 모가장에서 함부로 밀문의 일을 입에 올릴 수 있는 사람이 없다는 것을 그녀 역시 잘 알고 있었다. 함부로 밀문의 일을 입에 올렸다가는 그 순간 목이 달아날 수도 있었다.

지난 수십 년 간 밀문은 그렇게 모가장의 문도들에게 원초적인 두려움을 안겨주는 존재였다.

"장주께… 들었습니다. 물론 그에 대한 자세한 사정은 모릅니다. 그래서 이렇게 삼왕께 혈시에 대해 여쭙는 것입니다."

"흠… 장주가 위험한 일을 하셨군."

타유가 나직하게 중얼거린다. 그러자 민아연이 얼른 입을 열었다.

"장주께선 단지 지나가는 말씀으로 혈시를 입에 올렸을 뿐입니다."

"이유야 어쨌든 혈시의 존재를 외부에 드러내는 일은 무척 경솔한 행동이오. 밀황께서 아시면……."

"삼왕께선 물론 장주님과 인연이 깊으시니 이 일을 눈감아주시리라 생각합니다만……."

"그렇긴 하오. 아무리 우리 두 사람의 위치가 변했다고는 해도 내 장주와의 인연을 모른 척할 수는 없지. 그런데 혈시가 무엇이냐고 물었소?"

"그, 그렇습니다."

"그것이 왜 궁금하오?"

"그 물건으로 인해 장주께서 우리 천봉당을 금석촌에서 불러들여 장원을 지키게 하셨으니 어찌 그 물건이 궁금하지 않겠습니까?"

"음… 내 천봉당주와의 인연이 없지 않으니 당부 삼아 말씀드리리다."

타유의 말에 민아연이 정중하게 고개를 숙여 감사의 말을 대신한다.

"혈막을 아오?"

"그 또한 얼핏……."

민아연이 대답한다.

"혈시는 바로 그 혈막을 움직이는 사람들만이 지닐 수 있는 물건이오. 이 년 후에 혈시를 가진 자들이 모여 혈막의 새로운 우두머리를 정하고 천하의 정세를 논하게 되는데 그 자리에 참석한 자들은 향후 천하를 움직이게 될 것이오. 그러니 그 물건에 욕심을 지닌 자가 어디 한둘이겠소? 더군다나 혈시의 쟁탈은 혈막에서 공식적으로 인정한 일이라 앞으로 이 년 동안 강호에선 처절한 살육전이 수없이 벌어질 것이오. 그러니… 장주가 어찌 걱정을 하지 않을 수 있겠소."

"아, 장주께선 무척 위험한 물건을 얻으셨군요."

민아연이 탄식하듯 말했다.

"그렇소. 기보는 곧 마물이란 말이 있소. 천하의 주인이 될 수 있는 물건이로되 자칫하면 모가장의 멸문을 부를 수도 있는 물건이오. 그러니… 천봉당이 금석촌을 떠난 일을 너무 서운케 생각 마시오."

타유의 말에 민아연이 한숨을 내쉬면서도 고개를 끄덕였다.

"사정이 그렇다면 당연히 모든 문도가 장주님을 지켜야겠지요."

"장주가 천봉당주의 그 충성심을 알아주어야 할 텐데 말이오."

"대가를 바라고 하는 일은 아니지요."

민아연이 무심하게 대답한다.

"그렇기는 해도… 역사를 보면 항상 드러나지 않은 충신은 결국… 아니외다. 내가 쓸데없는 말을 했군. 자, 그럼 난 그만 가겠소. 궁금함은 충분히 풀렸을 테니."

"감히 삼왕님을 번거롭게 해드려 죄송합니다."

"됐소."

타유가 손을 젓고는 청풍과 함께 민아연을 지나쳐 걸음을 옮겼다.

그러자 민아연이 뭔가를 곰곰이 생각하는 듯하더니 이내 바쁘게 움직여 두 사람에서 멀어졌다.

"그녀가 그들에게 이 일을 전할까요?"

문득 청풍이 물었다.

"아마도……."

타유가 고개를 끄덕였다.

"생각지도 않게 일이 풀렸군요."

"그러게 말이다. 모광과 종청영 모자에게 이 일을 어찌 전할까 고민했었는데 적당한 심부름꾼이 나타난 격이구나."

"그들이 욕심을 낼까요?"

"반드시 그러하다. 권력이란 가졌다가 잃은 사람에게 더욱 절실한 법이지. 그들은 어떤 방법으로든 모잠에게서 혈시를 얻어내려 할 것이다. 그리고 그 이후에는 당연히 내게 복종하게 되겠지. 밀문의 문도가 아닌 그들이 혈시를 얻어봐야 찾아오는 것은 죽음뿐이니 어떻게든 나를 통해 밀문에 들려 할 것이다."

"모잠을 돕지 않으실 생각이시군요?"

청풍이 조금 놀란 표정으로 물었다.

"누구의 손도 들어주지 않을 것이다. 이기는 자가 혈시를 들고 날 찾아오겠지. 우린 그동안 상원에 가 있자꾸나. 밀황의 명도 있지만 나도 궁금하구나. 혈시의 주인들이 어떻게 살아가고 있는지……."

*　　　　*　　　　*

이제는 제법 익숙한 풍경이다. 북방에는 가을이 시작되었지만 장강변의 수목은 아직 푸르다.

타유와 청풍은 작은 소선에 몸을 맡기고 장강을 따라 내려가고 있었다. 그들의 곁에는 포상과 왕사미가 있었는데 두 사람은 조금 곤혹스런 표정으로 타유를 지켜보고 있었다.

그도 그럴 것이 혈시의 주인치고 타유는 너무도 자유롭게 여행을 하고 있었다. 혈시의 주인이 된 자는 대부분 혈시의 난이 시작되면 암행을 한다. 그건 밀황조차도 마찬가지였다. 언제 어느 때라도 혈시를 노리는 자의 살검이 찾아들 수 있기 때문이었다.

그런데 타유의 행보는 전혀 달랐다. 모가장을 나선 이후부터는 마치 기습을 기다리는 사람처럼 그렇게 환한 대낮에 모두의 시선이 닿는 곳을 따라 이동하고 있었던 것이다.

"삼왕! 다시 한 번 재고해 보심이 어떠실지……?"

문득 포상이 입을 연다.

"무슨 소린가?"

타유가 되물었다.

"이렇게 여행을 하는 것은 너무 위험한 일입니다."

그러자 타유가 빙그레 미소를 짓는다.

"위험을 없애고자 하는 일이오."

"그게 무슨 말씀이신지… 이렇게 행적을 드러내서야 혈시를 노리는 자들의 좋은 표적이 될 것입니다."

"사람이나 짐승이나 말이오. 한 번 크게 데인 불 옆에는 가까이 가지 않는 법이라오."

순간 포상의 눈빛이 반짝인다.

"그 말씀은 일부러 적을 끌어들이려 하신다는……?"

"맞소. 난 혼돈시가 열리는 이 년 동안 숨어 다닐 생각은 없소. 누구라도 먼저 내게 다가오는 자가 내게 자유를 주겠지. 첫 번째 상대를 베면 그보다 약한 자들은 오지 않을 것 아니오? 그런 면에서 첫 번째 상대가 강한 자이길 바라오."

타유의 말에 포상이 근심어린 표정을 짓는다.

"그러나 오류의 고수는 누구든 결코 방심할 수 없는 존재들입니다."

"물론 알고 있소. 그러나… 그들은 나를 제대로 모르지 않소? 일사자, 그대는 날 아시오?"

타유의 물음에 포상의 말문이 막힌다. 사실 알고 보면 밀문에서 타유를 제대로 알고 있는 사람은 아무도 없다. 그들이 아는 타유는 오직 모가장에 들어온 이후의 타유였다.

"사람들이 날 모르는 것이 나쁜 것은 아니나 또한 이런 경우에는 골치 아픈 일이기도 하지. 날파리가 많이 끓을 수 있으니 말이오. 그런 일을 방지하기 위해서 이렇게 낚시를 하고 있는 것이오. 그러니… 그대들은 주변을 잘 살피시오. 대어가 오면 절대로 놓치면 아니 되오."

"명심하겠습니다."

포상이 고개를 숙여 보이고는 뒤로 물러난다. 그러자 타유가 왕사미에게 물었다.

"삼사자, 다른 왕들의 행보는 어떻소?"

"일단은 모두 천중원에 머물고 있습니다."

왕사미가 대답했다.

"허허, 그럼 얼른 상원으로 가야겠군. 그렇게 놀아서야 쓰

나, 얼른 강호로 나가 하나라도 더 혈시를 모아 와야지. 상원의
눈을 이용하면 혈시를 지닌 자들이 어디에 있는지 여럿 잡아
낼 수 있을 거야."

타유가 무척 즐거운 듯 웃음까지 흘린다. 그런 타유를 보며
포상과 왕사미의 표정이 묘하게 변한다. 마치 속을 알 수 없는
흙탕물을 대하는 듯한 표정이다.

그러거나 말거나 타유와 청풍은 이후 줄곧 지나치는 풍경의
이야기나, 그들이 여행했던 어느 지방의 기억을 떠올리는 말
들을 늘어놓으며 태평하게 강을 따라 흘러내려 갔다.

물고기를 기다리는 것은 그리 오래 걸리지 않았다. 아마도
그건 혈시라는 미끼가 워낙 탐나는 것이기 때문일 터였다.

소식이 전해진 것은 장강변에 위치한 금석하라는 마을을 앞
두고서였다. 타유 일행은 그곳에서 이삼 일 머물며 긴 여정의
노독을 풀고 갈 생각이었다.

"누구라고 했소?"

"초무라는 자입니다."

"초무라… 어디에 속한 잔가?"

"혈마천의 고수입니다."

포상이 신중한 표정으로 대답한다. 타유가 혈마천이라는 말
에 호기심을 드러냈다.

"혈마천이라. 지금까지 혈마천의 고수는 만난 적이 없는데
궁금하군. 어떤 자인지……."

"조심하셔야 합니다. 혈마천은… 비록 과거와 같지 않다지만 그래도 여전히 혈막을 주도하는 자들입니다. 사실 혈막오류가 탄생한 것 자체가 혈마천에 의한 일이지요. 그 점을 오류의 타 파들도 인정해 그들에게 가장 많은 서른 개의 혈시가 돌아간 것이 아닙니까?"

　"그렇소?"

　"그렇습니다. 혈마천의 조사라 칭해지는 가륭이란 인물이 혈사신공을 대성하고 혈마천을 열었지요. 그리고 그가 오류의 조사들을 찾아다니며 혈막의 시대를 열었습니다. 이후 그의 후예들이 몽골의 왕족을 내세워 세상을 장악했는데 오류가 모두 그들에게 동조했으니 자연히 오류 내에서도 가장 강력한 힘을 갖게 되었지요. 물론 절대무공의 경지에서 보면 천마성에 미치지 못하겠으나 그 세력의 강맹함은 천마성을 오히려 능가하는 면이 있었지요. 그러던 것이 최근 들어 그 세가 꺾이기 시작했습니다. 물론 그럼에도 불구하고 여전히 오류 내 최고의 세력이지요. 만약 그들이 예전과 같았다면 혈시에 대한 경쟁은 처음부터 없었을지도 모릅니다."

　포상의 말에 타유가 천천히 고개를 끄덕인다. 이미 혈막오류 각 세력에 대해서는 포상에게 대충 그 사정을 들어 알고 있었으나 혈마천의 조사인 가륭이란 인물에 대해서는 처음 듣는 타유였다.

　"그들이 약해진 이유를 알고 있소? 비록 원 황실이 혈막을 멀리하기 시작했다고는 해도 무림의 세력인 혈마천의 쇠락은 그것과는 별개의 문제일 텐데?"

"그것이 자세한 사정은 저도 알지 못합니다. 다만 수십 년 전 혈마천의 수뇌 여럿이 흥안령 인근에서 한 명의 고수에게 크게 당한 일이 있다고 전해지지요. 본래 혈마천은 아홉 개의 하늘, 그러니가 혈마구천이라 불리는 조직으로 이뤄져 있는데 당시 그 혈마구천의 천주 중 세 명의 죽었다고 합니다."

포상의 말에 타유가 놀란 표정을 짓는다.

"단 한 사람이 세 명의 천주를 죽였다는 거요?"

"소문은 그렇습니다."

"대체 어떤 자가 그런 일을 할 수 있단 말이오?"

"그의 정체에 대해선 알려지지 않았습니다. 단지 그는 한 자루 검을 쓰는 자라고 했는데 당시의 나이가 삼십을 넘지 않았다고 하더군요."

"음……."

타유가 나직한 침음성을 흘렸다. 삼십을 넘지 않은 나이에 혈마천과 같은 곳의 수뇌 셋을 홀로 죽였다면 놀라운 일이 아닐 수 없었다. 그자가 만약 지금까지 살아 있다면 아마도 천하에서 가장 강한 자가 되었을 터였다.

"이후 그자의 흔적은 발견되지 않았소?"

"그렇습니다. 혈마천에서도, 또 다른 오류에서도 은밀히 그자의 행적을 알아보려 했으나 어디서도 그를 찾을 수 없었지요. 해서 세상에 뜻이 없는 사람이려거니 그렇게 생각하고 전설속의 인물이 되어버렸습니다."

포상의 말을 들으며 타유은 한편으로 등줄기가 서늘해짐을 느꼈다. 세상에는 드러난 것보다 드러나지 않은 고수가 더 많다는 것을 다시 한 번 확인할 수 있는 이야기다. 또한 최근 들어 그 자신이 가지게 된 무공에 대한 자신감이 어쩌면 오만일 수도 있다는 경계심도 들었다.

'조심해야겠어. 그동안 너무 해이했어.'

타유가 침묵을 지키자 포상이 타유의 눈치를 살피며 말을 이었다.

"아무튼 초무라는 자는 그 혈마구천의 칠천에 속한 자로 칠천의 천주 좌자의 깊은 신임을 받고 있는 자지요."

"혈마천에 돌아간 혈시가 모두 몇 개라고 했지?"

"모두 서른 개입니다."

"음… 그렇다면 혈마천의 서열 삼십 위 안에는 들지 못하는 자군."

"그렇다고 할 수 있지요."

포상이 고개를 끄덕였다.

"그런 자라면 크게 걱정할 필요 없소. 그런 자를 상대하지 못한다면 어찌… 아무튼 계획대로 금석하에서 이삼 일 쉬어 가겠소."

"알겠습니다."

포상이 깊게 고개를 숙였다.

배가 천천히 포구로 들어섰다. 그러자 포구 안쪽에서 두 사람이 나와 배를 마중한다. 타유와 일정한 거리를 두고 떨어져서 움직이고 있던 삼전의 사자 중 한 명인 갈목생이다.

배가 갈목생의 손짓에 따라 비어 있는 자리를 찾아들어 닻을 내렸다. 그러자 갈목생이 땅 위에서 타유를 향해 포권을 해 보인다.

"삼왕을 뵙습니다."

"경솔하이. 사람들의 눈이 있네."

포상이 얼른 갈목생에게 주의를 주었다. 그러자 갈목생이 얼른 포권을 풀고는 타유에게 사죄를 한다.

"죄송합니다. 소인이 어리석어……."

"됐소. 날 노리는 자라면 그대의 행동이 아니더라도 나의 존재를 충분히 파악하고 있을 테니. 그래, 쉴 곳은 정했소?"

타유가 소선에서 훌쩍 뛰어내리며 물었다. 그러자 갈목생이 대답한다.

"마을 서쪽에 깨끗한 객잔이 있어 방 몇 개를 잡아두었습니다."

"객잔이라……."

"마음에 들지 않으십니까?"

포상이 물었다.

"낚시를 하기에는 너무 번잡하지 않겠소?"

타유가 포상에게 묻자 포상이 고개를 끄덕이며 대답했다.

"그렇기는 합니다만, 하면 어떤 곳으로……?"

"노숙을 준비할 수 있소?"

타유가 갈목생을 보며 물었다. 그러자 갈목생이 대답했다.

"물론 가능하기는 합니다만 어찌 존귀하신 삼왕께서 노숙을……!"

"낚시를 하려면 미끼도 좋아야 하고, 장소도 중요하지. 미끼야 최상이니 장소를 잘 고르면 능히 대어를 낚게 될 것이오. 노숙을 준비하시오. 우리 강호인이야 하늘이 이불이지."

타유의 말에 포상이 갈목생을 향해 가볍게 고개를 끄덕였다. 그러자 갈목생이 즉시 고개를 숙여 보인다.

"명대로 행하겠습니다."

금석하 외곽에 관운장을 모시는 사당이 한 채 있다. 과거 후한 말 형주를 지키다 죽임을 당한 관우의 사당은 장강 주변에서 흔히 찾아볼 수 있었다.

금석하에도 역시 다른 곳과 마찬가지로 언제부터인가 관운장의 사당이 있었다. 세월이 지나며 사당은 시간의 때를 입었고, 만들 때와 달리 제대로 돌보지 않는 탓에 거미줄이 치고 낡은 벽 여러 곳이 허물어져 있었다.

그렇게 오랫동안 방치되어 이제는 들쥐들의 집으로나 쓰이는 사당에 웬일인지 인기척이 느껴졌다.

투툭투툭!

마른 나무 타는 소리가 들려오고 사당 안에서 불빛이 비춘다. 그 불빛 아래 세 사람의 중년인이 보였다. 세 사람은 작은 모닥불을 둘러앉아 육포를 뜯고 있었는데 그 모습들이 사뭇 긴장되어 보였다.

그런데 갑자기 그들이 머물고 있는 사당으로 검은 그림자가 다가왔다. 그러고는 망설이지 않고 사당 안으로 들어가 세 사람에게 고개를 숙여 보였다.

"어찌 되었는가?"

삼 인 중 한 명이 사당으로 들어온 사내를 보며 물었다.

"그가 금석하 북변에 숙영지를 차렸습니다."

"숙영?"

질문을 했던 사내가 눈을 가늘게 뜬다.

"그렇습니다."

대답을 들은 사내가 고개를 갸웃하며 아무 말 없이 앉아 있는 맞은편 검은 무복의 사내에게 시선을 주며 물었다.

"형님, 이상한 일이 아닙니까? 그와 같은 자가 어찌 노숙을 할까요?"

"이상할 것 없네."

질문을 받은 검은 옷의 사내가 대답했다.

"형님은 그 이유를 알고 계신단 말입니까?"

질문을 던졌던 사내가 의아한 표정으로 물었다. 그러자 검은 옷의 사내가 대답했다.

"간단한 이치야. 우리를 발견했다는 말이지."

"예?"

질문을 했던 사내가 놀란 빛을 보인다.

"우릴 상대하기에 객잔은 좋지 않다고 본 것이네. 너른 곳에서 우릴 기다리겠다는 의미야."

"그러나 우린 충분히 은밀히 움직였는데⋯⋯?"

"그가 누군가. 밀문의 삼왕이야. 그런 자의 눈이 어찌 밝지 않겠는가? 오류의 고수 중 만만한 자는 없어."

"그럼 어쩌지요? 기습의 이득을 취하지 못하면 위험하지 않습니까?"

사내의 질문에 묵빛 무복의 사내가 잠시 생각에 잠겼다. 그러다가 문득 고개를 끄덕인다.

"초대에 응한다."

"초대라뇨?"

"강변에 노숙을 하는 것은 곧 나를 초대하는 것. 가서 부딪혀 보도록 하지."

"설마 그와 정면 대결을 하시겠다는 말이십니까?"

"어쩌면 그게 가장 쉬운 방법일지도 모르네. 우리 혈막오류의 사람들도 무인, 가서 정식으로 도전하면 그 또한 수하들을 모아 나를 상대하지는 못할 거야. 평판이란 것이 있으니."

"그러나 그리되면⋯⋯."

"아우는 내 무공을 믿지 못하는가?"

"그럴 리가 있습니까? 형님의 무공은 사실 혈마천에서 이십 위 안에 너끈히 드시지요. 아마 능력으로만 보시면 이미 혈시의 주인이 되셨어야 할 것입니다. 천존께서 측근들을 편애하시지만 않으셨다면⋯ 그래서 칠천주께서도 그것을 안타까워하셔서 형님의 강호행을 허락하신 것 아닙니까?"

"그런데 뭘 걱정하는가?"

묵빛 사내가 되물었다.

"그는 장막에 가려진 인물입니다. 갑자기 세상에 튀어나왔지요. 그가 강호에 등장한 후 밀문의 삼왕이 되기까지 겨우 일년의 시간이 필요했을 뿐입니다. 이런 경우는 단 하나, 그에게 그만한 능력이 있다는 것이지요. 조심할 필요가 있습니다."

"나도 충분히 그에 대해 조사를 했네. 그가 모가장에서 행한 일, 또한 상원에서 독곡의 고수들을 상대한 일 등을 모두 알아보았어. 그래서 내린 결론은 그에게 밀문삼왕의 자격이 충분히 있다는 것이지. 그러나 그가 독곡의 고수들을 상대한 이야기를 들으며 내 힘으로 그를 충분히 상대해 낼 수 있다는 결론을 내렸네. 당시 상원에 나가 있던 독곡의 고수들은 독곡의 최정예 고수가 아니었어. 그런데 그가 몇을 베었지?"

"들리는 소문에 의하면 셋을 넘지 않았다고 했지요."

"그렇지. 나라면 몇을 베었을까?"

검은 옷의 사내가 물었다. 그러자 그의 아우라 칭한 자가 잠시 생각하다가 입을 열었다.

"그렇군요. 형님이시라면 상원에 나와 있던 독곡의 고수를 모두 베셨을 겁니다."

"하하, 아우가 내 얼굴에 금칠을 하는군. 어찌 모두 베기야 했겠나. 그러나 적어도 다섯은 넘었을 걸세. 그러니 안심하시게."

"알겠습니다. 만약을 위해 강 위에 형제들을 대기시켜 놓겠습니다."

"그럴 일이야 없어야겠지만 그도 좋겠지."

묵빛 사내가 고개를 끄덕였다.

"언제 그를 만나실 생각이십니까?"

"우리와 같은 사람이 밝은 날 움직일 수는 없고… 지금쯤 요기를 마쳤겠지?"

"그렇겠지요."

"그럼 지금 일어나세. 오늘 밤을 넘기는 것은 좋지 않아. 오류의 눈이 사방에 깔렸으니."

"알겠습니다. 모두 준비하라!"

사내가 사당 주변을 보며 명을 내렸다. 그러자 갑자기 조용하던 사당 위에서 갈댓잎 날리는 소리가 일어났다. 묵빛 사내의 수하들이 사당 주변에 매복해 있었던 것이다.

"그가 오고 있습니다."

타유가 저녁 요기를 마치고 막 잠자리에 들려는데 막사 밖에서 포상의 목소리가 들린다.

"이 밤에?"

"그렇습니다."

"성미가 급한 자군."

타유가 투덜거렸다. 그러자 청풍이 말했다.

"그만큼 자신 있다는 것이겠지요."

"음, 그런 뜻이 되나?"

타유가 겸연쩍은 표정을 짓다가 막사 밖의 포상에게 말했다.

"명한대로 준비되었소?"

"예, 삼왕!"

"좋아. 그럼 낚시를 시작해 볼까. 잘되면 향후 이 년 동안 큰 어려움은 없을 거야."

타유가 검을 들고 자리에서 일어났다. 단천마검이다. 그가 단천마검을 들었다는 것은 오늘 크게 살계를 열겠다는 말이 된다. 청풍이 입술을 굳게 다물고 타유의 뒤를 따랐다.

타유가 강변에 어수선히 자란 풀을 발로 차며 좌우로 어슬렁거렸다. 긴장된 마음을 풀려는 것 같기도 하고 어쩌면 싸울 자리를 고르는 것도 같았다.

그런 그를 향해 일단의 사람이 다가왔다. 사당에서 타유를 상대할 계책을 세우던 자들이다. 불청객들은 타유가 숙영지의 밖에 나와 홀로 서 있는 것을 보고는 멀찍이 거리를 두고 걸음을 멈췄다. 그러고는 그중 검은 옷의 사내가 앞으로 걸어 나와 타유와 십여 장의 거리를 두고 멈추더니 입을 열었다.

"그대가 밀문삼왕이오?"

그러자 타유가 무심하게 되물었다.

"그대는 혈마칠천의 무사라지?"

"역시 내가 오는 것을 알고 있었구려."

"음… 용기가 가상하군. 혈마천의 일개 무사가 밀문의 삼왕

인 내게 도전을 하다니. 그래서 내 그 용기를 높이 사 친히 나
와 기다리고 있었네."

타유가 자연스레 하대를 한다. 그러자 사내의 볼이 살짝 꿈
틀거린다. 그러나 그럼에도 그는 자신의 감정을 내색하지 않
았다. 대신 가볍게 포권을 해 타유에게 새삼스레 인사를 한다.

"존귀하신 밀문의 삼왕을 뵙게 되어 영광이오. 난 혈마칠천
의 무사 초무라고 하오."

"혈시를 원하나?"

타유가 인사는 받는 둥 마는 둥 하며 질문을 던진다. 그러자
혈마천의 무사 초무가 고개를 끄덕였다.

"혈막의 무사라면 누구나 혈시를 원하지 않겠소?"

"음, 그런데 상대를 잘못 찾은 것 같은데……."

초무는 자신의 상대가 되지 못한다는 의미다.

"길고 짧은 것은 겨뤄봐야 알지 않겠소?"

초무가 반발한다. 그러나 타유는 막무가내로 초무를 타박한
다.

"방법도 잘못되었어. 하수가 고수를 상대하는 방법은 오직
기습의 이득을 취하는 것밖에 없는데 이렇게 드러내 놓고 찾
아오다니. 혈막의 형제들이 이 사실을 알면 그대는 큰 웃음거
리가 되고 말거야. 더군다나 이런 식의 방법은 무공의 고하를
떠나 혈마천의 방식이 아니지 않는가? 혈마천의 행사는 본래
음험하고 독랄한 것으로 알고 있는데……."

"날 모욕하는 것은 상관없으나 혈마천을 모욕하는 일은 그

만두시오. 그리고 모욕은 그대에게 자격이 있음을 확인한 후에 해도 늦지 않소. 그게 아니라면 밀문의 삼왕이나 되는 그대가 나를 상대하기가 두려워 내 심기를 어지럽히려는 것이든지……."

초무의 역공이다. 그러나 타유는 바위처럼 흔들리지 않고 초무를 말로서 공략했다.

"흥분했군. 역시 부족해. 부족함을 안다면 그만 물러가게. 목숨은 살려주지. 모르고 한 짓은 죄가 아니니."

순간 초무가 검을 뽑았다.

차앙!

검집에 밀려 나오는 검의 울음이 얼음처럼 차다.

"말이 필요없는 일인 듯하오!"

초무가 타유를 겨누며 소리쳤다. 그러자 타유가 고개를 끄덕인다.

"그렇군. 말을 알아듣지 못하는 자는 매를 치는 것이 옳은 방법! 매를 맞겠다면 오라!"

타유의 대답에 초무가 노기를 터뜨리며 타유를 향해 달려들었다. 초무의 검은 날카로웠다. 오직 살검만으로 이뤄진 그의 초식들은 일 초 일 초에 강렬한 한기를 담고 있어 사람의 피를 보지 않았음에도 혈무가 허공에 퍼지는 듯한 느낌이 들었다.

파파팟!

초무의 검초가 연이어 세 번 타유의 머리를 찔렀다. 타유는 몸을 써서 상대의 검초를 피하면서 검을 검집에 그대로 둔 채

검집으로 초무의 검들을 살짝살짝 비틀어 막았다. 그러자 초무가 한순간 훌쩍 뒤로 물러났다. 상대가 검을 뽑지도 않고 자신을 상대하는 것이 분한 모양이지만 애써 그 노기를 가슴 아래로 가라앉히는 모습이다.

"과연 밀문삼왕이오. 그러나 이번에는 조심해야 할 것이오."

"오라!"

다시 타유가 소리쳤다. 그러자 초무가 허공으로 떠오르며 타유를 향해 검끝을 둥글게 회전시켰다.

"혈검단월!"

그의 입에서 초식의 이름이 터져 나온다. 동시에 그의 검에서 붉은 검기가 일어나 타원을 그리며 타유를 향해 떨어져 내렸다. 직선의 검기를 시전하는 것과는 차원이 다른 경지다. 타유의 눈에도 언뜻 놀란 기색이 비친다.

'과연 혈시를 노릴 만한 자다. 이런 자가 어찌 혈시를 얻지 못했을까?'

타유의 머릿속에 한순간 의문이 찾아든다. 그러나 지금은 상대의 사정을 궁금해하고 있을 때가 아니다. 지금은 상대를 베어야 할 때다. 그것도 가장 완벽하게!

웅!

단천마검이 검집을 벗어났다. 투명하면서도 거뭇한 검기가 일어났다. 검기가 자신을 향해 떨어져 내리는 붉은 반월형의 검기를 잘라갔다. 파도가 갈리듯 붉은색 검기가 검은색 검기에 밀려나며 그 길을 열어준다. 다음 순간 타유의 단천마검이 자신이 만들어낸 검기를 뚫고 지나가 그대로 초무의 검과 격돌했다.

깡!

날카로운 소성이 어두운 초지를 울린다. 그리고 한 자루 검날이 허공을 날았다. 검날은 빙글빙글 회전하며 수장을 날아가더니 날카로운 소음과 함께 땅에 꽂혀들었다.

"세상의 모든 일에는 언제나 대가가 따르는 법이다!"

타유가 초무의 검을 단칼에 부러뜨리고도 만족하지 못했는지 당혹한 빛이 역력한 초무를 향해 날아올랐다.

초무는 자신의 머리 위로 떨어지는 타유의 단천마검을 보며 본능적으로 뒤로 물러났다. 그는 손에 남아 있는 반쪽짜리 검으로 어수선하게 허공을 갈랐다. 초식이란 것이 남아 있을 리 없었다. 그저 살겠다고 버둥거리는 것이 그가 할 수 있는 모든 것이었다.

캉!

다시 단천마검이 초무의 검을 내려쳤다. 그러자 그나마 남아 있던 초무의 검이 완전히 바스러졌다.

쿵!

검날이 사방으로 비산하는 사이 타유의 주먹이 나타났다. 그리고 그의 주먹은 여지없이 초무의 가슴을 쳤다.

"욱!"

초무의 입에 억눌린 듯한 비명이 흘러나왔다. 동시에 그의 허리가 반으로 접혔다. 고스란히 드러난 초무의 등을 타유의 손이 어루만지듯 지나쳤다.

"악!"

순간 초무의 입에서 지금까지와는 비교할 수 없는 비명 소리가 터져 나왔다. 동시에 그가 땅을 나뒹굴며 입으로 한 사발의 피를 토해냈다. 땅에 쓰러진 초무는 사지를 버둥거렸지만 아무리 애를 써도 스스로 자리에서 일어나지 못했다.

순간 뒤에 남아 있던 초무의 아우들과 그 수하들이 일제히 타유를 향해 달려들었다. 타유가 일 수만 더 뻗으면 초무의 숨이 온전히 끊길 것이 자명하기 때문이었다.

그런데 그들이 미처 타유에게 닫기도 전에 그들의 후방에서 일단의 무사가 들고 일어나 그들을 덮쳐 왔다.

"죽어랏!"

"검을 버려라. 항복하는 자는 살려준다!"

이미 혈마천의 고수들이 오기 전에 매복해 두었던 삼전의 무사들이 당황한 그들을 가차없이 도륙하기 시작했다. 순식간에 장내가 혈무에 휩싸였다. 그 와중에도 초무의 두 아우는 자신들의 의형을 구하기 위해 타유에게 달려들고 있었다.

그런데 그런 그들 앞에 불쑥 한 명의 젊은이가 나타나 검을 휘둘렀다.

쐐액!

전광석화같은 검초가 두 사람의 가슴을 쓸고 지나간다. 두 사람은 타유를 공격하기는커녕 오히려 겁을 먹고 뒤로 물러났다. 그들의 가슴 옷자락이 베어지고 그 안으로 차가운 강바람이 들어온다.

"검을 거두시오. 모두 죽고 싶지 않으면!"

타유를 공격해 들어오던 두 사람을 제지한 청풍이 차가운 음성으로 말했다. 그러자 초무의 두 아우가 당황한 빛을 보이다가 뒤를 돌아봤다. 그들의 눈에 곳곳에서 죽어가는 수하들의 모습이 들어온다.

"그만! 멈춰라!"

죽어가는 수하들을 보며 둘 중 하나가 자신도 모르게 소리쳤다. 그러자 거짓말처럼 싸움이 멈췄다. 밀문의 고수들도, 혈마천의 고수들도 검을 거두고 한 사람처럼 타유를 응시했다.

싸움의 승패야 이미 오래전에 끝나 있었다. 남은 것은 혈마천의 고수를 모두 죽일 것인지, 아니면 이쯤에서 살아갈 수 있는 길을 열어줄 것인지를 결정하는 것이다. 그리고 그 결정은 타유의 몫이었다.

혈마천의 고수들이 일제히 강변의 초지에 무릎 꿇려졌다. 아마도 오류의 경쟁에서 이런 치욕적인 패배를 경험한 것은 이번이 처음이리라. 그래서인지 비록 무릎을 꿇고는 있지만 혈마천 고수들의 눈에 분기가 가득하다. 여차하면 자리를 박차고 일어나 다시 타유와 밀문의 고수들을 향해 도검을 들이밀 기세다.

그러나 비록 마음에는 분노가 일어도 그들은 감히 반발하지 못했다. 그들의 눈앞에 있는 자, 자신들을 이끌고 온 초무를 십 초도 되지 않아 폐인으로 만들어 버린 밀문삼왕이란 자에게 반항하는 것이 무모한 일이라는 것을 본능적으로 깨닫고 있기 때문이었다.

더군다나 비록 오류가 혈시를 두고 상쟁하고 있다고는 해도 크게는 한 무리에 속한 동료가 아닌가. 반발을 하지 않는다면 그가 자신들의 목숨을 취할 리는 없었다.

타유는 자신의 발아래 무릎 꿇은 혈마천의 고수들을 넌지시 응시하고 있다가 문득 입을 열었다.

"포상!"

그의 부름에 포상이 앞으로 나온다.

"하명하십시오."

"술과 안주를 내어 이들을 대접하시오."

"삼왕……!"

포상이 놀란 얼굴로 타유를 바라본다. 그러자 타유가 손을 저으며 말했다.

"비록 혈시를 두고 다퉜다고는 하나 이들이 누구요. 혈막의 형제들 아니오? 싸움은 끝났고, 승패도 갈렸소. 더 이상 이들은 적이 아니오. 그리고… 애초에 이 일을 벌인 사람은 이자 하나가 아니오? 다른 사람들이야 자신의 의지와 상관없이 이곳에 왔겠지."

타유가 싸늘한 시선으로 초무를 응시한다. 그에 대해서는 한 치의 자비도 베풀 것 같지 않은 눈치다.

그러자 그 눈치를 챘는지 초무의 의제를 자청하는 두 사람이 무릎걸음으로 앞으로 나서 타유 앞에 고개를 조아린다.

"밀문삼왕께 청합니다."

"무엇이오?"

"비록 초 대형께서 삼왕의 혈시를 탐내어 삼왕의 심기를 어지럽혔으나 이미 싸움의 승패가 났으니 대형을 용서해 주시기 바랍니다."

"불가!"

타유가 단호하게 말했다. 그러자 초무의 의제가 다시 묻는다.

"어찌하여 저희에게는 너그러운 아량을 베푸시고, 초 대형께는 그리 매정하게 대하시는지요?"

"그 이유를 정녕 모른단 말인가? 그대들은 그저 심부름꾼에 지나지 않아. 그러나 초무 이자는 스스로 나의 목을 노린 자다. 그런 자를 어찌 살려둔단 말인가? 그대들 두 사람의 이름이 뭔가?"

"완호와 서위라 하옵니다. 모두 혈마칠천의 소속으로 초 대형을 의형으로 모시고 있습니다. 부디 초 대형을 너그러이 용서해 주시기를 부탁드립니다."

"좋다. 완호!"

"하문하십시오."

"그대는 혈시의 난이 어떠한 것인지 알고 있겠지?"

"무, 물론입니다."

"그걸 알고 있는 사람이 나에게 그대의 의형을 살려달라고 할 수 있는가?"

타유의 물음에 완호라 이름을 밝힌 사내가 말문을 열지 못한다. 그러자 타유가 다시 입을 열었다.

"대저 혈막에서 혈시의 난이란 형제의 목을 베고, 친구의 목을 베고, 주군의 목을 베는 싸움이다. 같은 문파의 사람이라도 혈시를 두고는 생사결을 해야 하는 마당에 하물며 타 문의 사람이랴. 내게 이자의 목숨을 구명하는 것은 너무 지나친 무례가 아닌가?"

타유의 추궁에 완호가 대답을 하지 못한다. 그러자 이번에는 서위라는 자가 머리를 땅에 대며 말했다.

"삼왕! 비록 혈시의 난이 피로 가득 찬 싸움이라 하나 이미 승패가 난 싸움에 대해서는 자비를 베푸는 경우도 왕왕 있었습니다. 더군다나 오늘의 싸움은 음모와 귀계가 없이 무인 간의 담대한 싸움이었으니 다른 싸움과는 다르지 않겠습니까?"

그러자 타유가 가볍게 고개를 끄덕인다.

"그렇기는 하지. 나도 그것이 의아스럽다. 어째서 이렇게 무모하게 정면대결을 벌인 거지? 설마 날 업신여겼던 것인가?"

타유가 물었다. 그러자 완호가 재빨리 대답했다.

"대형께선 정당한 방법으로 혈시를 얻기를 원하셨습니다. 그래서……"

"하하하! 지금 스스로의 어리석음을 말하려는 거냐? 혈시의 난에서 설마 무인의 도 따위를 들먹일 생각이라면 입을 열지도 말아라. 혈시의 난은 오직 생사결이 있을 뿐이야. 무인의 도 따위는… 더군다나 혈마천에 어울리는 말이 아니지 않은가?"

타유의 호통에 두 사람이 입을 다물었다. 자신들이 생각해 보아도 지금은 무인의 도를 언급할 때가 아니다. 혈시의 난에서 무인의 도를 논하는 것은 스스로 혈막의 사람이 될 자격이 없음을 드러내는 것이다.

"결론은 하나야. 충분히 날 상대할 수 있을 거라 생각한 거지. 검과 검의 대결에서 말이야. 명성도 얻고 실리도 얻고… 좋아, 그 점은 나도 고맙게 생각한다. 덕분에 앞으로 골치 아플 일은 없을 테니까. 그런데 말이야. 한 가지만 묻겠다. 이 물음에 답을 하면 너희를 이대로 돌려보낸다."

"……?"

완호뿐만 아니라 내상이 깊어 숨도 제대로 쉬지 못하고 있는 초무도 한줄기 생명의 끈을 잡으려는 듯 타유를 바라본다.

"나의 행적을 너희에게 알려준 자가 누구냐?"

"그야 당연히 혈마천의……."

완호가 말을 하다 말고 입을 닫았다. 아무리 위기에 몰렸다고 해도 감히 스스로 혈마천의 내막을 입에 올릴 수는 없는 일이다.

"좋아. 그럼 다시 묻지. 초무!"

타유가 초무를 불렀다.

"말씀… 하십시오."

초무가 자괴감을 느끼는 듯 얼굴이 일그러지며 대답했다. 타유에게 도전했을 때의 그 도도함을 찾을 길이 없다.

"왜 나를 그대의 목표로 정했나. 아니, 날 그대의 목표로 정해준 사람이 누군가? 내가 보기에 그대는 결코 스스로 나를 지목할 수 있는 사람이 아니야. 혈마칠천주인가?"

"그, 그것은……."

초무가 타유의 물음에 대답을 하지 못했다. 보아하니 혈마칠천주의 사주로 타유를 공격한 것 같지는 않았다.

"말할 수 없는가?"

타유가 살기를 드러냈다. 지금까지도 초무의 사정을 제법 보아준 타유다. 입을 닫는다면 살검을 들어도 누구도 타유를 비난하지 못할 것이다.

"그것이… 처음부터 삼왕님을 대상으로 삼은 것은 아닙니다. 혈시를 얻기 위해 칠천주님의 허락을 받아 강호로 나왔을 때는 천천히 이 일을 진행할 생각이었지요. 솔직히 말씀드리자면 그때는 삼왕님의 존재조차도 알지 못했습니다."

"그런데……?"

타유가 되물었다. 그러자 초무가 잠시 망설이다가 다시 입을 연다.

"과거 천의 명으로 강호행을 하던 중 살막의 살수들을 만날 기회가 있었지요."

한순간 타유의 등에 소름이 끼친다. 살막의 살수라면 흑룡문이 속한 곳이다. 다시 말해 홍암, 천살문주 그자가 있는 곳이 아닌가?

"그자의 이름이 뭐냐?"

타유의 눈에서 지금까지와는 전혀 다른 기운이 흘러나온다. 당장에라도 초무의 배를 가를 듯한 살기다.

초무가 소름끼치는 타유의 살기에 자신도 모르게 몸을 떤다. 그리고 그제야 자신이 얼마나 무서운 자를 건드렸는지를 깨달았다. 그 두려움이 앞뒤 생각 없이 입을 열게 만들었다.

"그는… 한뢰라는 자인데, 살막의 삼대방파 중 한 곳인 흑룡문의 제일기주입니다. 그를 우연히 만나 삼왕님의 소식을 듣고……!"

쿵!

타유가 들고 있던 단천마검으로 무겁게 땅을 찍었다. 순간 장내에 있던 사람들의 몸이 들썩인다. 타유가 만들어내는 땅의 진동이 수십 장 밖까지 이어진다.

'문주… 이제 나를 찾은 것이오?'

타유가 살짝 이를 깨문다. 한뢰라면 너무도 익숙한 이름이다. 과거 천살문이 귀주의 절대살문으로 활동할 시절 한뢰는 천살문주 홍암이 가장 신뢰하는 살수였다. 천살문이 자랑하는 천살칠객 중 우두머리를 차지하고 있던 그는 살수로의 능력도 뛰어나지만 홍암의 오랜 수하로서 그 충성심이 지독해 홍암이 천살문에서 유일하게 자신의 마음을 털어놓는 인물로 알려져 있었다.

그런 그가 타유를 주시하고 있었다면 이미 타유의 소식은 홍암에게 전해졌을 것이다.

'언제부터일까?'

타유가 고개를 갸웃한다. 천살문의 살수들에게 자신의 행적이 드러난 것이 언제부터인지 가늠할 수 없다.

어쩌면 모가장의 좌호법으로 강호의 이목을 끌기 시작했던 때일 수도 있고, 혈막오류의 가한산 회합에서 혈시의 주인으로 결정된 이후일 수도 있었다. 혈시의 주인은 모두 혼돈록에 이름을 올리니 그들에 대한 오류의 조사는 빠르게 이뤄졌을 것이다.

'드디어 만나게 되는 건가?'

두려움이 앞섰지만 이젠 뒤로 물러날 수만은 없는 일이다. 그리고 이제 타유도 천살문주에게서 숨기만 할 생각은 없었다. 그에게도 적지 않은 세력이 있지 않은가.

'단둘이 대결을 한다면 어떨까?'

문득 타유가 천살문주와의 대결을 떠올린다. 천살문주는 그가 살면서 보았던 살수 중 가장 무섭고 뛰어난 살수였다. 그의 검에는 형체가 없으며 그의 움직임은 그림자도 남기지 않는다. 심기는 천 길 물속처럼 깊어 도대체 그 속을 알 수 없고, 머리는 비상해서 살행을 수행하는 데 한 치의 빈틈도 없다.

그러나 타유가 그를 두려워하는 것은 사실 그의 무공 때문이 아니었다. 무공이라면 아마도 타유가 그를 능가할 수도 있었다.

지난 세월 타유는 살법과는 전혀 다른 세계의 무공을 수련해 왔다. 선승 묵철의 가르침을 받은 이후 타유의 무공은 살법도 아니고 그렇다고 정통의 무공도 아닌 그 자신만의 독특한 세계를 이뤄 나가고 있었다.

이 기이막측한 무공은 그래서 세상의 무인들에게 두려움의 존재가 될 수밖에 없었다. 그러니 일평생 살법만 수련한 천살문주와의 무공 대결은 사실 그리 두려운 일이 아니었다.

두려운 것은 천살문주의 심성과 두뇌였다.

타유도 주도면밀한 살수였지만 그는 절대 천살문주의 독함과 치밀함을 따라갈 수 없었다. 천살문주는 살행의 성공을 위해서는 노소를 가리지 않고 사람을 죽일 수 있는 사람이고, 필요하다면 혈육조차 이용할 수 있는 사람이었다.

"삼왕께 청합니다. 대형을 살려주십시오. 이대로는……."

문득 혈마천의 고수 완호의 말이 들린다. 타유가 생각을 끊고 바라보니 과연 초무가 타유에게 당한 부상으로 인해 더 이상 버티지 못하고 땅에 쓰러져 있었다.

"살려는 주지. 그러나… 평생 무공을 쓰지는 못할 거야."

"삼왕!"

완호가 놀란 눈으로 타유를 바라본다. 그러자 타유가 냉정하게 말했다.

"혈시를 노리면서 그 정도 각오도 하지 않았다는 것인가? 목숨을 건진 것만도 다행으로 알라. 그리고… 지금으로선 나도 그의 몸을 회복시킬 수 없다. 천하의 그 누구라도 말이야.

그러니… 물러가라. 치료하면 목숨만은 건지리라."

"으음……."

완호의 얼굴에 은은한 노기가 서린다. 순간 타유가 다시 한 번 검으로 땅을 찍었다.

쿵!

타유가 만들어낸 진동이 다시 한 번 사람들을 들썩이게 한다.

"일각 이내에 내 눈 앞에서 사라져라. 그리고 다시는 내 눈에 띄지 마라. 다시 한 번 내 앞에 모습을 보이면… 그땐 살아 남을 사람이 없을 것이다!"

타유의 차가운 말에 완호가 한 차례 몸을 떤 후 타유에게 정중하게 고개를 숙여 보이고는 수하들에게 명을 내린다.

"물러간다. 서둘러라!"

그의 명이 떨어지자 혈마천의 고수들이 쓰러진 초무를 부축하고는 분주히 어둠 속으로 사라졌다.

"그럼 물러가겠습니다."

완호가 수하가 모두 물러나자 타유에게 작별을 고한다. 그러자 타유가 무심하게 입을 열었다.

"혈마칠천이라고 했지?"

"그… 렇습니다."

"좋아. 언젠가 칠천주를 만나게 되면 오늘의 빚을 갚겠다고 전하라."

"빚이라시면……."

"겨우 초무, 그자 하나로 오늘 일을 덮을 수 있다고 생각지는 않았겠지? 그 주인이 칠천주이니 그도 대가를 치러야겠지. 난 계산이 그리 녹록한 자가 아니야. 가서 전해. 잘 준비해야 할 거라고! 그도 혈시를 가지고 있을 테니. 하하하!"

타유의 웃음소리가 어둠을 뚫고 강변으로 퍼져 나갔다.

"하하하!"

타유의 웃음소리가 어둠을 타고 흘러흘러 한 사람의 귀에 들어갔다. 그는 노인이었다. 백발이 성성했고, 낡은 마의를 걸치고 있었다. 눈은 깊고 검어 눈동자도 보이지 않았다. 어찌 보면 늙어서 시력을 잃은 것 같기도 하지만 그 안에서 흘러나오는 차가운 냉기가 그의 시력이 멀쩡하다는 것을 증명한다.

"아닌가?"

노인이 고개를 갸웃한다. 그러면서 멀리 타유가 이끄는 밀문도들의 숙영지를 응시했다. 그가 엉덩이를 들썩이다가 다시 그 자리에 주저앉았다.

"거의 확실하다고 생각했는데 저 웃음소리는… 아니지, 세월이 변했으니 그도 변했겠지. 아무튼 서둘 수는 없는 일이야. 진정 타유라면 먼저 움직이는 것은 위험하다."

노인이 홀로 중얼거렸다. 그런데 그때 그의 머리 위 무성한 나뭇가지에서 무감정한 목소리가 들려온다.

"정말 그인가요?"

순간 노인이 화들짝 놀라 고개를 들어 나무 위를 바라본다.

거기엔 검은 무복을 입은 한 여인이 나뭇가지에 걸터앉아 밀문의 숙영지를 바라보고 있었다.

"삼호법도 어쩔 수 없는 사람이군."

노인이 고개를 젓는다.

"그가 확실한가요?"

"나도 모르겠네. 만나봐야 확실히 알 것 같기는 한데… 세월이 하도 많이 지나서……."

노인이 말꼬리를 흐린다.

"그럼 만나보죠."

"아서게. 그는 우리에게 원한이 깊어."

"두려우세요?"

"후후, 그럼 삼호법은 두렵지 않은가? 자네와 문주가 그를 어찌 대했는지 있었는가?"

"물론 잊지 않았지요. 그러나 이미 이십 년이나 지난 일이에요."

"사람의 원한은 그렇게 쉽게 사라지는 것이 아니네. 그에게는 바로 어제 일처럼 생생할 수도 있지."

"그래도 그를 만나보고 싶군요."

"허허, 이 사람이 아직도 그에게 미련이 있나?"

노인이 걱정스런 표정으로 나무 위의 여인을 바라보며 물었다. 그러자 여인이 대답을 하는 대신 훌쩍 나무에서 뛰어내려 노인 곁에 쭈그려 앉으며 물었다.

"안 되나요?"

"이런… 애증이라니. 대흑룡문의 삼호법이 그 나이에 애증이야? 문주가 알면 경을 칠 일일세."

"애초에 그를 내게서 멀어지게 한 사람은 아버지예요."

"자네도 동의한 일 아닌가?"

노인이 심드렁하게 말했다. 그러자 여인이 순순히 고개를 끄덕인다.

"그랬지요. 그때는 그랬어요. 정이라는 것은 천하를 꿈꾸는 우리 부녀에게 사치라고 생각했어요. 일 푼의 가치도 없는 쓸데없는 감정놀이라고 생각했지요."

"그런데 아니던가?"

노인의 물음에 여인이 갑자기 한숨을 크게 내쉰다.

"휴우… 그리고 이십 년이에요. 그런데 보세요, 내 신세를. 여전히 어둠 속을 헤매고 다니면서 살겁을 뿌리고 있지요. 천하를 얻은들 그걸 즐길 시간이 있겠어요? 아마도 백발이 성성해지면 가능하겠지만 그게 과연 내게 어떤 의미가 있겠어요."

여인의 한탄에 노인이 눈을 가늘게 뜬다. 그러고는 지금까지와는 전혀 다른 말투로 마치 상처 입은 손녀를 대하듯 물었다.

"연아, 네가 그런 생각을 하고 있는 줄은 몰랐구나."

말투도 완전히 변했다.

"오랜만에 들어보네요. 그 이름! 그 말투……."

"세월이 많이 흐르긴 했지."

노인이 고개를 끄덕였다.

여인의 이름은 홍연, 과거 천살문의 문주였던 홍암의 딸로서 타유와 특별한 인연을 맺었던 여인이다. 그녀와 이야기를 나누고 있는 노인의 이름은 한뢰, 천살문의 전설적인 살객인 칠객의 우두머리로 홍연에게는 주종의 관계가 아니라 혈연처럼 가까운 사람이다.

"아버님은 정말 혈막의 주인이 되실 수 있을까요?"

"어찌 생각하느냐?"

"저로서는……."

홍연이 어두운 표정을 짓는다.

"어렵다고 생각하는구나."

"일객께서는 어찌 생각하세요?"

"음… 난 절반의 가능성은 있다고 생각한다."

한뢰의 말에 홍연이 놀란 표정을 짓는다.

"절반씩이나요? 그럼 해볼 만한 도박이라는 건가요?"

"그래."

"왜죠? 아버지의 무공은 다른 오류의 수장들에 비해 부족해요. 무공의 고하가 모든 일의 성패를 결정하는 것은 아니지만 혈막의 성격상 무공이 부족한 자가 다른 자들 위에 서는 것은 불가능한 일이에요."

홍연이 따지듯 말했다. 그러자 한뢰가 고개를 끄덕였다.

"물론 나도 그걸 모르지 않는다."

"그런데 왜 절반의 가능성이 있다고 보시는 거죠?"

"이유는 단 하나다. 사실 혈막의 주인이 되기 위해서 많은 사람을 상대할 필요는 없어. 오직 두 사람만 상대하면 된다."

"무슨 말씀이세요? 엄연히 오류의 주인들이 존재하는데……."

"그들을 상대해 줄 사람은 따로 있지."

한뢰가 의미심장한 표정으로 말했다. 그러자 홍연이 더욱 어리둥절한 표정을 짓는다.

"무슨 말씀인지 통 모르겠어요."

"우리가 어떻게 혈막에 들어오게 되었는지 잊은 거냐?"

한뢰의 말에 홍연이 뭔가 떠오르는 것이 있는지 나직하게 탄성을 자아냈다.

"아, 그자가 있었군요."

"그렇다. 그가 우리를 혈막으로 끌어들인 것은 그 스스로 혈막의 주인이 되기 위함이지. 사실 지금까지 장주께서는 그의 충실한 수하였다고도 할 수 있다. 그 덕에 흑룡문의 주인이 되었지만 그도 장주도 이 상황에 만족할 사람들은 아니지. 그는 필시 혼돈시를 이용해 스스로 혈막의 주인이 되려 할 것이다. 숨겨진 그의 무공은… 오류의 주인들도 감히 상대하기 어려울 것이다."

한뢰의 말에 홍연이 고개를 끄덕였다.

"그렇지요. 최근 몇 년 간 그는 정말 무서운 사람이 되었어요. 감히 그 능력을 추측할 수 없는 경지에 오른 것 같아요."

"그 모든 것이 우리가 고려에 다녀온 이후에 일어난 일임을 생각할 때, 당시 그 늙은 중의 방에서 빼내온 그 물건의 가치가 우리가 생각했던 것 이상이라고 할 수 있겠지. 결국 우린 호랑이 등에 날개를 달아준 꼴이다. 물론 그 덕에 우리도 천시받던 살수의 가문을 청산하고 흑룡문의 주인이 되었지만 말이다. 아무튼 그는 반드시 혈막의 주인이 되고자 할 것이고, 내 생각에는 그가 원하는 대로 될 가능성이 다분하다. 그렇게 된다면 결국 문주가 상대해야 할 사람은 그가 되는 것이지."

"그런 말씀이셨군요. 그런데 그렇다면 오직 한 명만 상대하면 되는 것 아닌가요? 왜 둘이라고 하셨지요?"

"다른 하나는 살막의 막주다. 문주께서 그를 제거한다 해도 오류의 한 곳을 지배하고 있지 못한다면 그 과실은 오류의 수장 중 한 명이 따게 될 것이니까. 반드시 살막을 얻어야 한다. 그래서 두 사람이다. 살막의 막주, 그리고 그!"

한뢰의 말에 홍연이 고개를 저었다.

"모두 어려운 사람이에요."

"그러나 또한 가능성이 없지도 않다. 왜냐하면 우린 바로 천살문의 살수들이기 때문이지. 지금까지 우리가 해온 살행을 생각해 본다면 그들이라고 죽이지 못할 바는 아니다. 더군다나… 타유를 다시 끌어들일 수만 있다면 최소한 이 할의 승산은 더 올라가겠지."

한뢰의 말에 홍연이 걱정스런 표정으로 한뢰에게 물었다.

"그에 대해서 아버님께 말씀드릴 건가요?"

"음… 확실해지면. 거의 확실해 보이지만."

"그러지 마세요."

홍연이 단호하게 말했다. 그러자 한뢰가 깊은 눈으로 홍연을 응시하다기 물었다.

"여전히 그에 대한 미련을 버리지 못했구나."

"우린 그에게 빚이 있어요. 그것도 두 번씩이나."

"문주와 우리가 언제 그런 걸 따지고 살아왔느냐? 쓸 수 있다면 저자의 강아지도 데려다 쓸 우리가 아니냐?"

한뢰의 대답도 딱딱해졌다.

"두 번은 몰라도 세 번은… 그도 용납하지 않을 거예요."

"그를 걱정하는 거냐? 두려워하는 거냐?"

"둘 다죠."

홍연이 대답했다.

"걱정이라면 그만두거라. 놈은 이미 다른 계집과 눈이 맞아 널 떠나지 않았더냐?"

"그것 역시 제 잘못이지요. 제가 언제 그를 진정으로 생각해 준 적이 있었나요? 날 떠난 것은 당연한 일이에요."

"흐흠… 그러나 네 마음 깊은 곳에는 그에 대한 정이 있었지."

"너무 늦게 알았지요."

"아무래도 좋다. 그러나 그를 포기하는 일은 쉽지 않아. 세상에 그와 같은 살수는 찾을 수 없다. 문주도 살수로서의 그는 인정했었다. 그가 있다면 살막의 막주를 죽일 수 있을 것이다.

또한… 왕가도 상대해 낼 수 있겠지."

"아… 일객께선 다를 줄 알았는데……."

"물론 나도 그에게 정이 없었던 것은 아니다. 타유, 그는 참 독특한 친구였지. 냉정한 듯 보이지만 누구나 마음이 끌리는 뭔가가 있었어. 그러나 그렇다 한들 난 문주의 영원한 충복이 아니냐?"

"다시 그를 다치게 하면 저도 제가 어떻게 할 줄 모르겠어요. 그건 알아두세요. 그리고 조심하세요. 그는 예전의 그가 아니에요. 밀문을 움직이죠. 모가장과 상원도 있고요. 그러니 예전처럼 그를 마음대로 움직일 수는 없을 거예요. 오히려……."

홍연이 말을 하다 말고 쓸데없는 짓이라는 듯 고개를 젓고 훌쩍 신형을 날려 나뭇가지 사이로 사라져 버렸다. 그러자 한뢰가 고개를 돌려 타유의 숙영지를 응시하며 말했다.

"물론 그는 변했다. 그러나 세상에는 변하기 어려운 것도 있어. 유년 시절의 공포심도 그중 하나지. 그에게는 마곡의 기억이 각인되어 있다. 마곡에서의 그 처절한 복종의 시간을 기억한다면 절대 문주의 명을 거역하지 못할 거야. 우물을 벗어났다 한들 개구리는 영원히 뱀의 먹이지. 아쉽게도!"

한뢰가 뭔가를 결심한 듯 얼굴을 굳히고는 그 자리에서 사라졌다.

타유는 좀체 잠을 이룰 수 없었다. 혈마천의 습격 이후 숙영지의 경계는 배로 강화되었지만 그래도 잠은 오지 않았다. 혈마천의 공격이 재차 있을 거라고는 생각지 않았다.

그러나 오히려 그들의 공격을 기다리고 있는 것이라면 쉽게 잠에 들었으리라. 지금 그의 머리를 가득 채우고 있는 것은 한 사람의 이름이었다.

천살문주 홍암, 아니, 이젠 흑룡문의 문주 홍화적이라는 이름으로 강호에 알려진 사람이 바로 그였다. 그를 떠올릴 때마다 타유는 본능적인 두려움을 느꼈다. 어린 시절 그의 손에 의해 각인된 그 공포심이 지금까지도 그를 괴롭히는 것이었다.

"깨뜨리지 않으면 벗어날 수 없어……."

한순간 타유가 나직하게 중얼거렸다. 그가 단천마검을 움켜쥐었다.

스르릉!

단천마검이 검신을 드러낸다. 손을 통해 검의 차가운 한기가 몸속으로 밀려들었다.

"문주… 다시 나의 옷자락을 잡기로 하신 모양이구려. 그러나 이젠 예전같이 당신의 뜻대로 움직일 수 없소. 나에겐 지켜야 할 사람이 생겼으니 말이오. 청풍을 위해서… 아니, 그 누구보다 나 자신을 위해서 문주의 뜻대로는 할 수 없겠소. 그리고 언젠가는 베겠소. 베지 않으면 영원히 문주의 굴레에서 벗어나지 못할 테니까."

팟!

단천마검이 움직였다. 그 기운에 촛불이 반으로 갈렸다.

청풍은 말을 몰아 언덕 위로 올라갔다. 금석하에서 삼 일을 쉰 타유가 밀문의 수하들을 이끌고 다시 배를 타고 강으로 나가고 있었다. 아마도 이번에는 쉬지 않고 상원까지 이동할 터였다. 그런데 청풍은 금석하에 남았다.

아니, 정확히는 금석하에 남은 것이 아니라 육로로 타유를 따르기로 한 것이다. 하류로 내려가는 배를 육지에서 따라잡는 것은 여간 어려운 일이 아니다. 간혹 시야에서 배를 놓칠 때도 있을 것이다. 그래서 타유와 청풍은 제법 많은 준비를 했다. 삼 일 동안 금석하의 숙영지에서 쉬고 있었던 것만은 아니었다.

홀로 여행을 하는데 준비한 말만 세 마리다. 노숙을 위해 짐을 나르기 위함도 있었지만 그것보다도 장강을 따라 내려가는 배를 놓치지 않고 따라붙기 위해 준비한 말들이었다.

타유가 타고 있는 배에 돛이 올랐다. 모가장의 깃발을 단 배가 바람을 받자 속도를 내기 시작했다. 그러자 청풍이 강과 산 사이에 난 길을 향해 말을 몰기 시작했다.

말을 몰아가는 천풍의 얼굴이 몹시 굳어 있다. 항상 태산과도 같은 아버지라고 생각했던 타유가 그렇게 긴장한 것을 본 적이 없었다.

"정말 천살문주일까? 그렇다면 그는 내 몫이다. 당신이 얼마나 대단한지 몰라도… 난 아버지완 다르지. 아버지는 당신

에 의해 어린 시절을 보냈지만 난 아니니까. 당신은 진정한 아
버지의 무서움을 나를 통해 보게 될 거야."

청풍이 좀 더 강하게 말의 옆구리를 찼다. 그러자 청풍을 태
운 말이 어느새 타유의 배를 앞서 나가기 시작했다.

*   *   *

초원이 산으로 일어서는 초입, 가을이 깊어 누런 풀들이 맥
을 잃고 쓰러져 있는 곳에서 마른 먼지가 일어나기 시작했다.
그러고는 연이어 비명과 고함 소리가 터져 나왔다.

"기습이닷! 악!"

차창!

날카로운 도검의 충돌음이 조용하던 초원을 한순간에 전쟁
터로 만들었다.

일곱 명의 흑의복면인, 복면을 쓴 것과는 대조적으로 대
범하게도 대낮에 기습을 가한 일곱 명의 복면인에 의해 두
대의 마차를 호위하고 있던 무사들이 적잖이 당황하고 있었
다.

"진형을 갖춰!"

문득 마차 안에서 날카로운 목소리가 흘러나왔다. 그러자
기습한 자들과 뒤섞여 난전을 벌이던 사람들이 일제히 뒤로
물러나 마차를 중심으로 둥글게 진을 형성했다. 그러자 기습
한 자들도 잠시 검을 거뒀다.

한바탕의 소란 뒤에 잠시의 침묵이 찾아오자 문득 두 대의 마차 문이 동시에 열렸다. 그리고 그 안에서 일남일녀가 모습을 드러냈다. 두 남녀는 모두 오십 전후의 중년으로 보였는데 일신에서 흘러나오는 기도가 태산처럼 무겁다.

"웬 놈들이냐?"

마차에서 나온 남녀가 마치 한 마차를 타고 온 사람들처럼 어깨를 나란히 하고 선 후 그중 남자를 기습한 복면인들을 향해 물었다. 무심하지만 그 무심함 속에 서늘한 살기가 느껴져 보통 사람이라면 오금이 저릴 목소리다.

그러나 얼굴을 가리고 있는 복면인들이 과연 사내의 말에 겁을 먹었는지는 알 수 없었다.

"웬 놈들이냐?"

기이한 남녀. 여인이 남자와 똑같은 말을 물었다. 사내보다는 앙칼진 목소리다. 사내는 진득하고 무거운 기운을 흘리는 데 반해 여인은 송곳처럼 날카로운 살기를 드러낸다. 그러자 문득 복면인 중 한 명이 물었다.

"혈마천의 음양쌍마가 칠십을 넘고서도 수십 년은 젊어 보이는 주안술을 익혔다더니 과연 거짓이 아니었군."

"놈! 우리를 알고 있단 말이냐?"

"모르는 자를 공격할 수는 없는 일이지."

"누구냐?"

여인이 다시 물었다. 그러자 복면인이 태연하게 대답했다.

"그건 네 소매깃을 자른 후에 말해주마!"

"혈시를 노리는구나!"

자세히 보면 과연 마차에서 내린 두 명의 중년 남녀의 소매 깃에는 피처럼 붉은 칼이 수놓아져 있다. 이는 이들이 혈막의 혈시를 지닌 자임을 의미하는 것이다.

"음양쌍마! 그대들이 귀한 물건을 지니고 있을 자격이 있는지 보겠다."

복면인들이 다시 검을 들었다. 그러자 음양쌍마라 불린 두 남녀가 잠시 눈빛을 교환하더니 이내 수하들을 향해 명을 내렸다.

"놈들의 숫자가 적으니 자리를 지켜라."

음양쌍마의 명에 복면인이 호탕하게 웃음을 터뜨린다.

"하하하, 이거 실망이군. 음양쌍마가 겨우 이런 겁쟁이들이었나?"

그러자 음양쌍마 중 사내 쪽이 노한 기색으로 소리쳤다.

"겁쟁이는 오히려 네놈이 아니더냐? 혈시를 취하려거든 얼굴을 드러내고 당당히 나설 것이지. 얼굴을 가리고 수하들을 몰아와 혈시를 취하려 하다니. 너와 같은 놈은 혈시를 취할 자격이 없다. 네놈은 과연 나와 홀로 승부를 결할 용기가 있느냐?"

"흠… 당신이 양마겠군. 양강지공의 달인이라던가?"

"오냐. 내가 바로 양마 조비다!"

"좋아. 혈마구천의 부천주라면 내 상대로 족하지. 나서라!"

복면인이 두려움 없이 앞으로 나섰다. 그러자 양마 조비가 잠시 복면인을 노려보다 훌쩍 신형을 날려 복면인 앞에 내려섰다. 그리고는 검을 들어 복면인을 가리키며 호통을 쳤다.

"복면을 벗어라!"

"음… 뭐. 상관없겠지. 오늘 이곳에 있는 자는 모두 죽을 테니."

사내가 천천히 복면을 벗었다. 그러자 생각보다 젊은 얼굴이 드러났다. 이제 사십 전후가 되었을까. 더군다나 외모가 곱상한 것이 무공보다는 글을 읽는 게 어울릴 외모다. 그 외모 때문일까. 조비의 얼굴에 한 가닥 비웃음이 서린다.

"후후 너와 같은 애송이가 날 상대하겠다고. 닭 모가지나 비틀 힘이나 있느냐?"

"닭 모가지는 비틀지 못해도 그대의 목을 비틀어줄 수는 있지."

사내가 가늘고 흰 손을 들어올렸다. 그러자 조비가 노성을 터뜨리며 사내를 향해 달려들었다.

"죽어랏!"

조비의 검이 벼락처럼 사내의 머리에 떨어져 내렸다. 그의 검에서 붉은 검기가 일렁인다. 양강지공의 대가로 알려진 조비의 실력이 여실히 드러나는 모습이다.

조비는 이 일수에 전력을 다하고 있었다. 상대를 두려워해서는 아니다. 이 기회에 자신의 실력을 온전히 드러내 더 이상 자신에게서 혈시를 취하려 하는 자가 나타나지 않게 하기 위해서였다.

콰아아!

용암이 묻어나는 듯한 붉은 검기를 뿜어내며 조비의 검이 사내를 갈랐다. 그런데 그 순간 갑자기 사내가 마치 바위를 만난 물처럼 흐느적거리며 조비의 검을 비껴 나갔다. 그 모습이 너무도 자연스러워서 마치 조비의 검이 사내를 쪼개는 것이 아니라 부드럽게 옆으로 밀어내는 것처럼 보였다.

그런 사내를 지나친 조비의 검이 땅에 부딪혔을 때 사람들은 결코 조비가 사내의 사정을 보아준 것이 아님을 깨달았다.

콰앙!

조비의 검이 초원에 불쑥 튀어 나와 있던 바위를 가격했다. 그러자 천둥 치는 소리와 함께 바위가 정확하게 반으로 갈라진다. 그야말로 놀라운 공력이 아닐 수 없었다.

그러나 조비로서는 당혹스런 일이 아닐 수 없었다. 도대체 사내가 어떻게 자신의 검을 피할 수 있었는지 짐작조차 할 수가 없었던 것이다. 더군다나 그는 제대로 보법을 펼친 것 같지도 않았다.

조비가 어금니를 앙다물며 다시 사내를 향해 달려들었다. 그의 검에서 뿜어져 나오는 염기가 허공을 노을처럼 수놓았다. 웅웅거리는 검명이 장내를 더욱 처절하게 만든다.

그러나 수십 차례의 공격에도 조비는 사내의 옷깃 하나 건들 수 없었다. 사내는 별반 힘을 쓰지도 않으면서 바람에 날리는 연처럼 조비의 검기를 피해 움직였다.

사람들은 점점 적아의 구분을 잊고 사내의 무공에 빠져들었다. 강함에 대한 동경이나 날카로움에 대한 두려움 같은 것은 아니었다. 그저 그들이 평소 보지 못했던 낯설음에 대한 호기심 같은 것이었다.

그리고 그때까지 사람들이 깨닫지 못하는 것이 있었으니 그건 사내가 아직 그의 허리춤에서 검을 빼 들지 않았다는 사실이었다.

어쩌면 천하제일의 무공을 지닌 사람일까. 조비와 같은 절대고수를 검도 빼 들지 않고 상대한다는 것은 상상하기 힘든 경지의 무공이다.

사람들이 사내의 신묘한 신법에 빠져 있을 때 가장 먼저 정신을 차린 것은, 아니, 어쩌면 처음부터 다른 사람들과 달리 이 싸움을 냉정한 눈으로 지켜보고 있었던 사람은 오직 한 명, 조비와 함께 음양쌍마로 불리는 조월이었다.

조월이 어느 순간 조용히 허리에 차고 있던 도를 뽑았다. 그런데 그녀의 도가 기이했다. 월도와 비교해도 훨씬 심하게 굴곡이 진 도는 사람을 베는 것이 아니라 장식으로 가지고 다니는 칼 같았다.

그러나 그녀의 도는 결코 장식품이 아니었다. 한순간 그녀의 손이 움직였다.

스으으!

도가 그녀의 손을 떠났다. 그녀의 도에서는 아주 미세한 소리만이 흘러나올 뿐이다. 음험한 기운이 잔뜩 도에 서렸다. 그녀의 도는 활처럼 휜 도신 때문에 마치 륜처럼 회전하며 땅에서 일 자 높이로 떠 기이한 신법을 펼치고 있는 사내에게로 향했다.

팟!

그런데 사내의 이 장 안쪽으로 접근해 들어간 조월의 도가 갑자기 속도를 높였다. 그러자 지금까지 음험하게 움직이던 그녀의 도에서 강력한 파공음이 일어났다.

쩌어억!

마치 잘 마른 나무가 도끼에 갈리는 듯한 소리가 터져 나왔다.

"음!"

지금껏 유유자적한 모습으로 조비를 상대하던 사내의 입에서 나직한 침음성이 흘러나왔다. 동시에 그가 땅을 박차며 허공으로 치솟았다. 그러자 조월이 날린 도가 세로로 검신을 곧추세우며 사내를 아래에서 위로 갈라갔다.

"흥!"

사내에게서 코웃음이 새어 나왔다. 그리고 그 순간 사내의 손에 검이 들렸다. 사내의 검이 자신을 향해 닥쳐드는 조월의 도로 향했다.

사람들은 곧이어 일어날 강력한 힘의 충돌을 기대했다. 만약 사내가 조월의 도를 검으로 막는다면 그때는 이 기이한 사내의 신법이 아니라 공력을 알 수 있게 될 것이다. 그리되면 진정한 사내의 능력을 알 수 있었다.

그런데 사내는 다시 한 번 사람들을 혼란에 빠뜨렸다. 한순간 사내의 검이 그의 손에서 살짝 회전했다. 그러자 무섭게 사내를 갈라오던 조월의 도가 문득 사내의 검에 지남철처럼 붙어버렸다.

웅!

사내가 철퇴를 휘두르듯 자신의 검에 붙어버린 조월을 도를 허공에서 크게 휘둘렀다.

"돌아가라!"

조월의 도를 자신의 머리 뒤에서 한 바퀴 돌린 사내가 검을 흩뿌렸다. 그러자 그의 검에 붙어 있던 조월의 도가 다가들 때보다 두 배는 빠른 속도로 조월이 아닌 조비를 향해 폭사했다.

"악!"

사내의 허점을 찾고 있던 조비의 입에서 비명이 터져 나왔다.

"비야!"

도를 던져냈던 조월의 입에서 경악스런 음성이 터져 나왔다. 그녀가 누가 말릴 사이도 없이 허공을 날아 비틀거리며 떨어지는 조비를 안아 들었다.

"누님……!"

조비가 조월의 품속에서 여인을 불렀다.

"역시 소문이 사실이었군. 본래 두 사람은 한 부모를 둔 남매라는 소문이 파다했는데 역시 그랬어. 그런데 어쩌다 음양의 기운을 나눠 받는 체질이 되었을까? 혹 어릴 때 무슨 영약이라도 잘못 먹은 건가?'

기이한 자다. 조월의 도로 조비를 사경에 헤매게 만든 자가 자신이 한 일을 잊은 듯 음양쌍마의 과거에 관심을 갖는다. 그러자 조월이 사내를 노려보며 소리쳤다.

"내, 네놈을 절대 살려두지 않을 것이다."

"그럴 기회가 당신에게는 없을 거요. 왜냐하면 당신은 당신 동생을 따라가야 하니 말이오."

말이 채 끝나기도 전에 사내가 갑자기 허공으로 떠올랐다. 그러고는 가을바람에 날리는 낙엽처럼 음양쌍마 두 사람을 향해 날아갔다.

그에게서는 어떤 살기도 느껴지지 않아 조월조차도 언뜻 그를 막아야겠다는 생각을 하지 못한 듯 보였다. 그런데 다음 순간 사내의 검이 그의 손을 떠나자 모든 상황이 변했다.

팟!

빛처럼 날아간 사내의 검이 거짓말처럼 조월의 가슴을 꿰뚫었다. 이 일수는 그야말로 기이해서 절대의 지경에 올라 있다는 조월조차도 스스로 자신의 심장을 사내에게 내준 것처럼 어이없게 일검을 허용하고 말았던 것이다.

조월이 자신의 처지를 깨달은 것은 자신의 심장을 찌른 검이 무서운 통증을 만들어낼 때였다.

"욱!"

뒤늦게 조월이 비명을 흘렸다. 그녀의 입에서 뒤늦게 피가 배어난다. 뒤이어 자신에게 무슨 일이 일어났는지를 깨달은 그녀가 사내를 응시했다. 원망보다는 도저히 풀리지 않는 수수께끼를 받아든 것 같은 그녀의 표정이다.

"누… 구냐?"

조월이 새삼스런 질문을 던졌다. 그러자 사내가 빙그레 미소를 지으며 대답했다.

"죽을 때는 말해주겠다고 약속을 했으니 말해주지. 물론 그 덕분에 이곳에 있는 모든 사람이 죽어야겠지만 말이야. 그래도 듣겠소?"

"말하라."

"비정한 상전이군. 수하들의 목숨 따위 아랑곳하지 않다니. 하긴 그러니 혈마천이오. 그러니 혈막이지. 좋아, 잘 들어두시오. 내 이름은 왕묘운이오."

"왕묘운?"

조월이 고개를 갸웃한다. 들어보지 못한 이름이다. 적어도 혈시를 노릴 정도의 고수라면 필시 혈마천의 눈에 들어와 있어야 하는데 이런 자가 있다는 이야기를 들은 적이 없는 조월이다. 그러자 사내가 다시 입을 열었다.

"아, 내 이름만으로는 내가 누군지 모를 거요. 하지만 내 아버지가 누군지 알면 나를 알 수 있을 거요."

"네 아비가… 누구냐?"

조월이 물었다. 그러자 사내가 대답했다.

"내 아버님은 숙자와 보자를 쓰시오."

"숙… 보… 설마!"

조월의 눈이 커졌다. 순간 사내의 손이 움직였다. 그러자 조월의 가슴에 꽂혀 있던 검이 뽑히면서 재차 조월과 조비를 한번에 베어냈다. 연이어 스스로를 왕묘운이라 밝힌 사내의 차가운 명이 떨어졌다.

"모두 죽여라. 내 이름은 아직 세상에 알려질 때가 아니다!"

*　　　*　　　*

"어찌 생각하느냐?"

문득 선승 묵철이 강검산에게 물었다.

"사람 같지가 않군요."

강검산이 차갑게 대답했다.

"그걸 물은 게 아니다. 저 아이의 무공이 어떠냐는 말이다."

묵철이 다시 물었다. 그러자 강검산의 시선이 두 대의 마차를 에워싸고 살육을 벌이고 있는 복면인 중에 홀로 복면을 벗고 있는 왕묘운이라는 사내를 보며 대답했다.

"무섭군요."

"이길 수 있겠느냐?"

"글쎄요."

강검산이 고개를 갸웃했다. 승부를 가늠할 수 없는 실력자인 것은 분명했다.

"그런 자가 근 일백이다."

묵철이 말했다. 강검산은 믿을 수 없었다. 어떻게 저런 자들이 백여 명이나 한 세력에 있을 수 있단 말인가?

"더군다나 저 아이의 아비는 저 아이보다 열 배는 무섭지."

"믿을 수 없군요. 어떻게 그런 무공이 있을 수 있단 말입니까?"

"무공이 아니라 그의 심기가 그렇다는 말이다. 물론 무공도 저 아이는 상대가 되지 않을 경지이지. 그런 자가 천하를 꿈꾸고 있어."

순간 강검산은 깨달았다. 선승 묵철과 화마경주 방남산이 신검을 만들어 상대하려는 자가 누구인지.

"그자를 베기 위해 신검이 필요한 거군요."

"그렇다."

"선사님의 힘으로도 그를 베지 못하나요?"

"모르겠다. 음… 굳이 베려 한다면 벨 수도 있을까? 그러나 그 아이도 그동안 얻은 것이 있을 테니 확실한 것은 아니지. 그러나 내게 그런 힘이 있어도 난 그를 벨 수 없다. 이유는… 나중에 말해주마."

"만약 그를 베지 못한다면 어찌 되나요?"

"글쎄. 별거 있겠느냐? 그저 세상은 피에 잠기고, 오경의 후

예는 그의 노예가 되는 것 정도겠지. 사실 나와는 별 상관없다. 그의 시대를 살아갈 사람은 내가 아니니까. 너와 네 아내, 그리고 네 아이들이 살아갈 시대이니 너도 잘 생각해 보거라. 신검이 과연 누구에게 필요한 것인지…… 너 자신은 아니라 해도 넌 이미 화마경의 후계자. 결코 그의 눈을 벗어나지 못할 것이다."

第三章

꼬리에 꼬리를 잡다

수선경

　말이 제풀에 지쳐 앞으로 나가지 않고 발굽으로 땅을 찼다. 이젠 일을 나눠 달라는 말이다. 청풍은 말의 뜻대로 다른 말로 갈아탔다. 지루한 여행이 계속되고 있었다. 새로 주인을 태운 말에게선 힘이 느껴진다.

　"가자. 한 시진만 가면 쉴 수 있을 거야."

　말이 사람인 듯 청풍이 말했다. 그러자 거짓말처럼 말이 스스로 앞으로 나아가기 시작했다. 홀로 여행을 한 지 육 일째, 동정호가 가까워지고 있었다.

　타유가 타고 있는 배는 예상과 달리 상원을 지척에 두고 다시 강변의 작은 포구를 찾아들었다. 내처 상원까지 갈 수도 있었지만 타유는 그를 따라온 밀문과 모가장의 문도들에게 충분한 휴식을 주겠다면서 포구에서 이틀을 쉬어갈 것을 명했다. 그리고 이번에는 초지에서 노숙을 하는 대신 포구에서 가장 좋은 객잔을 통째로 빌려 그곳에 투숙했다.

타유 일행이 든 객잔은 밤이 깊도록 불빛이 휘황하다. 금석하에서 혈시를 노리는 자들에게 기습을 받았기 때문에 타유를 따라온 밀문 삼전의 고수들은 배가 멈추거나 혹은 이렇게 포구에 들어 정박을 할 때는 더욱 경계를 철저히 했다.

타유가 금석하에서 혈마천의 고수 초무를 물리친 이후에 밀문 삼전 고수들의 태도가 은연중에 변해 있었다. 밀문 고수들이 타유의 무공을 제대로 본 것은 그때가 처음이나 마찬가지였다.

과거 삼왕으로 지목되었을 때 일전의 부왕 궁사헌과 비무를 한 적이 있기는 하지만 비무는 비무, 실전과 같을 수는 없다.

그런 면에서 보자면 초무의 도발은 타유에게 제법 많은 이득을 주었다고 할 수 있었다. 숨어서 이 싸움을 지켜본 오류의 무사들이 있다면 타유의 무서움을 눈으로 확인했을 터이니 향후 그에게서 혈시를 취하려는 자는 극히 적을 것이다.

그것이 첫 번째 수확이라면, 두 번째 수확은 천살문 살수들의 흔적을 찾았다는 것, 그리고 세 번째 수확은 밀문 삼전 고수들이 진심으로 타유를 두려워하고 복종하기 시작했다는 것일 터였다.

그동안 형식적인 충성을 바쳐 온 삼전 무사들은 초무를 가볍게 물리치는 타유의 무공을 본 이후에는 충심으로 그를 두려워하고 또한 삼왕으로서의 지위를 인정하는 듯한 모습을 보였다. 경계가 삼엄하게 강화된 것 역시 그런 이유도 작용했을 터였다.

청풍은 타유가 묵고 있는 객잔이 한눈에 내려다보이는 기와지붕 위에 올라와 있었다. 물론 근처의 허름한 객잔에 여장을 푼 후 은밀히 움직인 청풍이었다. 그는 타유 일행이 객잔에 든 이후 줄곧 객잔 주변을 살피고 있었는데 얼굴에는 제법 초조한 기색이 감돌았다.

"오늘도 그들을 발견하지 못한다면 기회가 없을 텐데……."

청풍이 나직하게 중얼거렸다. 타유가 상원으로 들어간 이후에는 아마도 천살문의 살수들 역시 타유를 쫓기 어려울 것이니 그들의 꼬리를 잡는 것은 쉽지 않을 터였다. 그러니 이번이 마지막 기회라고 할 수 있었다.

청풍이 다시 정신을 가다듬고는 신중하게 타유가 든 객잔 주변을 세심하게 살피기 시작했다.

"그건 위험한 일이다. 물론 문주께서도 절대 허락지 않으실 것이고!"

"그러나 오늘이 지나면 당분간 그를 만날 기회가 없을 거예요."

한뢰의 만류에 홍연이 대답했다.

"지금은 그를 만날 때가 아니야."

한뢰가 고개를 저었다.

"일객께서 이틀 전 아버님께 그의 존재를 알린 것을 알고 있어요."

홍연의 말에 한뢰가 깜짝 놀란 표정으로 홍연을 바라본다.

"그걸 네가 어찌……?"

"과거의 제가 아님을 아시잖아요. 제겐 혈시가 있어요."

"음… 너만의 사람들이 있을 거라고 짐작은 하고 있었다."

한뢰가 무거운 표정으로 고개를 끄덕였다.

"아버님께 답은 받으셨나요?"

홍연이 묻자 한뢰가 고개를 끄덕인다.

"이곳에 오기 전에 명을 받았다."

"뭐라시던가요?"

"사람을 보낸다더구나. 그리고 명이 있을 때까지 절대 그를 자극하지 말라고도 하셨다."

"그러실 줄 알았어요. 사실 아버지는 그를 두려워하시죠."

홍연의 말에 한뢰가 고개를 끄덕인다.

"맞아. 그는 문주께서 유일하게 두려워하는 인물인지. 두해 전인가? 문주께서 흑룡문주를 제거하실 때 전혀 걱정하는 표정이 아니셔서 물은 적이 있지. 도대체 세상에서 문주님을 두렵게 하는 것이 있느냐고. 그러니까 이런 대답을 하셨지. 혈막의 총사도 무서운 사람이고, 혈막오류의 주인들도 무서운 사람이다. 그러나 진정으로 자신이 두려워하는 사람은 오직 하나 어딘가 살아 있을 타유, 그라고 하셨지."

"그런 말씀을 하셨어요?"

홍연이 놀란 표정으로 되물었다.

"그러셨다. 그래서 내가 그 이유를 물었지. 솔직히 타유는 뛰어난 살수이기는 하나 문주께서 두려워할 상대는 아니라고 생각했거든. 그런데 문주께서 이런 말씀을 하시더군. 살수로서, 아니 어쩌면 무인으로서 타유에게는 다른 사람들이 갖지 못한 천부적인 재능이 있다고. 그것이 무슨 기운을 타고 태어났다든지, 근골이 좋다든지, 혹은 천재적인 두뇌를 가지고 있다든지 하는 그런 것들은 아니라고 하셨지."

"그럼 그가 어떤 재능을 가지고 있다는 거죠?"

홍연이 호기심이 동한 표정으로 물었다. 타유를 자신의 정혼자로 두고 있을 때조차 천살문주 홍암이 하지 않았던 말이기 때문이었다.

"투사의 심장을 가지고 있다고 했어."

"투사의 심장요?"

"그래. 문주께서 말씀하시길 타유는 도검이 아니라 마음으로 싸우는 사람이라고 했지. 그러면서 그런 사람의 무서움을 말하셨다. 마음으로 싸우는 자는 세상의 모든 것을 자신의 병기로 만든다고. 사람의 마음조차도… 그러면서 한 가지 비밀을 말씀해 주셨을 때 난 문주께서 진정으로 타유를 두려워하신다는 것을 알게 되었지."

"비밀이라뇨? 어떤……?"

"음, 문주께서는 타유를 살수로 수련시키실 때 다른 자들과는 달리 그의 살기를 북돋지 않고 오히려 일정 부분 억눌렀다고 하셨지. 만약 그의 살기를 모두 발산하게 만든다면 그때는 전대미문의 살마가 탄생할 거란 우려를 하셨다는 거야. 그 살마가 문주를 위해 천하를 상대하면 모르겠지만 천살문을 향해 검을 돌릴 때는 감당할 수 없을 것 같은 느낌을 받으셨다는 거지. 그래서……."

그쯤이면 홍연도 한뢰의 말을 알아들었다. 그러고 보니 새삼스레 이해가 되는 일이 있었다. 살수에게 남녀의 정은 어디에도 쓸데가 없는 것이다. 오히려 살수로서의 성장을 크게 방해하는 일이라고 할 수 있었다. 그런데 그의 아비 홍암은 굳이 타유와 자신을 정혼하게 만들었는데 지금 생각해 보면 그 이유가 타유를 말 잘 듣는 사냥개로 만들기 위함만은 아니었던 듯싶었다.

아마도 홍암은 타유에게 남녀의 정을 알게 만들어 그가 자신이 두려워할 만큼 무서운 살수가 되는 것을 막으려 했을지도 모른다. 그러나 그런 홍암조차 몰랐던 것이 있었으니, 타유가 홍암의 주도면밀한 계략에 의해 잠시 홍연에게 마음을 주었으나 결국 상목혜라는 진실한 사랑을 찾아 그를 벗어날 것이라는 사실이었다.

"아무튼 문주께선 한편으로 그를 베는 것을 원하시는 것도 같았다."

"그를 죽인다고요?"

홍연이 화들짝 놀라 되물었다.

"그렇다."

"왜, 갑자기 그런… 언제나 그와 같은 사냥개를 그리워했잖아요?"

"이유는 하나다. 이제 타유가 사냥개가 되기에는 너무 큰 존재가 된 거지. 그는 사냥개가 아니라 사냥개를 부리는 사냥꾼이 되어 있지 않느냐? 밀문 삼왕의 존재란 결코 누군가의 사냥개가 될 수 없는 존재지."

"누굴 보냈죠?"

홍연이 건조한 음성으로 물었다. 한뢰는 이런 홍연의 태도는 그녀가 무척 분노했을 때 드러내는 모습이란 걸 알고 있다.

"천살문의 살객들은 올 수 없다."

"당연하죠. 그가 알아볼 테니까요."

"다른 사람이라면 흑룡문의 여타 문도들인데 누굴 쓰실지는 나도 잘 모르겠다. 물론 일단은 한번 만나시지 않을까?"

"그렇겠군요."

홍연이 고개를 끄덕인다. 그녀의 표정이 결코 밝지 않다.

"문주와 그, 둘 중 누굴 걱정하는 것이냐?"

한뢰가 물었다. 그러자 홍연이 차갑게 대답했다.

"양쪽 모두를요."

청풍의 눈빛이 한순간 칼날처럼 번뜩였다. 드디어 꼬리의 꼬리를 잡은 느낌이다.

한 명의 노인과 한 명의 여인이다. 그들은 청풍과 이십여 장

거리에 있는 민가의 지붕 위에서 타유가 들어 있는 객잔을 줄곧 살피고 있었다.

한밤에 아무 이유 없이 지붕 위에 올라 객잔을 살피고 있을 리가 없다. 반드시 이유가 있을 것이고, 혈시를 쫓는 오류의 무사들이 아니라면 필시 천살문주 홍암의 제일 수족이라는 한뢰 그자일 것이다.

'좀 더 가까이 가야겠어.'

이미 청풍으로부터 천살문의 주요 인물들에 대해 세세하게 전해 들은 타유다.

물론 수십 년 전의 기억 속에 남아 있는 흔적들이기에 타유가 전한 것들로 천살문의 살수들을 구별해 낼 수 없을지도 몰랐다. 그러나 청풍은 타유의 섬세한 기억을 믿고, 타유는 청풍이 타고난 본능을 믿었다.

그 둘이 잘 어우러지면 비록 수십 년 전의 기억이라 할지라도 천살문의 살수들을 알아보는 데 유용하게 쓰일 터였다.

청풍이 조용히 지붕의 반대편으로 이동했다. 그러고는 쓰러지듯 처마에 매달리는가 싶더니 한순간에 지붕에서 내려와 어두운 골목길을 질주했다.

빠르게 움직이고 있었지만 청풍의 주위에서는 바람 한 점 일어나지 않았다. 바람 길을 따라 달리는 청풍이 남긴 흔적이라고는 어두한 잔영뿐이다.

그렇게 순식간에 이십여 장을 이동한 청풍이 갑자기 걸음을 멈췄다. 그러자 그의 귓속을 파고들던 바람 소리가 사라지면서 사람의 소리가 들려온다.

"아마도 문주께서는 흑룡문에서 우리에게 반감을 가지고 있는 자들로 하여금 그를 상대하게 할지도 모르겠다. 지금 그들은 독이 올라 있는 살모사와 같다. 혈시의 주인이 될 수 있다면 어떤 일이든 하려 할 것이다."

"그러나 상대는 타유, 그 사람이에요!"

여인의 목소리가 들리는 순간 청풍의 모골이 송연해졌다. 모든 것은 짐작대로다. 타유를 안다는 것은 이들이 곧 천살문의 사람들임을 구 할 이상 확신하게 만든다.

'얼굴을 확인해야 해.'

청풍이 살짝 입술을 깨물며 허공을 떠올랐다. 그러자 그의 신형이 허공에서 길게 늬어지며 소리가 들린 반대편 건물의 처마에 매달렸다. 다음 순간 땅으로 향했던 그의 머리가 빠르게 허공으로 쳐들리면서 어느새 그가 지붕 위로 올라섰다.

"응?"

문득 한뢰가 뒤를 돌아봤다.

"무슨 일이죠?"

홍연이 물었다.

"무슨 기척이 난 듯한데……."

순간 홍연이 눈빛을 빛내며 매의 눈으로 등 뒤의 건물을 살핀다. 그녀의 손은 어느새 검의 손잡이를 잡고 있다.

"혈시를 지닌 사람이니 누구든 쫓을 수는 있겠지."

한뢰가 한편으로는 당연한 일이라는 듯 말했다. 그러자 홍연이 대답했다.

"그렇다면 무척 대담한 사람이겠지요. 혈마천의 고수들도 실패한 일을 하려 한다는 것은……."

"그렇다 해도 함부로 타유를 상대할 수는 없어. 불나방이 불을 보고 달려드는 꼴이 되기 십상이지."

"하긴 그렇군요. 그를 상대하는 것은 정말 어려운 일이죠. 아버지가 만든 두 번의 함정을 모두 벗어났으니까요. 그런데… 그는 왜 밀문에 들었을까요?"

홍연이 묻자 한뢰가 고개를 저었다.

"나도 그것이 제일 궁금하구나. 그는 절대로 권력을 탐할 사람은 아니었는데. 이해할 수 없는 행보야. 더군다나… 그 여자도 보이지 않는구나."

한뢰의 말에 갑자기 홍연의 표정이 차갑게 변했다.

"그렇군요. 목숨을 걸고 지켰던 여인인데 말이죠."

"아직도 원망을 가지고 있느냐? 그런데 연아, 이건 확실히 해두자. 그를 버린 건 너와 문주였지, 그가 아니다. 그러니 그가 상목혜라는 여인을 데리고 떠난 것을 원망하지는 말아라. 사람이란 좋은 일을 하든, 나쁜 일을 하든, 혹은 욕망에 따라 살든 세상을 버리고 살든, 자기 스스로에게는 솔직해야 해. 그래야 모든 일을 제대로 풀어낼 수 있다."

한뢰의 말에 홍연이 당황한 표정을 지었다. 한뢰가 이렇게 정색을 하고 그 일을 거론할 줄은 몰랐던 모양이다. 그러다가 문득 피식 웃음을 흘렸다.

"다른 건 모두 내 쪽에서 생각해 주시는 분이 그 일에 대해서는 이렇게 아프게 말씀을 하시는군요."

"그게 널 위한 길이기 때문이다. 해서 한 가지 더 말하자면 그와 너는 더 이상 남녀로서 인연은 존재하지 않는다고 본다. 그 사실을 인정하지 않는다면 넌… 평생을 지옥에서 살게 될 거다. 정해의 바다는 생각보다 깊어서 한 번 빠지면 벗어나기가 힘들지."

"그런가요? 후… 그런가 보군요. 그런데 일객께서 모르시는 것이 하나 있어요."

"무얼 말이냐? 그와 너 사이에 내가 모르는 일이 있었더냐?"

"아뇨, 그런 것이 아니라 그 정해의 바다에 빠지는 것을 사람의 힘으로 막을 수 없다는 사실 말이에요. 아무리 천살문의 살수라 해도 말이죠."

홍연의 말에 한뢰가 한숨을 내쉬었다.

"듣고 보니 그 또한 그렇구나. 내가 쓸데없는 말을 했어. 미안하다. 그럼 다른 말을 해주겠다."

"말씀하세요."

"부디 많이 아프지는 말……! 놈!"

한순간 한뢰의 손이 번개처럼 뒤쪽으로 휘둘러졌다. 그러자 그의 손에서 세 개의 가는 바늘이 어둠을 뚫고 날아갔다.

땅!

한순간 바늘이 향한 곳에서 기왓장 깨지는 소리가 일어났다. 그러고는 한 마리 밤 짐승처럼 검은 그림자가 건너편 기와

집의 지붕을 넘어 빠르게 사라졌다.

그런데 그렇게 불청객이 도주하는 사이 홍연의 신형은 이미 건물 아래로 내려서서 불청객이 향한 방향을 우회하여 달리고 있었다. 오랜 세월 살수로 살아온 홍연이라 한뢰가 불청객을 공격하는 순간 이미 자신이 할 일을 알고 있었던 것이다.

한뢰도 신형을 날렸다. 그는 불청객이 있던 건너편 지붕으로 신형을 날렸다. 아마도 그가 상대를 추격하다 보면 결국 홍연이 불청객의 앞길을 막아설 것이다.

"정말 무서운 자들이군. 아버지가 두려워할 만해!"

작은 초가의 지붕들을 연이어 날아 넘으면서 청풍이 중얼거렸다. 그의 뒤쪽으로 밤 사냥을 나선 올빼미처럼 한뢰가 무서운 속도로 청풍을 추격해 오고 있었다.

절정에 오른 두 고수의 경공이 순식간에 청풍과 한뢰를 마을 밖으로 이끌었다. 그리고 그때부터 두 사람의 속도는 더욱 빨라졌다.

일단 민가를 벗어나자 청풍으로서도 더 이상 거칠 것이 없었다. 바위와 나무를 날아 넘고 어둠의 그늘 속을 찾아들며 청풍은 자신의 모든 실력을 발휘해 도주를 하고 있었다.

그러나 한뢰의 추격은 결코 만만치가 않았다. 그는 멀어질 듯하다가도 귀신처럼 청풍의 흔적을 찾아내 금세 거리를 좁히고 했다.

"검을 들어 베야 하나……."

청풍이 슬쩍 자신의 뒤를 쫓는 한뢰를 바라보며 중얼거렸다. 이렇게 영원히 도주만 하고 있을 수는 없었다. 차라리 걸음을 멈추고 한뢰와 일검을 겨루는 것이 나을 수도 있었다.

청풍이 재빨리 품속에 넣어두었던 복면을 꺼내 머리에 뒤집어썼다. 싸움을 하든 혹은 이대로 도주를 하든 상대에게 얼굴을 보이는 일은 어리석은 일이다.

이미 청풍의 얼굴은 제법 많은 사람들에게 알려져 있으니 이곳에서 그가 한뢰 등에게 얼굴을 보인다면 그들은 머지않아 타유가 오히려 자신들을 감시하고 있었다는 것을 알게 될 것이다. 그러니 어떤 경우든 청풍이 얼굴을 드러내는 일은 피해야 했다.

"할 수 있는 한 최대한 싸움은 피해야겠지."

복면을 쓰고 마음이 조금 진정된 청풍이 애초의 계획대로 최대한 도주하기로 마음먹었다. 머지않은 곳에 강이 있으니 여차하면 강물로 뛰어들 수도 있었다.

"놈, 서랏!"

어느새 한뢰가 가까이 다가서고 있었다. 청풍이 다시 신형을 날렸다. 방향을 남쪽으로 틀었다. 조금 가파른 길이기는 해도 강 쪽으로 달리기로 마음먹은 이상 가장 빠른 길이다.

그런데 그때 청풍이 예상치 못한 일이 일어났다. 갑자기 그의 앞쪽에서 검은 그림자가 얼씬거리더니 날카로운 파공음을 일으키며 한 개의 비도가 청풍의 다리를 향해 닥쳐들었다.

"웃!"

뒤를 쫓던 한뢰만 신경을 쓰고 있던 청풍이 다급한 음성을 흘려내며 허공에서 제비를 돌았다.

팟!

어둠을 뚫고 날아온 비도가 아슬아슬하게 청풍의 하체를 스치고 지나갔다. 청풍이 땅으로 내려서며 고개를 들어 비도를 날린 자를 찾았다. 그의 눈에 타유를 감시하던 둘 중 한 명인 홍연의 모습이 들어왔다.

'과연 살수문의 사람답다. 우회를 해 앞을 막았구나!'

이미 타유를 통해 천살문 살수들의 무서움을 충분히 전해들은 청풍이다. 하지만 이렇게 그들을 직접 맞닥뜨리고 나니 새삼스레 이들에 대한 경계심이 일어났다.

'어쩔 수 없이 싸워야겠군.'

도주하려던 계획은 자연스레 변경됐다. 적이 앞을 막은 이상 검을 쓰지 않을 수가 없다. 그리고 검을 쓰려거든 독하게 써야 한다. 상대는 보통의 무인들이 아닌 살법을 수련한 살수들이다. 허술하게 대적을 했다가는 단번에 적의 도검이 심장을 파고들 것이다.

청풍이 큰 걸음을 떼어놓았다. 순간 거짓말처럼 청풍의 신형이 삼사 장의 거리를 좁히며 홍연의 앞으로 다가섰다.

팟!

청풍의 검이 땅을 긁듯 아래에서 위로 그어졌다. 순간 그의 검에서 한 줄기 푸른 검기가 일어났다.

"앗!"

기습을 통해 선기를 잡았다고 생각했던 홍연의 입에서 날카로운 음성이 터져 나왔다. 가벼워 보이던 청풍의 검이 한순간 만 근의 위력을 토해냈다.

쐐액!

한순간 공기가 찢어지는 듯한 소리가 터져 나왔다. 급하게 기울인 홍연의 옷자락을 청풍의 검이 찢고 지나갔다. 그러자 홍연의 등에서 한 줄기 피분수가 솟구친다.

"놈! 멈춰랏!"

홍연에게 일침을 가하고 재차 공격을 가하려는 청풍의 머리 위로 한 자루 도가 떨어져 내렸다. 어느새 다가온 한뢰가 홍연의 위급을 보고 전력을 기울여 청풍을 공격했던 것이다. 순간 청풍의 신형이 가볍게 한 바퀴를 돌았다. 그러자 거짓말처럼 한뢰의 도가 청풍의 옆으로 밀려 나가듯 비껴갔다.

강력한 장력에 밀리듯 틀어진 도를 바로잡기 위해 한뢰가 힘을 썼다. 그러자 그 기회를 놓치지 않고 청풍이 한뢰를 향해 일검을 꽂아 넣었다.

팟!

소름끼치는 파공음을 일으키며 청풍의 검이 한뢰의 겨드랑이 아래 급소를 찌른다.

"헛!"

수십 년 칼바람 속에 살아온 노살수 한뢰가 대경하며 가까스로 몸을 틀었다. 그러자 청풍의 검이 아슬아슬하게 급소를 비켜가며 그의 옆구리에 길게 검상을 만들었다.

파앗!

한뢰의 옆구리에서 홍연보다 더 강렬한 혈무가 피어올랐다. 급소를 피하기는 했지만 검상의 깊이가 제법 깊었다. 그때 청풍을 향해 세 개의 암기가 떨어져 내렸다. 한뢰의 위급함을 본 홍연이 날린 암기들이었다.

쐐애액!

세 방향을 막으며 떨어지는 암기는 극히 위험했다. 청풍이 잠시 멈칫하다가 어쩔 수 없이 귀영팔보를 밟았다. 그러자 그의 신형이 연기처럼 변하더니 한순간에 홍연이 던져 낸 암기들을 벗어났다.

"네놈은?"

한뢰의 입에서 놀란 음성이 흘러나왔다. 필시 청풍이 펼친 귀영팔보를 알아본 것이 분명했다. 청풍의 마음이 급해졌다. 한꺼풀 자신의 비밀을 드러낸 것이 그를 당황스럽게 만들었다.

귀영팔보를 이들이 알아보지 못할 리 없다는 것을 모르지는 않았다. 그러나 홍연의 암기를 피하기 위해선 어쩔 수 없는 선택이었다. 그래도 한 가닥 아쉬움이 남는다.

다른 수는 없었을까. 그러나 그 고민을 오래하고 있을 수는 없다. 일은 벌어졌고, 이젠 수습을 해야 한다. 가장 좋은 방법은 둘 모두를 베는 것이다.

'살계를 연다!'

아마도 청풍이 강호에 출도한 이후 처음으로 마음에 강렬한 살기를 담은 순간일 것이다.

청풍이 조금 떨어져 있는 홍연은 놓아두고 옆구리에 깊은
상처를 입은 한뢰에게 뛰어들었다. 그와 접근전을 벌이면 홍
연도 함부로 암기를 던지지는 못할 터였다.

"네놈은 대체 누구냐?"

한뢰로서는 청풍의 공격도 공격이지만 청풍의 정체가 더욱
궁금했다. 귀영팔보는 오직 천살문의 살수들만이 쓰는 보법이
다.

그런데 이 복면의 불청객이 바로 그 귀영팔보를 펼치고 있
으니 이는 필시 이자가 천살문과 연관이 있다는 의미다. 거기
에 이자는 자신들을 몰래 살펴보고 있었다. 아니, 어쩌면 타유
를 살피고 있었을지도 모른다는 생각도 들었다.

차앙!

한뢰가 급히 도를 들어 올렸다. 날카로운 소음과 함께 청풍
의 검이 한뢰의 검을 스치고 지나간다.

"음!"

한뢰의 입에서 나직한 신음성이 흘러나온다. 도를 통해 느
껴지는 강렬한 기운이 그의 몸을 타고 들어와 베어진 옆구리
를 뒤흔들어 통증을 만들어냈다.

그러나 옆구리에서 느끼는 통증보다 더 그를 당혹케 하는
것은 상대의 무공이다. 쾌검을 쓰는 자의 검치고는 검이 지닌
무게가 너무 무거웠다. 그건 곧 이자의 공력이 절정의 경지에

올랐다는 것을 의미한다.

한뢰의 도를 밀어낸 청풍이 번개처럼 한뢰의 다리를 후려 찼다. 그러자 미처 물러나지 못한 한뢰의 오금이 청풍의 발에 걸렸다.

뚝!

한뢰의 무릎이 힘없이 꺾인다. 덕분에 그의 신형이 옆으로 크게 기울어졌다. 그러자 기다렸다는 듯이 청풍의 검이 한뢰의 복부를 찔렀다.

푹!

청풍은 손끝에 전해지는 묵직한 느낌에 소름이 돋았다. 이렇게 생생하게 사람을 찌른 기억은 처음이었다. 청풍이 자신도 모르게 급히 한뢰에게서 물러났다. 마치 건들지 말아야 할 것을 건드린 사람처럼 청풍이 바람처럼 십여 장 뒤로 물러나 걸음을 멈췄다.

"일객!"

홍연이 다급하게 한뢰에게 다가들었다. 그녀의 행동은 살수로서의 본분을 망각한 것인데 살수는 결코 적을 앞에 두고 동료의 부상을 돌보지 않는다.

"놈을 상대해!"

한뢰가 피가 꾸역꾸역 흘러나오는 배를 부여잡고 소리쳤다. 그러자 홍연이 퍼뜩 정신을 차리고는 재빨리 청풍을 향해 검을 겨눴다. 청풍은 그런 홍연은 무심히 바라보다가 천천히 신형을 돌렸다. 오늘의 피는 이것으로 족하다는 생각이었다.

"이놈! 어딜 가느냐!"

홍연이 소리쳤다. 그러나 차마 청풍을 쫓지 못하는 홍연이다. 그런데 문득 청풍이 걸음을 멈췄다. 그러고는 고개를 돌려 홍연을 바라보며 차갑게 말했다.

"밀문 삼왕의 혈시를 탐하지 말라. 그건 내 것이야. 그자는 내 손에 죽는다. 그러니 혈시가 탐나거든 다른 혈시를 찾아봐라. 다시 한 번 내 일을 방해하면 그땐 모두 죽여 버리겠다! 오늘 너희를 죽이지 않는 건… 그나마 먼 옛날 인연이 닿은 것에 대한 최소한의 배려다. 그러나 다음에는 이런 호의가 없을 것이다."

자신을 타유와 연결시키지 못하게 하기 위한 경고였다. 청풍이 할 말을 마치고는 이내 어둠 속으로 사라졌다.

"음……."

청풍이 물러나자 한뢰가 깊은 신음을 흘렸다.

"일객 어른!"

홍연이 청풍을 쫓는 것을 포기하고 한뢰를 부축했다. 그러자 한뢰가 한 손으로 배를 움켜잡고 숨을 헐떡이며 말했다.

"연아."

"예, 말씀하세요."

"난 아무래도 어려울 것 같구나."

"아니에요. 치료하면 살 수 있어요. 걱정 마세요."

"아니, 그렇지가 않아. 연아, 내 말을 잘 새겨들어라."

"말씀하지 마세요. 상처를 치료할게요."

홍연이 한뢰의 손을 치우고 상처를 보려 하자 한뢰가 더욱 힘을 줘 상처를 누르며 말했다.

"너도 알 것이다. 손을 떼는 순간 난 죽어. 죽기 전에 네게 할 말이 있다. 그러니 날 방해하지 마라. 연아!"

"네, 일객 어른!"

홍연이 눈이 가늘어진다. 애써 눈물을 참고 있는 것이 분명하다. 놀라운 일이다. 사람의 목숨을 파리 목숨처럼 여기는 살수가 눈물을 흘리려 하다니. 홍연의 그런 모습을 보며 한뢰가 고개를 저었다.

"연아, 넌 사실 살수가 되기에는 마음이 너무 여린 아이였다. 그래서 더욱 다른 사람들에게 독하게 굴었다는 것을 안다."

"어르신……."

급기야 홍연의 눈에서 눈물이 흐른다. 그러자 한뢰가 한 줄기 미소를 짓는다.

"좋구나, 네가 날 위해 울어주다니. 허허, 평생 남의 목이나 베면서 살아온 날 위해 울어줄 사람이 있다니. 살수 중 나와 같이 복받은 자가 또 있을까? 칼 맞은 것이 오히려 다행이로구나."

"그는 반드시 내 손에 죽을 거예요."

홍연이 독기를 내뿜는다. 그러자 한뢰가 고개를 저었다.

"아서라. 너도 그의 무공을 보았지? 무서운 자다. 더군다나 우리 천살문의 절기를 알고 있었어. 외부의 적은 무섭지가 않다. 그러나 내부의 적은 무서운 법이지. 그자를 홀로 상대할 생각은 하지 마라. 문주께 알리고 계책을 받도록 해. 이 일은 절대 너 혼자서 해결할 일이 아니다. 약속해라."

한뢰의 말에 홍연이 입술을 깨물며 고개를 끄덕였다.

"알았어요. 약속할게요."

"좋아. 그럼 그딴 불쾌한 이야기는 그만하고 네 이야기를 좀 하자꾸나. 후우!"

한뢰가 숨을 깊게 쉬었다. 점점 호흡이 가빠오는 듯 보였다.

"말씀하세요."

"내가 생각하기에 네겐 두 개의 길이 있다. 지금처럼 문주의 딸로서, 야망의 동반자로서 살아가는 길과… 문주를 떠나는 길이다."

"아버지를 떠나라고요?"

홍연이 눈을 크게 뜬다. 그녀가 전혀 예상치 못한 말이기 때문이다.

"그렇다. 연아, 넌 문주를 어찌 보느냐? 행복해 보이더냐?"

"그… 그건……."

"난 평생 문주께 충성을 다해왔다. 그 이유는 문주처럼 야망이 있어서가 아니다. 내가 문주의 곁을 평생 지킨 이유는… 문주와 내가 아주 어릴 때부터 함께 자란 형제와 같은 사이기 때문이었다. 세상의 모든 사람들에게 독심을 드러내는 문주도 나에게는 어린 시절 함께 천하를 헤매며 주린 배를 채우던 친구로서의 모습을 잃지 않았지. 그래서 난 문주의 곁을 떠날 수 없었다. 그러나 난 사실 항상 문주의 곁을 떠나고 싶었다."

"일객 어른!"

"이유는 간단해. 문주의 곁에서는 내 자신을 찾을 수 없기 때문이었다. 인간은 말이다, 누구나 자기 자신의 삶을 살아야 한다. 다른 사람을 위해 자신을 포기하는 것은 어리석은 일이야. 그것이 설혹 부모형제라 해도 말이다. 뭐, 자식은 다르다고들 하지만 나는 잘 모르겠다. 자식이 없으니. 하여튼 그러니… 네 뜻이 천하에 없다면, 문주를 떠나거라. 네가 떠난다면 문주도 애써 널 막지는 않을 게다. 사실 오래전부터 난 문주에게 네 문제를 심각하게 말해왔다. 널 천살문의 행보에서 빼자고 말이야."

"그걸 거절한 것은 저였어요."

홍연이 말했다. 그러자 한뢰가 왼손으로 홍연의 머리를 쓰다듬으며 말했다.

"그래, 안다. 그러나 난 널 강제로라도 천살문의 일에서 빼고 싶었지. 그러나 넌 한사코 천살문의 살수로, 문주의 충실한 수하로 남았다. 그 이유를… 내가 모르지 않는다. 넌 문주의 곁에 있다 보면 언젠가는 타유, 그 친구를 다시 만날 수 있을 거라 생각했던 거지. 네가 놓지 못한 것은 문주가 아니라 타유다. 아니냐?"

한뢰의 물음에 홍연이 대답을 하지 못했다. 부인하고 싶지만 부인할 수 없는 사실이다.

"그런데 말이다. 그를 만난들 또 어찌하겠느냐? 우린 이렇게 다시 그를 곤경에 빠뜨릴 준비를 하고 있다. 그런데 다시 그를 만난들 네가 그와 할 수 있는 일이 무엇이겠느냐? 그러니, 이제는 그에 대한 미련을 접고 떠나거라. 타유는… 좋은 사람이다. 살수가 되기에는 아까운 인물이지. 그러나 오직 한 명, 너에게만은 좋은 사람이 아니다."

"그에게 빚을 진 것은 저예요."

"그렇지. 그러나 그럼에도 항상 손해를 보고 살아온 것은 너다. 왜냐하면 적어도 타유는 문주와 너의 배신으로 천살문을 떠나 자신의 삶을 살았지만 넌 오십이 되어가는 지금까지도 그에 대한 죄책감과 미련을 떨치지 못하고 이렇게 인목(人木)이 되어 가고 있지 않느냐? 난 네가 고목처럼 생기없이 늙어가는 것을 원치 않는다. 살수의 껍질을 벗고 나면 넌 정말 사랑스런 아이야. 지금 그 나이에도 말이다."

한뢰가 이제는 홍연의 뺨을 쓰다듬는다. 그 손에 힘이 급격히 빠지고 있음을 느끼고 홍연의 눈시울이 붉어졌다.

"생각해 볼게요."

죽어가는 자다. 이런 말 정도는 해줘도 상관없다. 그러나 그런 홍연의 거짓말에 속을 한뢰가 아니었다. 그는 너무 오랫동안 홍연을 보아온 사람이다.

"넌… 거짓말이 서툴지. 음… 천살문을 떠나지 못하겠다면 독해져라. 눈앞에서 타유를 네 검으로 벨 만큼. 그래야… 네가… 산다. 네가 있어서 그나마 즐거웠는데… 하아!"

홍연은 자신의 뺨을 타고 떨어져 내리는 한뢰의 손을 그대로 두었다. 그 손이 힘없이 땅에 떨어졌다. 한뢰가 죽었다. 천살문의 제일 살수, 천살문주 홍암이 유일한 친구로 인정하는 자, 그리고 홍연에게는 세상에서 유일한 따뜻함이었던 한뢰가 죽은 것이다.

홍연이 한뢰의 얼굴을 살폈다. 죽은 자의 얼굴이 평온하다.

"이래서 삶이 지옥이란 말이 있는 걸까? 참 편해 보이시네."

홍연이 중얼거렸다. 그녀는 한동안 그 자리에서 한뢰를 무릎에 누이고 앉아 있었다. 그러다가 문득 자리에서 일어서며 말했다.

"그래도 전 떠날 수 없어요. 그리고 그를 벨 수도 없지요. 다시는 그를 베는 일이 없을 겁니다. 제가 천살문에 남는 이유는 그에게 진 빚을 갚기 위함이에요. 그렇다고 그와 다시 어찌해볼 생각은 없어요. 그냥… 빚을 갚아야 내가 살 수 있을 것 같기 때문이죠. 죄송해요, 내 마음대로 결정해서!"

홍연이 한뢰의 시신을 들어 안았다. 그러고는 어두운 숲속으로 사라졌다.

청풍은 멀리서 어둠 속으로 사라지는 홍연을 지켜보고 있었다. 그러다가 홍연이 사라지자 걸음을 옮기기 시작했다. 한뢰를 베었을 때의 그 생경한 충격은 이미 극복한 후였다.

그리고 그가 깨달은 것은 자신은 여전히 홍연을 살펴야 한다는 것이었다. 그래야 아버지 타유가 천살문주 홍암과의 싸움에서 이길 수 있기 때문이었다.

       *   *   *

상원은 여전히 흥청거리고 있었다. 혈막오류가 혈시의 난을 벌이든, 의천맹이 세상의 혼란을 틈타 강호의 권력을 잡으려 하든 상관없이 상원은 분주했다.

세상의 혼란은 장사치들에겐 좋은 기회다. 싸움이 일어나면 득을 보는 것은 항상 장사치다. 물론 그 와중에 행보를 잘못해 멸문하는 가문도 있을 수 있지만 어쨌든 세상이 혼란하다는 것은 큰 장이 선다는 의미였다.

그래서인지 상원에 속한 각 상가들은 제각기 서로의 눈치를 보며 이 혼란한 정국에서 자파의 이득을 취하기 위해 치열하게 머리싸움을 하고 있었다.

그 와중에 조용한 곳은 오직 한 곳, 바로 모가장이었다. 모흔이 죽은 이후 모잠이 성도로 돌아가고 상원에 남은 모가장의 고수들은 모불승이 지휘하고 있었다. 그는 비록 모잠에게 상원에서의 전권을 위임받았지만 상원의 다른 실력자들, 천상사가의 주인이나 혹은 문무이상을 맞상대하기에는 역부족이었다.

그래서 모가장의 존재감은 그동안 무척 축소되어 있었고, 덕분에 사람들 중에는 어쩌면 모가장이 상원 역사상 가장 빨리 천상사가의 지위를 내려놓는 가문이 될지도 모른다고 말하는 자들도 있었다.

그런데 그런 호사가들의 말이 쑥 들어가게 하는 일이 벌어졌다. 바로 당대 모가장 최고의 실력자라는 타유의 등장이었다.

여전히 세상에 모가장의 좌호법 우검으로 알려진 타유가 상원에 입성하는 순간 모가장의 위세는 하룻밤 사이에 다른 천상사가와 어깨를 나란히 하는 위치까지 올라갔다.

더군다나 상원의 오랜 터줏대감들인 천상사가의 수뇌들은 타유가 과거 상원을 떠날 때와는 전혀 다른 존재가 되어 상원에 입성했다는 것을 알고 있었다. 모불승이 그를 대하는 태도며, 그를 따라온 모가장 고수들의 기도는 천상사가의 수뇌들을 긴장시키기에 충분했다.

그리하여 사람들의 시선은 타유가 나타나는 순간부터 그의 행보를 주목했다. 갑자기 그가 상원에 나타난 이유도 사람들이 호기심을 자극했다. 그 와중에 타유는 모가장을 대표해 천상회의 회합에 참석하고 있었다.

"그러니까 본 장의 철을 더 필요로 한다 그 말씀이시군요."

타유가 원주 구중원에게 물었다. 그러자 구중원이 고개를 끄덕였다.

"그렇소이다. 근자에 들어 무림이 혼란해지며 각 문파에서 요구하는 철의 수량이 급격하게 늘어나고 있소이다. 지금 모가장에서 상원으로 들여오는 철로는 도저히 그 수요를 감당하기 어렵소. 그러니……."

구중원이 탐욕에 불타는 눈으로 타유를 보며 말했다. 그러자 타유가 잠시 생각에 잠겼다가 물었다.

"우리 모가장에는 어떤 이득이 있습니까?"

"음… 지금 상원에 들이는 철의 가격에 이 할을 더 얹어주겠소."

"이 할이라… 그 말을 들으니 제가 성도를 떠나기 전 감숙의 백묘문과 거래한 일이 생각나는 군요. 그 거래에서 우리 모가장은 상원에 공급하는 철의 값보다 배나 많은 이문을 남겼지요."

"음… 그런 일이 있으셨소?"

구중원이 겸연쩍은 표정으로 물었다. 그러자 타유가 차가운 목소리로 말했다.

"만약 지금 우리 모가장이 상원과 거래하는 철을 회수해 직접 무림의 각 문파들과 거래를 한다면 아마도 오 할 이상의 이득을 더 취할 수 있을 겁니다. 그러니 사실 지금 본 장이 생산하는 철의 삼 할을 상원에 맡기는 것도 본 장으로서는 큰 손해를 보는 일이지요. 물론 그 대가로 상원의 식구가 되었으니 꼭 손해나는 장사라고는 할 수 없으나… 사실 그동안 상원에 들어 재물로 이득을 본 일도 크게 없는지라……."

타유이 말은 틀림이 없었다. 그동안 모가장은 상원에 철을 공급해 주는 것만큼의 이득을 상원으로부터 취한 일이 없었다.

모가장이 비록 천상사가가 되었지만 그동안 중원에 일어난 큰 거래의 이득들은 모두 기존의 천상사가인 구가장과 헌원세가 그리고 화문이 독점하다시피 했었던 것이다. 모가장주를 대신해 상원에 나와 있던 모불승은 세 가문과 이득을 나눌 만한 역량이 턱없이 부족했기 때문이다.

구중원 등도 그 사실을 모르지 않았다. 그래서 이렇게 은연중에 타유의 추궁이 있자 그들도 제각기 헛기침을 할 뿐, 더 이상 모가장의 철을 요구하는 얼굴 두꺼운 짓은 할 수가 없었다.

"그럼 그 일은 아무래도 어렵겠구려."

구중원이 한 걸음 뒤로 물러난다. 모가장의 좌호법은 모불승처럼 다루기 쉬운 사람이 아니라는 것을 구중원은 잘 알고 있었다. 그러자 이번에는 타유가 입을 열었다.

"본 장에서도 천상회에 한 가지 청할 것이 있습니다."

"말씀하시구려. 그래, 어떤 일로 상원의 힘이 필요하오?"

구중원이 기다렸다는 듯이 물었다. 아무래도 거래를 하려면 서로 주고받는 것이 있어야겠다고 생각한 모양이었다. 구중원의 물음에 타유가 살짝 인상을 찌푸리며 말했다.

"사실 그동안 본 장은 상원의 일에 적극 도움을 주었지요. 금석촌의 철 삼 할을 상원에 맡겼고, 보림장의 토벌 때도 적지 않은 공을 세웠습니다. 물론 그 공을 인정받아 천상사가의 일원이 되었으나… 본래 상가란 이러니저러니 해도 결국 장사를 하고 이문을 남겨야 하지 않겠습니까? 그런데 우리 모가장은 그동안 상원에서 명예는 얻었는지 몰라도 이문을 얻지 못했지요."

"음… 그 점은 나도 인정하오. 또한 아쉽게 생각하는 바요.

그러나 각 가문의 이득은 스스로 챙기는 것이지 상원이 가져다주는 것은 아니오. 그동안 모가장이 천상사가의 지위에 있으면서도 이문을 챙기지 못한 것은 결국 모가장이 스스로 해결해야 하는 문제요."

냉정한 대답이다. 스스로 알아서 이문을 챙겨야 한다는 말은 앞으로도 천상사가의 나머지 세 가문이 모가장을 위해 해줄 일이 없다는 말이다. 그러자 타유가 고개를 끄덕였다.

"물론 원주님의 말씀에 전적으로 공감합니다. 상계에서 가문의 이득을 누구에게 부탁하겠습니까? 나 또한 원주나 다른 가주분들께 본 장에 이문을 내어달라고 드린 말씀은 아닙니다."

"하면 뭘 원하시오?"

이번에는 헌원세가의 가주 헌원우량이 물었다. 그의 표정이나 말투에는 타유의 행동을 고까워하는 기색이 역력했다. 그도 그럴 것이 타유의 나이로 보자면 그가 비록 모가장을 대표한다 해도 감히 원주인 구중원이나 자신에게 함부로 맞상대를 할 수는 없는 일이라고 생각하는 모양이었다.

그러나 헌원우량의 내심이야 어떻든 타유가 자신의 말을 하기 시작했다.

"제가 드리고자 하는 말은 이제부터 우리 모가장도 천상사가라는 지위를 이용해 가문의 이득을 좀 챙기도록 할 테니 그것을 이해해 달라는 말씀을 드리고자 하는 것입니다. 아마 개중에는 다른 가문과 경쟁을 해야 하는 일도 있을 듯하여 미리 양해를 구하는 것이지요."

"상계에도 상도가 있소. 그에 어긋나지만 않는다면 상관없소."

구중원이 대답한다. 어려운 일이다. 세상의 장사꾼 중 상도를 지키며 장사를 하는 자가 몇이나 될까. 타유가 빙그레 미소를 짓는다. 그러면서 구중원을 보며 말했다.

"크게 분란이 일어나는 일은 없을 겁니다."

"그래 무슨 일부터 시작하려 하시오?"

고깝기는 하지만 타유가 하고자 하는 일이 무엇인지 궁금한 헌원우량이 물었다. 그러자 타유가 정색을 하며 말했다.

"뭐, 가장 쉽게는 본 장의 철을 금석촌에서 상원으로 운송하는 일을 우리 모가장이 직접 하는 것은 어떨까 그런 생각을 해봤습니다."

순간 헌원우량의 낯빛이 한순간에 변한다. 그 일은 그동안 헌원세가에서 도맡아 하고 있던 일이었다. 그러나 모가장이 직접 철을 나르겠다면 이를 반대할 명분도 없는 헌원우량이다.

"그리고 이제부터 천천히 중원에서 이득이 남길 일을 찾아봐야지요. 그래서 문상께 도움을 부탁드립니다."

타유가 어둠 속에 조용히 앉아 있던 문상 신산 상평을 보며 말했다.

"제가 뭘 도울 수 있을지⋯⋯?"

상평이 갑작스런 타유의 말에 의아한 표정으로 물었다. 그러자 타유가 대답했다.

"사실 중원은 모가장에게 생소한 상계지요. 해서 중원 상계가 돌아가는 사정을 자세히 알아보고 그 안에서 본 장이 취할 이득이 있는지를 찾아보려 합니다. 그러자면 아무래도 한동안 금안각엘 드나들어야 할 것 같군요. 그래서 미리 문상에 양해를 구하는 것입니다."

"금안각에를요?"

상평의 눈이 날카로워진다. 금안각은 상원의 모든 정보가 모이는 장소다. 본래 상원은 중원의 거상들이 모여 만든 단체라 각지에서 올라오는 소식들이 중구난방으로 관리되었었다. 또한 서로를 견제하느라 각자가 가진 정보를 공유하지 않는 것도 다반사였다.

그러던 것을 신산 상평이 상원의 문상이 되면서 각 파에서 올라오는 정보를 모두 모아 체계적으로 관리하는 조직을 만들게 되었는데 그 조직이 바로 금안각이었다.

금안각에는 천하의 소식이 모두 모인다. 지난날 상원을 위협한 수많은 적의 도발에서 상원이 굳건히 그 자리를 지킬 수 있었던 것은 금안각의 역할이 지대했다고 할 수 있었다.

천하에 산재한 상가들의 눈에서 자유로울 세력이나 사람은 존재하지 않는다. 그 덕에 상평과 상원의 수뇌들은 앉아서 천하의 일을 모두 알 수 있었다. 소식이 빠르니 적을 상대하는 것도 수월했고, 또한 이득이 생길 기회를 찾아내는 것도 다른 상가들에 비해 월등이 빨랐다.

그런데 또 한편으로는 금안각이 그토록 많은 이득을 상원의 상가들에게 제공했지만 반대로 상원의 권력을 그들에게서 조금 멀어지게도 하였는데 그 이유는 바로 금안각을 관장하는 사람이 외족인 신산 상평이기 때문이었다.

자신들의 정보를 상평에게 모두 내어놓고, 자신들은 상평이 전해주는 정보만 받을 수 있으니 사실 천상사가의 주인들로서는 금안각의 운영에 대해 불만이 없을 수 없었다. 그러나 그 또한 처음 신산 상평과 무상 목우를 상원에 초빙할 때 약속한 일이라 그것을 번복할 수도 없는 상원의 수뇌들이었던 것이다.

그래서 금안각은 상평에게 있어서는 그가 상원에서 차지한 권력의 상징과도 같은 곳이었다. 그런데 타유가 그 금안각을 출입하겠다니 상평으로서는 여러 가지 생각을 아니할 수 없었다.

"금안각에는 천하의 소식이 종일 모인다고 알고 있습니다. 상원의 가문들은 금안각에서 내어주는 강호의 소식으로 자파의 이득을 취하고 있고 말입니다. 그러니 우리 모가장도 당연히 금안각의 힘을 빌어야 하지 않겠습니까?"

"그 말씀에는 어폐가 있구려. 지금까지 금안각은 다른 가문들과 마찬가지로 매일 금안각에서 발췌한 소식을 모가장에도 제공하였소. 그런데 마치 금안각에서 얻은 정보가 모가장에 전해지지 않아 장사의 기회를 잃었다고 생각하시는 듯하니 나로서는 억울한 면이 없지 않구려."

상평이 불쾌한 표정을 지으며 말했다. 그러자 타유가 한 줄기 차가운 미소를 흘리며 대답했다.

"물론 그 사실을 모르는 것은 아니지요. 그러나 어쨌든 그동안 본 장은 금안각에서 제공하는 소식으로 제대로 이득을 취하지 못했으니 내가 직접 금안각에 들어가 강호의 소식을 살펴겠다는 것입니다. 어쩌면 우리 모가장이 이득을 취하는 방식이 다른 상가들과 달라 벌어진 일일 수도 있지 않겠습니까? 우리가 원하는 정보가 폐기되었을 수도 있으니… 그런데 제가 금안각에 출입하면 안 될 이유라도 있습니까?"

타유가 정색을 하며 물었다. 그러자 상평을 대신해 원주 구중원이 대답했다.

"사실 금안각은 지금까지 오로지 문상께서 관리해 오신 조직이오. 본 원에서 금안각은 문상의 고유한 영역으로 인정하고 있소. 그러니……."

"그런가요? 그럼 원주님을 포함해서 다른 가주분들도 금안각을 출입하는 일이 전혀 없습니까?"

"음, 그건 아니오. 물론 평시에는 출입을 하지 않으나 특별한 경우에는 각 가문에 필요한 정보를 얻고자 가끔 출입하는 경우가 있기는 하오."

"그렇다면 문제가 될 것이 없지 않습니까? 제가 금안각에 들어가 사람들을 부리겠다는 것도 아니고, 그저 천하에서 들어온 소식들을 살펴보겠다는 것이니 말입니다. 문상께 약속드리지요. 제가 금안각에 출입한다 한들 금안각의 운영에는 일절 관여치 않을 것입니다. 단지 그날그날 올라온 소식들을 곁에서 조용히 살펴보는 것으로 만족하지요. 그 정도는 허락해 주실 수 있지 않습니까?"

타유의 말에 상평이 여전히 그늘진 표정을 풀지 않으면서 대답했다.

"허락이란 말은 어울리지 않는 말이구려. 비록 금안각을 내가 만들고 관리했다고 해도 결국 금안각은 상원의 조직이오. 그러니 상원의 주인인 천상사가에서 금안각에 관여하겠다면 나로서도 반대할 명분은 없소이다."

굳이 관여한다라는 말을 쓰는 것은 여전히 타유가 금안각을 출입하는 것을 반대한다는 뜻이다. 아마 다른 사람이라면 신산 상평의 권위를 인정하고 이쯤에서 뒤로 물러날 것이나 타유는 상평의 기대와는 전혀 다르게 대답했다.

"흠, 그리 말씀해 주시는 마음이 편하군요. 그럼 내일부터 금안각에서 뵙겠습니다."

전혀 예상치 못한 타유의 대답에 상평의 표정이 더욱 어두워진다. 그러나 다른 천상사가의 주인들은 제법 호기심이 동한 표정이다. 사실 그동안 상원에서 그 누구도 신산 상평의 권위를 훼손하는 사람은 없었다.

천상사가의 주인들조차도 그가 상원을 위기에서 구한 은인이기에 외족의 힘이 그에게로 집중되는 것을 보면서도 상평의 권위를 인정할 수밖에 없었던 것이다.

그런데 오늘 이렇게 타유가 그 누구도 하지 않던 행동을 하고 있으니 한편으로 막혔던 속이 뚫리는 듯 시원한 느낌마저

드는 그들이었다. 그래서일까. 어색한 분위기에도 불구하고 상원의 원주 구중원이 타유에게 덕담을 한다.

"내일부터 금안각에 출입하게 되셨으니 부디 좋은 기회를 많이 찾으시기 바라오."

"운이 좋길 바라야지요."

타유가 한줄기 미소를 짓는다.

"좋은 기회가 있으면 우리 헌원세가에도 좀 나누어주시오."

본래 타유를 고깝게 생각하는 헌원우량조차도 농을 던진다. 타유가 신산 상평을 상대한 방식이 그의 마음까지 풀어놓은 모양이었다.

"하하하, 그럼 아예 천상사가에서도 사람을 보내시지요. 이 기회에."

그러자 한순간에 다시 장내의 기운이 차가워졌다. 타유 한 사람이라면 모를까, 천상사가에서 모두 금안각에 사람을 파견한다면 그건 금안각을 신산 상평에게서 빼앗는 결과를 초래할 일이었다.

약간의 탐욕이 천상사가의 수장들 눈에 감돌았다. 그러나 그들은 노련한 사람들이다. 신산 상평이 노했을 때 어떤 일이 벌어질지 가늠할 수 없다는 것을 모르는 그들이 아니다. 지금 상원의 권력 절반은 신산 상평의 손에 있지 않은가.

"아니오. 아니오. 우리야 지금으로도 족하오. 더군다나 문상께서 제공하는 정보들은 워낙 정확해서 따로 사람을 들여 세상의 소식을 전해 들을 이유는 없는 거 같소."

구중원이 고개를 저으며 말했다. 그러자 타유가 고개를 끄덕였다.

"그렇군요. 그럼 뭐, 저 혼자 힘을 써보지요."

"하하, 부디 행운을 빌겠소."

어쨌든 구중원으로서는 신산 상평의 단단한 권위에 약간의 흠집이라도 낸 것이 기꺼운지 호탕한 웃음을 터뜨리며 다시 타유의 행운을 빌었다.

"좀 봅시다."

천상회가 끝나고 상천을 벗어나는 타유를 한 노인이 불러 세웠다. 타유가 고개를 돌려 보니 무상 목우가 날카로운 눈으로 자신을 응시하고 있다.

"무상, 오랜만에 뵙는구려."

타유가 목우에게 정중하게 포권을 해 보였다. 방금 전 천상회에서 문상 상평을 대할 때와는 전혀 다른 모습이다. 그러나 그 정중함에도 목우의 표정을 풀리지 않았다. 그가 빠르게 다가와 타유에게 물었다.

"도대체 무슨 생각이오?"

"무슨 말이신지?"

타유가 고개를 갸웃하며 되물었다.

"어째서 문상의 체면을 그리 깎아내린 것이오?"

"체면을 깎다니 내가 언제 그의 체면을 깎아내렸단 말이오?"

"방금 전 천상회에서 금안각의 출입을 요구한 일이 문상의 체면을 깎아내리는 것이 아니면 뭐란 말이오? 금안각은 그동안 상원에서 문상만이 통제하는 조직이었소. 금안각 자체가 문상이나 다름없었다는 말이오. 그래서 천상사가의 주인들조차도 금안각은 문상의 허락 없이 들어갈 수 없었소. 그런데……."

"그래서 허락을 구하지 않았소? 문상은 허락을 했고."

타유의 표정도 변했다. 정중하던 그의 얼굴이 싸늘해졌다. 그러자 목우가 퍼뜩 타유가 어떤 사람인지를 새삼스레 떠올렸다. 그는 성도에서 무공으로 자신을 꺾은 사람이다. 아마도 사령주의 은인이 아니었다면 그 당시 타유의 검에 자신의 목이 잘렸을 터였다.

"음… 그가 진심으로 허락한 것 같소?"

목우의 말투가 조금 누그러졌다.

"그야 내가 상관할 바가 아니오. 난 그의 동의를 구한 것으로 족하오."

"도대체 문상과 척을 지려는 이유가 뭐요? 문상은 상원의 권력 절반을 가지고 있는 사람이오."

"그와 척을 지려는 것이 아니오. 단지 난 그를 두려하지 않을 뿐이지. 내가 보기에 상원의 모든 사람은, 원주조차도 그를 두려워하는 것 같더구려. 물론 그가 상원의 큰 은인인 것은 나도 알고 있소. 그러나 상원은 분명 천상사가의 것인데 기이하게도 천상사가의 주인들은 그를 두려워하오. 참으로 이상한 일 아니오?"

"그는… 지금의 상원을 만든 사람이오."

"음, 그래서 상원이 그의 것이란 말이오?"

"그런 것은 아니지만 그는 충분히 존중받을 만한 사람이란 것이오."

목우의 말에 타유가 고개를 끄덕였다.

"뭐, 그 말이 맞을 수도 있소. 존중과 두려움은 동전의 양면 같아서 구분하기 힘드니까. 그러나 말이오. 모가장은… 아니, 난 다르오. 내가 그를 존중할 이유나 두려워해야 할 이유는 없소."

"그러나 그와 불편한 관계가 될 이유도 없지 않소?"

목우는 어떻게든 타유와 신산 상평의 관계가 틀어지지 않기를 바라는 듯싶었다. 그로서는 타유와 상평 모두 인연이 적지 않은 사람이고 문무에 있어서 유일하게 상원에서 그가 인정한 사람들이기 때문이었다.

"무상께서 무엇을 걱정하는지는 알고 있소. 그러나… 일이 이 지경이 되게 만든 것은 사실 바로 그 자신이오."

그러자 목우의 얼굴에 의아한 빛이 감돈다.

"그가 우 대협께 무슨 실수라도 한 것이오?"

"내게 실수를 한 것이 아니라 모가장에 실수를 했소."

"어떤……?"

"그동안 그는 금안각의 정보를 천상사가 모두에게 동일하게 전달하지 않았소. 아니, 다른 삼가는 모르겠지만 모가장에는 다른 삼가와는 다른 정보를 주었지. 그동안 모가장이 상원에 거하면서 얻은 이득이 단 금자 한 냥도 없는 것은 바로 그 이유 때문이오."

"그런 일은 있을 수 없소. 문상이 왜⋯⋯?"

"그야 나도 알 수 없는 일이오. 그러나 내가 지왕당주 모불승에게 전해진 강호의 소식들을 살펴본 결과 내 판단은 그렇소. 그래서 내가 직접 금안각에 들어가 봐야겠다는 것이오. 물론 다른 삼가가 받은 정보들을 내 눈으로 보지 않았으니 증거가 없다고 할 수도 있을 것이오. 그러나 그렇다고 천상회에서 각 가문에 전해진 정보들을 비교해 보자고 할 수도 없는 일 아니오? 그랬다면 그래서 그가 서로 다른 정보들을 천상사가에 전했다는 것이 드러나면 그가 더욱 곤란해지지 않겠소? 그러니 사실은 내가 그의 사정을 오히려 많이 봐준 것이오. 안 그렇소?"

타유가 목우에게 물었다. 그러자 목우의 표정이 변했다. 그러고는 잠시 뭔가를 생각하더니 무거운 목소리로 말했다.

"확인해 보겠소."

"그러시구려. 그러나 조심하는 것이 좋을 거요."

"그게 무슨 소리요?"

"그의 비밀을 안다는 것은 그의 적이 된다는 말이 아니겠소? 그가 오늘 나에게 느낀 감정은 그저 불쾌함 정도일 수 있으나 그의 비밀을 알고 있는 사람에게 느끼는 감정은 불쾌함 정도가 아닐 거요. 어쩌면⋯ 살기를 느낄 수도 있지."

그러자 목우가 고개를 저었다.

"그는 절대 내게 그런 감정을 품을 사람이 아니오. 우린 아주 오랜 친구요."

"친구라… 좋은 말이지. 그러나 강호에 이런 격언이 있소. 영원한 친구도 영원한 적도 없다. 그러니 무상께서도 부디 조심하시길!"

타유가 정중하게 목우에게 포권을 해 보이고는 신형을 돌려 자리를 떠났다. 그러자 목우가 어두운 얼굴로 중얼거렸다.

"그의 말이 사실이라면 신산에게 내가 모르는 뭔가가 있다는 말인데… 그렇다면 정말 두려운 일이 아닌가. 그와 같은 사람이……."

신산 상평이 서탁을 앞에 두고 고민에 빠져 있었다. 작은 촛불이 그의 방을 비추는 단 하나의 빛이다.

"흐음……."

상평의 표정이 밝지 않다. 풀리지 않는 숙제를 안고 있는 모습이다. 그러다가 문득 나직하게 입을 열었다.

"구르!"

"예, 대인!"

어둠 속에서 홀연히 한 사람이 나타난다. 그야말로 귀신같은 신법이다. 그가 어디에 있었는지 알 수 있는 자는 오직 그 자신과 신산 상평뿐이다.

"그가 밀문의 삼왕이 되었다고 했지?"

"그렇습니다."

구르라 불린 자가 대답했다. 그러자 신산 상평이 다시 침묵에 빠졌다. 가끔 손가락으로 탁자를 톡톡 치기도 하면서 깊은 생각에 빠져드는 상평을 구르라 불린 자는 무던히도 참고 기다렸다.

"그가 날 알까?"

"그럴 리가 있겠습니까? 대인의 행보는 오직 천산의 마제께서만이 알고 계시지 않습니까? 성내의 다른 분들도 모르는 일을 그가 어찌……."

"그래, 그가 내 정체를 알 리는 없어. 그런데… 왜 그는 날 도발하는 것일까?"

상평이 고개를 갸웃하며 중얼거렸다.

"어쩌면 정말 단순히 금안각의 정보들을 보고 싶어 그리한 것이 아닐지요?"

"음, 그럴 수도 있다고 생각하네. 그로서는 금안각의 정보들이 무척 필요할 거야. 금안각의 정보를 이용하면… 혈시 주인들 삼 할은 충분히 그 행적을 찾을 수 있을 테니. 그러나… 그런 경우라면 나에게 그리 도발적인 자세를 취할 필요가 없지 않을까? 오히려 내 비위를 맞추려 했어야 할 텐데……."

"그가 그동안 다른 천상사가와 달리 모가장에 다른 정보들이 갔다는 것을 알아챈 것은 아닐까요?"

구르의 말에 상평이 천천히 고개를 끄덕인다.

"그럴 수도 있겠지. 하긴 그간 상원에서 모가장이 취한 이득이 너무 적기는 했어. 아니, 적은 것이 아니라 아예 없었지. 금석촌의 철까지 내어놓았는데 말이야. 그렇다면야… 걱정할 바는 아닌데…….”

“무상 어른을 불러보시지요.”

“무상을?”

“그분은 처음부터 그와 친분이 있었으니 그의 속내를 알 수 있을지도 모릅니다. 천상회가 끝난 후 보니 무상께서 그를 만나시는 것 같던데…….”

“알겠네. 하면 무상을 좀 불러오게.”

“그리하겠습니다.”

구르가 고개를 숙여보이고는 나타날 때와 마찬가지로 그림자도 남기지 않고 그 자리에서 사라졌다. 그러자 상평이 이마를 짚으며 중얼거렸다.

“일은 거의 완성되어 가고 있다. 이대로 진행이 된다면 필시 혈막은 우리 천마성의 손에 떨어지게 되어 있어. 그리만 된다면 과거 혈마천에 내어주었던 혈막의 주인 자리를 천마성이 가져올 수 있다. 과거 혈마천에 비해 부족했던 것은 오직 금력과 세력! 그러나 상원을 이용해 이제 우리 천마성은 오류 중 가장 막대한 금력을 가지게 되었지. 상원의 금력을 이용하면 세력을 모으는 것도 한순간! 혈시의 난이 종식되고 혼돈시가 끝나면 천하는 우리의 손에 들어올 거야. 그런데… 피라미 한 마리가 머리를 어지럽히는군.”

상평의 눈에 얼핏 살기가 감돌았다. 그러나 그도 잠시 그는

이내 평정심을 회복하고 다시 차분한 노학사의 모습을 취한
다.

"노파심일 수도 있겠지. 좀 더 지켜볼 필요가 있어. 괜히 급
하게 움직였다가 나의 존재가 드러날 수도 있다. 그렇게 되면
상원 문상의 자리를 지키기 어렵게 될 거야."

상평이 마른침을 삼킨다. 그러다가 목이 마른지 침을 한 번
삼키고는 다시 누군가를 불렀다.

"어란!"

"예, 대인!"

이번에는 방문이 열렸다. 그러자 중년의 여인이 다소곳이
문 밖에 서 있다. 누가 봐도 현숙해 보이는 중년 여인이다.

"차를 좀 준비해 주게. 곧 무상이 올 거야."

"알겠습니다, 대인!"

"그리고… 각별히 행동을 조심들 하게. 예감이 좋지 않아."

"명심하겠습니다, 대인!"

어란이라 불린 중년 여인이 고개를 조아리고는 문을 닫고
물러났다.

얼마 후 무상 목우가 무사 구르를 따라 상평의 방으로 들어
왔다.

"오서 오십시오, 무상!"

상평이 자리에서 일어나 목우을 맞이한다. 그 모습이 극진
하기 이를 데 없다. 그러나 으레 있었던 일인 듯 목우가 담담

하게 상평에게 말을 건넨다.

"밤이 깊어 내일이나 찾아뵈려 했는데 이렇게 부르셨습니다그려."

"아무래도 마음이 좋지 않아서……."

상평이 말꼬리를 흐린다. 그러자 목우가 짐작을 하고 있었다는 듯 말했다.

"역시 모가장 좌호법의 일 때문이겠지요?"

"그렇습니다. 그런데 그를 만나보셨는지요?"

"음… 잠시 이야기를 나누기는 했습니다."

"그래, 그의 의도가 뭐랍니까?"

상평이 직설적으로 물었다. 그러자 목우가 잠시 망설이다가 대답했다.

"그는 문상께서 자신과 모가장을 모욕했다고 생각하는 것 같더군요."

"모욕이요? 제가 그들을 말입니까? 왜 그런 말도 안 되는 생각을……?"

상평이 이해할 수 없다는 듯 되물었다. 그러자 목우가 잠시 생각에 잠겼다가 입을 열었다.

"그는 모가장이 상원의 천상사가가 된 이후 어떤 이득도 취하지 못한 거에 대해 문상께 원망을 가지고 있는 듯 보였습니다."

"아니, 그 일이 왜 날 원망할 일이란 말입니까? 상가들끼리의 이권 다툼은 그들의 일이지요. 나와 무슨 상관이 있다고……?"

"그는 문상께서 다른 천상사가 세 가문에게 제공하는 강호의 소식을 모가장에는 제대로 전하지 않았다고 의심하고 있었습니다. 그래서 직접 자신이 금안각의 정보들을 살펴보겠다는 것이지요."

"저런… 쯔쯔, 그런 의심을 하다니. 생각보다 소심한 자였구려."

"그렇지요. 그래서 저 또한 그에게 절대 그런 일은 있을 수 없다고 설득을 했지만 여전히 자신의 뜻을 굽히지 않더군요."

"아… 역시 세상일이란 게 마음대로 되는 것이 아니군요. 선의로 상원의 일을 도와주고 있어도 개중에는 이렇게 오해를 하는 사람이 생기니 말입니다."

"상원의 사람들이야 문상의 은혜를 어찌 잊겠습니까? 다만, 그는 모가장의 사람이고, 모가장은 상원에 든 지 얼마 되지 않았으니 그동안 문상께서 상원을 위해 한 일을 제대로 알지 못하지요."

"그럴 수도 있겠군요. 하지만… 그는 어떤 사람입니까? 무상께서 보시기에."

상평이 갑자기 타유의 됨됨이를 물었다. 그러자 목우가 잠시 생각에 잠겼다가 신중하게 대답했다.

"솔직히 말씀드려 그는 무척 뛰어난 자입니다."

"음, 어떤 면에서 말입니까?"

"무공도 무공이려니와 세상을 보는 눈이 보통 날카로운 것이 아니지요."

"그런가요? 무상과는 제법 친분이 있는 것 같던데……?"

"아무래도 그렇지요. 과거 성도에서 모가장과 뱃길을 두고 대치할 때 그와 여러 번 이야기를 나눌 기회가 있었지요. 덕분에 제법 친분을 쌓게 되었습니다."

목우의 말에 상평이 고개를 끄덕인다. 그러다가 다시 불쑥 질문을 던졌다.

"그는 신뢰할 수 있는 사람인가요?"

"신뢰요?"

목우가 의아한 표정으로 되물었다.

"그렇습니다. 내 무상께서 그를 특별하게 생각한다는 것을 알고 있습니다. 무상께서는 본래 사람을 쉽게 사귀지 않는 분이 아니지 않습니까. 사람의 능력보다는 됨됨이를 중요시하는 분이니……."

"음, 신뢰라. 문상께서 생각하시는 것만큼은 그와 특별한 사이는 아닙니다. 다만 그의 말과 약속은 믿는 편이지요. 그런 면에서라면 그는 신뢰할 수 있는 사람입니다. 성정이 조금 독특하기는 한데 그렇다고 간교한 것은 아니지요. 다만… 그의 특별한 성정 때문에 누구라도 쉽게 다가설 수 없는 사람이지요."

"그렇군요. 약속을 지킬 줄 아는 사람이란 말이군요."

"그렇습니다. 그 부분은 확실한 것 같습니다. 그런데 그를 어찌 대하실 요량이신지?"

목우가 조금 걱정스런 표정으로 물었다. 그가 보기에는 타유도, 혹은 문상 상평도 결코 만만한 사람들이 아니었다. 만약 두 사람이 부딪힌다면 필시 한 명은 꺾이고 말 것이다. 그리고 그것은 상원에 큰 파장을 일으킬 수 있었다.

"그를 적대시할 수는 없지요. 일시적인 기분이나 개인적인 호불호로 상대할 사람이 아닙니다."

상평이 대답했다. 그러자 목우의 입에서 자신도 모르게 안도의 한숨이 흘러나왔다. 그 모습을 보며 상평이 다시 입을 연다.

"무상께서 걱정하시는 일은 일어나지 않을 겁니다. 나로서는 솔직히 오히려 그와 긴밀한 관계를 맺고 싶은 생각마저도 있지요. 다툼을 한다면 내게 유리한 싸움도 아니고… 누가 뭐래도 그는 천상사가 모가장을 대표하는 사람이니 나와 다툼이 일어나면 다른 사가의 주인들은 그를 지지하게 될 겁니다. 가뜩이나 우리 외족의 성장을 못마땅하게 생각하는 그들이니까."

"그렇지요. 외족의 안위를 생각하면 그와 분쟁을 벌이는 것은 좋지 않지요."

목우가 고개를 끄덕인다.

"그래서 말인데… 무상께선 나와 그의 가교 역할을 좀 해주셨으면 합니다."

"음, 싸우자는 것이 아니라 친하자는 것인데 못할 이유가 없지요. 언제 한 번 자리를 마련하겠습니다."

"사람들의 시선이 없는 곳에서 그와 나 둘만 만났으면 좋겠군요."

"그러지요, 다른 가주들의 눈도 있으니."

목우가 망설이지 않고 대답한다.

"고맙습니다. 언제나 무상께서는 감사한 마음뿐입니다. 저로 인해 상원에 들어오셔서 수십 년 고생을 하고 계시니……."

"하하, 싫은 일은 할 수 없지요. 저 또한 상원에서 문상을 돕고 또 외족의 형제들을 보호하는 일에 보람을 느낍니다. 솔직히 말해 이 상원이 상가들의 것이라고는 하나 제게는 그리 느껴지지 않는군요. 다른 사람의 것이 아닌 우리의 문파라는 생각이 듭니다."

"저 역시 같은 생각입니다. 그러나 천상사가를 무시할 수는 없지요. 조심해야 합니다. 그들은 지금 최고의 성세를 누리고 있어요. 사람이란 시절이 좋을 때는 과거의 은혜와 어려움은 잊는 법입니다."

문상이 무거운 표정으로 말했다.

"그렇지요. 사실 최근 들어 외족에 대한 그들의 견제가 지나치다 싶을 정도로 강해졌지요."

목우도 걱정스런 표정으로 말했다. 그러자 신산 상평이 서탁을 가볍게 두드리며 말했다.

"그러나 그들은 곧 다시 알게 될 겁니다. 상원에는 반드시 우리의 힘이 필요하다는 것을… 그때가 되면 전 좀 더 다부지게 대가를 얻어낼 생각입니다. 다시는 외족을 함부로 경시하지 못하게 말입니다."

"강호에 무슨 일이라도?"

목우가 조금 놀란 표정으로 물었다. 그러자 상평이 목소리를 낮추며 말한다.

"최근 들어 강호 곳곳에서 원인 모를 혈사가 일어나고 있더군요. 그런데 워낙 작은 규모로 일어난 혈사라 세상에는 제대로 알려지지 않았지요. 그러나 사실 그 내용을 살펴보면 결코 간단한 혈사들이 아닙니다. 죽은 자들이 절정고수 아닌 자가 없으니까요. 이 혈사들은 어떤 식으로든 강호에 혈풍을 불러올 겁니다. 상원 역시 그 혈풍에서 자유로울 수 없지요. 각각의 상가가 인연을 맺고 있는 무인과 무림세력이 한둘이 아니니 말입니다. 아마도… 우린 무척 바쁜 시간을 보내게 될 겁니다."

"그런 일이 있었군요. 그런데 그 혈사의 원인은 알려졌습니까?"

"그게 문제지요. 강호 곳곳에서 혈사가 벌어지는데 그 혈사들 간에 특별한 연관성을 찾기 어려워요. 분명 무언가는 있는데 그걸 알지 못하니 이 바람을 쉽게 피해가기 어려울 것입니다."

"아… 강호에는 한시도 풍파가 끊이질 않는군요."

"그게 사람 사는 세상이지요."

상평이 어두운 표정으로 대답했다.

타유는 그의 공언대로 다음 날부터 금안각을 출입하기 시작했다. 그를 대하는 금안각 무사들의 태도는 싸늘했다. 물론 정중했고, 그가 원하는 자료들을 가져다주기는 했지만 그들의 내심에 존재하는 적의를 느끼지 못할 타유가 아니었다.

그러나 타유는 금안각 무사들의 마음은 아랑곳하지 않고 금안각을 안방 드나들 듯 드나들었다. 그리고 그런 타유의 노고는 결코 헛되지 않았다. 며칠 동안 금안각을 드나들자 그는 혼돈록에 올라 있는 혈막오류의 고수들이 곳곳에서 변을 당하고 있다는 것을 알아챌 수 있었다.

비록 강호의 작은 혈사로 천상사가의 주인들에게는 전해지지도 않는 소식들이었지만 혼돈록의 오른 고수들의 별호와 이름이 간혹 그의 눈에 들어왔다.

타유는 가장 최근에 들어온 강호의 소식을 모두 살핀 후에는 과거의 자료들을 살피기 시작했다. 과거의 자료들 중 혈시를 받은 자들의 행적을 알 수 있는 정보들을 취합하여 밀황에게 보내는 것이 그가 이번에 상원에 온 이유기 때문이었다.

타유는 그렇게 금안각을 출입하면서 며칠을 보냈다. 그리고 그가 상원에 든 지 이레가 지났을 때 기다리던 사람을 만났다. 복묘상이었다.

애초에 그녀는 타유가 상원에 왔을 때 잠시 외유 중이었는데 타유가 상원에 돌아왔다는 소식을 듣고 부랴부랴 상원을 복귀한 상태였다.

"무슨 일이라도 있으신지요?"

늦은 저녁 타유를 방문한 복묘상을 보며 타유가 걱정스레 물었다. 그녀의 표정이 그리 밝지 않았기 때문이었다.

"저야 별일있을 게 있나요. 그런데… 대협께선 왜 문상의 심기를 건드리신 건가요?"

"그 일 때문이었군요."

타유가 빙그레 미소를 짓는다. 그러자 복묘상이 걱정스런 표정으로 말했다.

"문상은 무서운 사람이에요. 웃음 속에 칼을 지닌 사람이죠. 그가 일처리를 하는 것을 보면 가끔 소름이 끼칠 정도예요."

"알고 있습니다."

"그런데 왜 그를 자극하시는 거죠?"

"사실은 일부러 그리했습니다."

"일부러라뇨?"

복묘상이 이해할 수 없다는 표정으로 물었다. 그러자 타유가 정색을 하며 대답했다.

"그와 가까워지려면 그 방법이 가장 좋다고 생각했지요. 본래 사람이란 입안의 꿀처럼 달콤한 말을 내뱉는 자를 당장은 좋아하지만 자신의 주위에 있는 모든 사람이 그럴 경우 오히려 그 반대의 사람에게 눈길을 주게 되는 법이지요. 그는… 아마도 조만간 날 만나자고 할 겁니다."

순간 복묘상이 놀란 표정을 지었다.

"어떻게 그의 마음을 읽으셨죠? 맞아요. 문상이 대협을 만

나고 싶어 해요. 무상께서 제게 그 말을 전해달라고 하더군
요."

"음… 역시 예상대로군요."

타유가 빙그레 미소를 지으며 고개를 끄덕인다. 타유가 자
신의 미소를 보여주는 사람은 그리 많지 않다. 청풍과 복묘상
정도가 전부일 터였다.

"무슨 생각이신 거죠?"

복묘상이 물었다. 그러자 타유가 신중하게 대답했다.

"그를 우리 쪽 편으로 만들어야 합니다."

타유가 말했다.

"무슨 이유죠?"

"이번에 상원을 떠나 있으면서 풍과 난 드디어 밀문에 들었
습니다."

"아……!"

복묘상이 나직하게 탄성을 흘린다. 모가장주 모혼이 죽은
이후 타유와 청풍이 급히 상원을 떠날 때 타유는 복묘상에게
앞으로 자신이 할 일들을 자세히 설명해 주고 떠났었다. 그 계
획 중 가장 중요한 것이 두 사람이 밀문에 드는 것이었다.

"그를 만났나요? 밀황은 어떤 사람이던가요?"

"무서운 사람이었지요. 살면서 그런 자는 처음 보았습니
다."

"아… 타 대협께서 두려움을 느낄 정도라면 정말 무서운 자
로군요."

복묘상이 걱정스레 말했다. 타유와 청풍이 그런 자를 상대하려 한다는 것을 알고 있는 복묘상이다. 복묘상의 걱정을 눈치챈 타유가 미소를 지으며 대답했다.

"그러나 그를 상대하라면 하지 못할 것도 없으니 걱정 마십시오."

"그를 상대할 수 있나요?"

"제가 살수라는 것을 알고 계시지 않습니까? 살수에게 무공의 고하란 그리 중요한 것이 아니지요. 문제는 그 하나가 아니라 밀문이라는 조직입니다. 그가 죽어도 다른 누군가가 그를 대신한다면 밀문은 무너지지 않지요. 그리고 밀문이 무너지지 않는 이상 금석촌의 자립 역시 없습니다."

타유의 말에 복묘상이 우울한 표정을 짓는다.

"그렇지요. 그나저나 금석촌의 일은 어찌 되었나요?"

"다행히 일이 수월하게 풀리고 있습니다. 교궁 대석수께서 그동안 은밀히 금석촌의 젊은이들을 강호로 내보내 무공을 수련시켰는데 그들을 모가장에 들어오게 한 후 다시 금석촌을 관리하는 임무를 주어 보냈습니다."

"아!"

복묘상의 얼굴이 밝아진다.

"겉모습이야 여전히 모가장의 금석촌이지만, 그들이 금석촌에 들어간 이상 결국 금석촌은 내부적으로는 자립한 것이지요. 이젠… 외부의 적만 제거하면……."

"그렇군요. 정말 고생하셨어요."

"고생은요. 운이 좋게 일이 잘 풀렸지요."

타유가 웃으며 대답하자 복묘상이 잠시 망설이다가 정작 그녀가 가장 묻고 싶은 이야기를 입에 올렸다.

"풍은 어떤가요? 잘 지냈나요?"

"걱정 마십시오. 풍은… 하루가 다르게 성장하고 있어요. 단지 걱정인 것은…….”

"무슨 일이 있나요?"

복묘상의 표정이 변한다.

"나쁜 일은 아닙니다. 단지… 풍이 수련한 무공 말입니다."

"등천심공 말이군요."

"그렇습니다. 그 무공의 가장 큰 효용은 수련한 사람의 마음을 맑게 하는 것이지요. 그런데 맑은 물에는 고기가 살지 못합니다. 그게 요즘 그 아이를 조금 혼란케 하는 것이 아닌가 생각되는군요."

타유의 말에 복묘상이 천천히 고개를 끄덕인다.

"결국 우려하던 대로 되어가는군요."

"그렇지요. 등천심공을 수련하고는 피의 길을 가기가 쉽지 않을 겁니다. 애초에 해동으로 보냈어야 하는 게 아닌가 하는 생각도 드는군요. 청담 그 친구의 복수행이야 나 홀로 감당해도 되는 것인데… 물론 풍은 계속 이 길을 가겠지만 마음은 언제나 편치 않을 겁니다."

"걱정이네요. 휴우… 만나 위로라도 해줄 수 있으면 좋으련만…….”

곁에 아들을 두고 나서지 못하는 복묘상의 마음을 어찌 모르겠는가. 타유가 부드러운 목소리로 말했다.

"하지만 너무 걱정 마십시오. 크게 보자면 그 또한 넘어서야 할 심마지요. 그 고비를 넘기면 녀석은 더욱 강해질 겁니다. 부모가 자식이 넘어지는 것을 걱정해서야 자식이 제대로 걸을 수 있나요."

"대협만 믿습니다. 대협께서 풍을 잘 돌봐주세요."

"이미 제 도움이 필요없는 경지에 오른 아이지요. 아마도 스스로 잘 극복해 낼 겁니다. 아무튼 밀문에 들어 밀황을 만난 후 전 밀문 오왕 중 삼왕의 지위를 얻었습니다."

타유의 말에 복묘상이 다시 놀란 표정을 짓는다.

"삼왕이라니. 어떻게 그런 일이 가능한 것이죠? 처음 밀황을 만난 사람에게?"

복묘상 역시 밀문에 대해 어느 정도는 알고 있었다. 그러니 밀문 삼왕이라는 자리가 어떤 위치인지 모를 리 없었다.

"그게 바로 밀황의 무서운 점이지요. 그의 말 한마디면 삼왕이라는 밀문 최고의 지위를 나 같은 이방인에게 내어줄 수 있다는 것이. 강호의 어떤 문파에도 이렇게 강력한 장악력을 지닌 우두머리는 없을 겁니다. 구파와 같은 곳에서는 생각할 수도 없는 일이지요."

"그렇군요. 그는 밀문은 완벽하게 통제하고 있군요."

"그렇지요. 그리고 사실 그가 날 삼왕 자리에 앉힌 것은 내게 바라는 것이 있어서지요. 그래서 제가 금안각에 들어가야

했던 겁니다."

"그가 원하는 게 뭐죠?"

복묘상이 묻자 타유가 품속에서 작은 물건을 꺼내 놓았다. 검은색 목함이었는데 목함을 열자 그 안에서 손가락 크기의 붉고 작은 도, 혹은 열쇠 모양으로도 보이는 물건이 모습을 드러냈다.

"이게 뭔가요?"

"이게 바로 혈시입니다. 지난번 가한산에서 혈막오류의 회합이 있었는데 그곳에서 다음번 혼돈시에 대비한 혈시가 배분되었지요. 그 직후 오류는 혈시의 난에 돌입했습니다. 지금 강호 곳곳에서 크고 작은 혈사가 벌어지고 있는데 그중 상당부분은 아마도 이 혈시를 둔 다툼일 겁니다."

"아, 그랬군요. 그래서 최근에 원인 모를 살겁들이 많이 일어나고 있었던 것이군요."

복묘상이 고개를 끄덕인다.

"혈시의 난에서 승리하는 세력이 결국 혼돈시를 주도하게 되겠지요. 밀황이 내게 원하는 것은 혈시 주인들의 행보를 파악하는 것입니다. 상원의 방대한 정보력을 이용해서 말이지요. 그래서 제가 금안각에 들어갈 수밖에 없었던 겁니다. 혈시 주인들의 행보를 문상에게 요구할 수는 없는 일이니까요."

"그랬군요. 이제야 이해가 되네요. 하지만 이런 식으로는 아무리 노력해도 혈시 주인들의 행보를 알아내는 데 한계가 있을 텐데요?"

"물론 그렇지요. 그래서 문상이 만나자는 말을 기다리고 있었던 겁니다. 그가 원하는 것을 주면 그도 내가 원하는 것을 주게 되겠지요. 또한 그를 사사로이 만나기 위한 가장 좋은 방책은 그를 자극하는 것이었고 말입니다."

타유의 말에 복묘상이 그제야 얼굴에서 근심을 덜어냈다. 오히려 타유의 용의주도함에 마음이 놓이는 듯 보였다. 그러다가 문득 다시 물었다.

"그런데 정말 혈시 주인들의 행보를 밀황에게 전한다면 그건 오히려 밀문의 힘을 더욱 키우는 것 아닌가요? 그래서는……."

타유와 복묘상의 목표는 밀문의 멸망이었다. 밀문이 멸망하지 않는 이상 금석촌의 자립은 불가능하기 때문이었다.

"아닙니다. 아마도 이 일로 밀문은 커다란 타격을 받게 될 겁니다."

"어째서죠?"

복묘상이 이해가 가지 않는다는 듯 물었다.

"그건 제가 두 가지 일을 동시에 할 것이기 때문이지요."

"두 가지 일을 동시에 하다뇨?"

"밀황에게 혈시 주인들의 행보를 전하는 것과 혈시의 주인들에게 밀문의 움직임을 전하는 것, 이 둘을 동시에 할 생각입니다. 그리되면 혈시의 주인들은 밀문의 공격을 미리 대비하고 있을 겁니다. 밀문으로서는 제법 큰 손해를 보게 되겠지요."

"아……! 차도살인의 계군요."

"그렇지요. 연후에 혼돈시에 임박해서는 밀문 내에 혈시를 지닌 자들의 행적을 다른 오류에 전할 생각입니다. 그리되면 밀문은 다른 세력들의 공격을 한 번에 받게 되겠지요. 아무리 밀황이라도 그 공격을 쉽게 이겨내지는 못할 겁니다."

타유의 계획을 모두 전해 들은 복묘상이 흥분된 얼굴로 연신 고개를 끄덕인다. 사실 타유와 청풍의 무공이 아무리 뛰어나다고 해도 그들 두 사람이 밀문 전체를 상대할 수는 없는 일이다.

그런데 타유는 혈시의 난을 이용해 다른 세력들을 끌어들여 밀문을 멸할 계획을 치밀하게 세워놓고 있었던 것이다.

"사람의 일이란 게 변수가 많기는 하지만 대협의 말씀대로 된다면 일은 적어도 팔 할은 성공을 하겠군요."

"그렇지요. 그런데 이 일이 성공하자면 한 가지 중요한 조건이 있지요."

"그게 무엇인가요?"

"밀문을 제외한 다른 오류와 어떻게든 선이 닿아야 한다는 것이지요. 그래야 밀문의 움직임을 알릴 수 있을 테니 말입니다. 그래서 더욱 금안각의 정보들이 필요했던 겁니다. 금안각의 자료들은 혈시를 가진 자들뿐 아니라 그 주변 인물들에 대한 정보들도 들어 있으니 의심 없이 밀문의 소식을 전하기에 무척 적당하지요."

타유의 말에 복묘상이 물었다.

"그런데 그들을 알았다고 해도 누가 그 정보들을 전하죠?"

"그것이 제일 문제이긴 하지요. 지금 생각으로는 아마도 그 일은⋯ 결국 청풍과 금석촌 형제들이 맡아야 할 것 같습니다. 그래서 몇 달 후에는 금석촌에 나가 있는 사람들 몇을 부를 생각입니다."

타유의 말에 복묘상이 곰곰이 생각에 잠겼다가 입을 열었다.

"저도 그 일을 하지요."

"제수씨가요? 위험하지 않을까요?"

타유가 걱정스런 표정으로 묻는다. 그러자 복묘상이 고개를 저으며 말했다.

"무리하지는 않을게요. 그러나 저도 그동안 상원의 사령주로 있으면서 만들어진 여러 인연들이 있으니 그들을 활용하면 많은 도움이 될 겁니다."

"알겠습니다. 그럼 그렇게 하지요. 이번 일만 잘 진행되면 밀문은 크게 흔들리게 될 겁니다."

"그렇게 되어야겠지요."

복묘상이 입술을 굳게 물며 대답했다.

"그런데 문상은 언제 보자고 하던가요?"

"시간은 타 대협이 좋을 대로 정하고 대신 장소는 그쪽에서 정하겠다고 하더군요."

"사람들의 눈을 피하겠다는 말이군요."

"그렇지요. 다른 상가들의 시선이 부담스럽다는 의미죠."

"알겠습니다. 그럼 이틀 후에 보는 것으로 하죠."

"그럼 그리 전하겠습니다. 아무쪼록 조심하세요."

"걱정 마십시오. 그는 뛰어난 자이니 함부로 검을 쓰지는 않을 겁니다. 그나저나 언제 한 번 풍을 볼 자리를 마련하겠습니다."

그야말로 복묘상이 기다렸던 말이다.

"항상 저희 모자를 위해 애써주시니 이 은혜를 어찌 갚아야 할지……."

"그렇게 말씀하시면 제가 서운하지요. 풍은 제 아들이기도 합니다."

"그렇군요. 죄송해요."

복묘상이 가벼운 미소를 짓는다. 두 사람은 이후에도 이각여 동안 담소를 나눈 후 헤어졌다. 그리고 다시 이틀 후에 복묘상이 타유를 찾아와 문상의 전갈을 전했다. 그날 밤 타유는 은밀히 문상과 약속한 장소로 그를 만나기 위해 움직였다.

초승달이 구름에 가리자 약간이나마 있던 빛이 한순간 사라졌다. 타유가 걸음을 멈췄다. 그리고 차츰 그의 눈이 어둠에 익숙해졌을 때 다시 움직였다.

상원이 있는 동정호의 섬에서 벗어나 서쪽 산기슭으로 접어든 지도 벌써 한 시진째다. 길이 멀어 조금 지루해지려던 찰나 그의 눈앞에 낡은 사당이 나타났다.

타유가 걸음을 멈추고 서서 사당 주변을 살폈다. 아무런 인기척이 느껴지지 않는다.

'아직 오지 않은 것인가?'

타유가 고개를 갸웃했다. 초대를 한 자가 초대를 받은 자보다 늦는다는 것은 상대에 대한 큰 무례가 아닐 수 없다. 혹은 다른 이유가 있을 수도 있었다.

타유가 천천히 사당을 향해 다가갔다. 여전히 사당 안에서는 인기척이 느껴지지 않는다. 그런데 어느 한순간 갑자기 타유가 다시 걸음을 멈췄다. 그리고 천천히 허리춤의 검을 잡아갔다. 그의 등 뒤에서 야수의 느낌이 느껴진다. 서늘한 긴장감이 타유의 몸을 일깨웠다.

'오랜만이군.'

타유는 경계심보다는 오히려 친숙함을 느꼈다. 잊고 지냈던 오래된 감각들이 고개를 든다. 살수의 공격이다.

타유가 슬쩍 사당의 벽 쪽으로 이동했다. 다시 초승달이 구름을 벗어나 등 뒤에서 타유를 비춘다. 그러자 사당의 벽에 타유의 그림자가 생겨났다. 그리고 그 뒤쪽에서 타유를 향해 소리 없이 다가드는 또 다른 그림자가 어른거렸다. 그 순간 타유의 신형이 거짓말처럼 그 자리에서 사라졌다.

퍽!

타유가 있던 공간을 뚫고 한 자루 비도가 사당 벽에 꽂혀들었다. 그리고 연이어 검은 복면인이 장내에 나타났다. 그런 그의 머리 위로 타유가 떨어져 내렸다.

복면인이 재빨리 검을 들어 타유의 공격을 막으며 뒤로 물러났다. 적과 맞상대를 하지 않고 뒤로 물러나며 기회를 보는 것이 본능적인 살수의 움직임이다. 그러나 복면인이 모르고 있는 것이 있었다. 그건 바로 타유도 살수의 업을 지고 살아온 사람이란 것이다.

타유가 복면인의 머리를 내려치는 대신 슬쩍 방향을 틀어 다시 사당의 벽 쪽으로 이동했다. 그러고는 기묘하게 벽과 처마 사이를 타고 이동해 복면인의 뒤쪽에 내려섰다.

팟!

타유의 검이 다시 움직였다. 이번에는 복면인의 등 쪽이다. 복면인이 예상 외의 움직임을 보여주는 타유에게 놀라 황급하게 허리를 틀며 타유의 검을 막았다.

그런데 다시 타유의 검이 변초를 이뤘다. 그의 검이 복면인의 검과 격돌하는 대신 갑자기 사선으로 떨어지며 복면인의 하체를 쓸어갔다.

"웃!"

복면인의 입에서 다급한 목소리가 흘러나온다. 복면인이 재빨리 허공으로 치솟았다. 그러나 타유의 검은 어느새 그의 한 쪽 허벅지를 베어내고 있었다.

삭!

소름끼치는 파열음과 함께 복면인의 허벅지에서 붉은 피가 흐른다. 타유가 재차 신형을 날려 허벅지를 베여 비틀거리는 복면인을 덮쳐 갔다. 이제 그의 검은 다시 변해 살수의 쾌검이 아닌 무인의 강력한 패검으로 바뀌어 있었다.

콰앙!

타유의 검이 만들어낸 검기가 세상을 가를 듯 파공음을 일으켰다. 복면인이 부상당한 몸으로도 자신의 머리를 검을 들어 방어했다. 그러자 타유의 검이 복면인의 검을 때렸다.

캉!

벼락같은 충돌음과 함께 복면인의 검이 깨졌다. 그야말로 무지막지한 공격이 아닐 수 없었는데 그 기세에 놀라 복면인이 자신도 모르게 땅바닥에 주저앉았다. 그러고는 여전히 자신을 향해 떨어지는 타유의 검을 바라봤다. 마치 고양이 앞에 놓인 쥐처럼 복면인은 자신의 죽음을 피할 생각조차 하지 못하고 있었다.

"그만 손을 멈추시오!"

갑자기 숲 쪽에서 한마디 음성이 들려온다.

뚝!

타유가 검을 멈췄다. 그의 검이 복면인의 목에 겨누어져 있다. 살짝 힘만 주어도 복면인의 목은 타유의 단천마검에 꿰뚫리고 말 것이다. 복면인의 몸이 파르르 떨린다. 살수라도 죽음의 공포가 없는 것은 아니다. 평소 드러내지 않을 뿐.

"우 대협, 그만 검을 거두어주시오."

숲에서 문사 차림의 노인이 모습을 드러냈다. 신산 상평이다.

"오셨구려."

타유가 무심하게 상평을 맞이한다. 그러자 상평이 다시 입을 연다.

"우 대협, 그는 나의 사람이오. 그러니 부디 검을……!"

한순간 타유의 검이 움직였다. 그의 검이 복면인의 목을 떠나는가 싶더니 번개처럼 복면인의 어깨를 찔렀다. 한쪽만 그러한 것이 아니었다. 오른쪽의 어깨를 찌른 타유의 검이 번개처럼 다시 복면인의 왼쪽 어깨를 찌른다.

"큭!"

복면인이 극렬한 고통에 나직한 신음을 흘린다. 보통의 무인이었다면 호랑이 같은 비명을 토했으리라. 그렇게 복면인의 양쪽 어깨를 찌른 타유가 차갑게 입을 열었다.

"그대가 목숨을 건진 것은 주인을 잘 만나서이다. 난 감히 상원 문상의 수하를 죽일 용기는 없어. 그러나 또한 그대의 두 팔이 영영 못쓰게 된 것은 주인을 잘못 만나서이다. 난 내게 살검을 들이댄 자를 결코 용서치 않는다. 그러니 오늘 그대에게 일어난 이 행운과 불행은 모두 그대의 주인에게서 비롯된 것이다. 이제 이다음의 삶은 그대 스스로 결정하도록 하라. 양 팔을 못 쓰는 무인은 그대의 주인도 필요치 않으리라."

타유의 말에 복면인이 상평을 바라본다.

"가거라. 이젠 자유다!"

상평이 말했다. 그러자 복면인의 동공이 심하게 떨린다.

"하… 하지만… 어디로……."

복면인이 혼잣말처럼 중얼거린다. 그러자 상평이 말했다.

"네 가고 싶은 곳으로 가거라. 이거면 평생 편히 살리라."

상평이 복면인에게 품속에서 전낭 하나를 꺼내 던졌다. 전낭이 복면인 앞에 툭 떨어졌다. 그러나 복면인은 전낭을 집어들지 않았다. 오히려 전낭을 두려운 듯 바라봤다.

"평생 살수로 사는 것보단 나을 거요. 지금이야 갈 곳이 막막하겠지만 십여 일 지나면 어둠에 숨어 사람 목숨이나 노리는 것보다는 무공을 잃었어도 밝은 곳에서 자유롭게 사는 것이 훨씬 좋다는 것을 알게 될 것이오. 가시오."

타유가 검으로 상평이 던진 전낭을 들어 사내의 무릎에 놓아주었다. 그러자 사내가 불안한 시선으로 전낭을 바라보다 이내 힘없이 전낭을 주워 들고는 주적주적 숲으로 들어갔다. 그 모습을 보고 있던 상평이 모호한 음성으로 말했다.

"아까운 자인데……."

"모든 일에는 항상 대가가 따르는 법이외다."

"기분 상하셨소?"

상평이 타유에게 물었다. 자신이 살수를 써서 타유를 공격한 것을 두고 하는 말이다. 그러나 타유가 대답했다.

"썩 좋지는 않소. 그러나 또한 아주 나쁜 것도 아니오. 왜냐하면 문상께서 내게 빚을 지셨으니 만약 우리가 거래를 한다면 내가 조금 더 유리할 듯해서 말이오."

"자충수를 두었군."

상평이 씁쓸하게 중얼거렸다. 타유와의 대화가 만만치 않을 것임을 예상하고 있는 듯 보였다.

"보자 하신 이유를 들어봅시다."

타유가 상평을 보며 말했다. 그러자 문득 상평이 뒤를 돌아보며 낮게 소리쳤다.

"들여라!"

상평의 명이 떨어지자 어둠 속에서 두 사람이 달려 나와 사당 앞 공터에 의자와 상을 놓고 그 위에 찻 병과 찻잔을 올려놓는다. 타유는 상을 차리는 상평의 수하들을 보며 상평이 참으로 기이한 인물이라는 생각을 했다.

이런 자리에 찻상을 준비해 온다는 것도 특별한 것이지만 그가 상원에 알려지지 않은 자들을 부리고 있다는 것이 더욱 그의 호기심을 자극했다.

더군다나 그를 기습했던 자나 사당 앞에 찻상을 차리는 자들의 움직임은 결코 평범한 무사들의 그것이 아니어서, 칠흑 같은 어둠의 기운과 날카로운 살검의 기운을 동시에 지닌 자들이었다. 이들은 결코 상원에서 모습을 드러낸 적이 없는 자들이었다.

'다른 신분으로 날 대하겠다는 건데… 이자는 과연 누구인가?'

타유가 찻상을 차려 놓고 물러가는 수하들을 물끄러미 바라보고 있는 상평을 보며 생각했다. 그가 자신의 숨은 수하들을 드러냈다는 것은 상원의 문상 이외에 다른 신분을 타유에게 드러내려 함일 것이다.

"앉읍시다."

상평이 손을 들어 타유에게 자리를 권했다. 그러자 타유가 망설이지 않고 자리에 앉았다. 그러고는 아무 말 없이 찻잔을 들어 상평의 잔과 자신의 잔에 차를 채웠다. 그의 행동으로 봐서는 이곳에 사람을 초대한 것이 상평이 아니라 그인 것처럼 느껴졌다.

"손이 독하시구려."

상평이 차를 한 모금 마신 후에 입을 열었다. 그러자 타유가 대답했다.

"독한 칼을 숨기고 계셨더구려."

"하하하, 역시 우 대협께서는 보통 분이 아니오."

"문상 역시 평범한 분은 아니시오."

담담히 대답을 하고 있지만 말과 말 사이에 날카로운 도검이 숨겨져 있다. 상평이 한동안 침묵을 지켰다. 타유 역시 마찬가지다. 마치 서로 누군가 먼저 말을 꺼내면 이 싸움에서 지는 것처럼 두 사람은 말을 아꼈다.

그렇게 얼마나 지났을까. 문득 상평이 먼저 입을 열었다.

"살수셨소?"

타유는 고수의 칼을 맞은 것처럼 가슴이 울렁거렸다. 이자는 정말 보통 인물이 아니다. 어떻게 자신이 살수였던 것을 알았을까. 혹은 복면인을 상대하는 와중에 그의 무공을 보고 알아챈 것일 수도 있었다. 그러나 선공에 당하고만 있을 타유가 아니다. 그도 상평의 역린 하나쯤 건드릴 수 있다.

"무공을 숨기고 계셨더구려."

순간 상평의 눈이 흔들린다.

"그게 무슨 소리요? 무공을 숨기다니?"

"둔상의 무공이 무상을 능가함을 내 오늘에서야 알게 되었소."

"통 무슨 소린지 모르겠구려. 난 평소 검을 가까이하지 않는 사람이오."

상평이 고개를 갸웃한다. 그러자 타유가 한줄기 미소를 지으며 대답했다.

"문상의 예상대로 난 살수였소. 그것도 무척 뛰어난 살수였소. 만약 누군가 나에게 문상의 머리를 가져오라 청부한다면 난 반드시 그 일을 성공할 자신이 있소. 그런데 그런 나조차 숲에 있는 문상의 기척을 느끼지 못했소. 내가 장담하건대 세상에서 나의 이목을 벗어날 수 있는 자는 결코 많지 않소. 문상이 검을 싫어한다니 아마도 다른 병기를 쓰시는 모양이구려."

타유의 말에 상평이 살짝 아미를 모은다. 그의 마음속에 갈등이 생겼다는 의미다. 인정을 하자니 너무 허무하게 인정을 하는 것이고 부인을 하자니 눈에 보이는 거짓이다.

거래를 성사시키자면 상대에게 신뢰를 심어주어야 하니 눈에 보이는 거짓말을 할 수는 없다. 만약 그가 무공을 모른다고 한다면 타유은 그 즉시 자리를 털고 일어날 수도 있었다.

"맞소. 부족하나마 내 몸 하나 간수할 무공은 있소."

상평이 결국 타유의 말에 수긍했다. 그러자 타유가 다시 한줄기 미소를 지으며 입을 열었다.

"좋소. 서로 간에 감춘 속살을 조금씩 드러냈으니 대화를 나눌 조건은 만들어진 것 같구려. 그래, 날 보자고 하신 이유가 뭐요?"

타유가 물었다.

"음… 생각보다 성급하시구려."

"성급한 것이 아니라 일을 확실히 하고 싶은 거요. 문상의 언변이 강호제일임은 누구나 아는 사실, 본론을 놓아두고 곁가지를 흔들다가는 나도 모르는 사이에 문상께 내 모든 것을 내놓을 수밖에 없지 않겠소?"

"저런, 마치 내가 말만 앞세우는 사람이라고 비웃는 것 같구려."

"그럴 리가 있소. 그저 문상의 심기를 내가 감당할 수 없다는 말을 하는 것이오. 자, 이제 서로 원하는 이야기를 해봅시다. 날 보자고 하신 이유가 무엇이오?"

타유가 다시 물었다. 그러자 상평이 다시 침묵에 들어간다. 타유 역시 더 이상 문상을 재촉하지 않았다. 타유의 의도는 늦게 말을 하여도 제대로 된 말을 듣는 것이었다. 그런데 다시 입을 연 상평의 입에서는 타유가 당황할 수밖에 없는 말이 흘러나왔다.

"내 우 대협께 다시 인사를 드리겠소. 밀문 삼왕께 인사드리오. 난 천마성의 갈륵이란 사람이오."

"갈… 륵!"

타유의 입에서 그답지 않은 당혹스런 목소리가 튀어나왔다.

그러나 그건 당연한 일이었다. 갈륵이라니. 천마성의 갈륵을 보게 될 것이라고는 꿈에도 생각지 못한 타유였다.

천마성은 그 시작과 끝을 알 수 없는 세력이다. 여러 차례 분뇰과 통합을 계속하면서 단 한 번도 그 명맥이 끊이지 않고 이어진 무림의 전설적인 세력이 천마성이다.

물론 시대에 따라 그 이름을 달리하기는 했다. 그러나 마의 종주로 불리는 천마성의 역사는 무림사 이래 단 한 번도 끊긴 적이 없었다.

그런 천마성이 당대에 강호에 내세우는 아홉 명의 고수가 있다. 사람들은 그들을 천산구마라 부른다. 당대 천마성의 주인 마제 구륜조차도 함부로 대할 수 없다는 이들 천산구마는 강호에선 신비한 존재로 유명했다.

그건 그들이 천산 깊숙한 곳에 은거한 채 강호에 그 모습을 보인 적이 거의 없기 때문이었다. 그런데 그 천산구마 중에서도 유독 비밀에 쌓인 존재가 바로 이마 갈륵이었다.

다른 구마들은 천마성의 회합에 나타나거나 혹은 아주 가끔이라도 강호에 얼굴을 비춘 적이 있으나 이마 갈륵만큼은 그 누구도 그 얼굴을 보았다는 사람이 없었다.

그래서 사람들은 이마 갈륵이 존재하지 않는 가상의 인물이거나, 혹은 마제 구륜에 의해 깊은 뇌옥에 갇혀 있다고 말하곤 했는데 그 갈륵이 지금 타유 앞에 앉아 있는 것이다.

"놀라신 모양이구려."

상평이 입을 열었다. 어쩌면 그는 타유의 당황을 즐기고 있을지도 모른다. 본래 심기로 사람을 상대하는 자들은 상대를 당혹스럽게 만드는 것을 쾌감을 삼기 때문이다.

"정말 놀랐소이다. 허허, 천산 이마시라니……."

타유가 나직하게 웃음까지 흘린다. 당황하긴 했지만 두려워하는 모습은 아니다. 그 때문일까. 득의하던 상평의 얼굴이 다시금 본색을 되찾고 무거워졌다.

"사람들은 천산구마가 무슨 팔이 여러 개 달린 괴물이라고들 생각하는 모양이지만 우리도 이렇게 보통 사람과 같소이다."

"그렇구려. 그러나 놀라운 일이 아닐 수 없구려. 문상께서 상원에 들어온 것은 이십 년이 훌쩍 넘었다고 하던데 그 오랜 시간 천산을 떠나 계셨던 것이오?"

"가끔 들리기는 했소이다. 나라고 상원에만 있는 것은 아니니까."

"상원에서 뭘 하고 계셨소이까?"

타유가 조금 퉁명스레 물었다. 짙은 음모의 냄새에 지레 머리가 아파지는 타유다.

"중원의 정세를 살피는 일에는 상원만큼 적당한 곳이 없소."

"음… 물론 단지 그것만은 아니겠지요?"

"하하하, 물론 그렇소. 그러나 그 이상의 일을 말해드리기에는 우리가 그리 가까운 사이는 아닌 것 같구려."

상평, 아니 갈륵의 말에 타유가 순순히 동의했다.

"맞소이다. 맞소이다. 그런데… 어찌 혈시가 없소이까?"

타유가 상평에게 물었다. 그러고 보니 타유의 소매깃에는 붉은 혈시의 문양이 있는데 상평의 소매깃에는 혈시가 없다.

"날 혈시를 받지 않았소."

상평의 대답에 타유가 다시 놀란다. 도대체 천산 이마 갈륵이 아니라면 누가 혈시의 주인이 될 수 있단 말인가. 그의 명성과 능력으로 보자면 혈시 하나가 아니라 열 개를 주어도 부족함이 없을 것이다.

"왜 받지 않으셨소이까?"

갈륵 같은 자가 혈시를 받지 않았다는 것은 스스로 거부했다는 의미다. 천마성 내에서도 천산구마는 서열 십 위 안에 드는 자들이니 갈륵의 몫이 없을 수 없었다.

"굳이 문 내의 혈시를 축낼 필요가 무에 있겠소? 강호에 널린 것이 혈시인데. 하하하!"

상평이 호탕한 웃음을 터뜨린다. 듣고 보니 과연 그 말에 일리가 있다. 갈륵과 같은 자라면 강호에서 다른 세력의 혈시 하나쯤 얻어내는 것이 그리 어려운 일은 아닐 것이다. 그 말은 곧 지금 눈앞에 앉아 있는 타유도 그의 목표가 될 수 있다는 의미다.

"그래서 이걸 가져가고 싶으시오?"

타유가 품속에서 작은 목함을 꺼내 들며 물었다. 혈시가 들어 있는 목함이다. 그러나 목함과 그 안의 혈시는 그저 하나의 증표일 뿐 혈시를 얻으려면 필히 타유의 목을 베어야 할 터였다.

"뭐… 애초에 그런 마음이 아주 없었던 것은 아니오. 밀문
삼왕께서 내 수하의 검에 상하셨다면 당연히 그 혈시를 취했
을 것이오. 그러나 아쉽게도 그 일은 수포로 돌아갔으니 다시
혈시를 욕심낼 생각은 없소."

"그럼 난 어떨 것 같소?"

"그게 무슨 말이오?"

상평이 타유에게 되물었다. 그러자 타유가 검을 들어 찻잔
옆에 놓으며 물었다.

"내가 이 검을 뺄 것 같소? 아니면 차를 마실 것 같소?"

타유의 물음에 상평이 아미를 모은다. 불쾌한 기색이 역력
한 상평이다. 아마도 그는 이쯤에서 자신이 수하를 움직여 그
를 공격한 일은 마무리 짓고 싶은 듯했다. 아니, 이미 그 자신
이 그 일을 더 이상 거론하길 원치 않으니 타유도 그의 뜻에 따
라야 한다고 생각하고 있을 수도 있었다.

비록 타유가 밀문 삼왕이라 해도 천산 이마인 자신과 동등
한 위치는 아니라고 생각하는 상평이었다.

"뭘 원하시오?"

상평이 차갑게 물었다. 그러자 타유가 대답을 하지 않고 묵
묵히 상평을 응시했다. 두 사람의 시선이 허공에서 매섭게 엉
켜들었다. 그리고 다음 순간 타유가 갑자기 자신의 앞에 있던
찻상을 발로 찼다.

팡!

강렬한 파열음과 함께 찻상이 상평의 얼굴을 덮쳤다. 순간 상평이 가볍게 허공으로 치솟으며 자신에게 날아오는 찻상을 지그시 발로 밟았다.

퍽!

상평의 발에 밟힌 찻상이 허공에서 산산조각이 났다. 두 개의 찻잔은 허공으로 떠올랐고 그 안에 든 찻물이 사방으로 튕겨 나갔다. 그사이를 뚫고 타유의 검이 상평의 심장을 파고들었다.

"무례하다!"

상평의 입에서 노성이 흘러나왔다. 동시에 그의 두 손이 맹렬하게 회전했다.

지잉!

어느새 상평의 두 손에는 은빛 륜이 번뜩이고 있었다. 그의 손에 잡힌 륜이 타유의 검기를 막아냈다.

차앙!

타유가 두 팔에 묵직한 무게를 느꼈다. 과연 천산 이마 갈륵의 내공은 상상 이상이었다. 타유는 강호에 나와 손을 섞은 자 중 과거 그의 암습을 가볍게 흘려보냈던 선승 묵철을 제외하고는 가장 강한 적을 만났다고 생각했다.

"권주를 마다하고 벌주를 마시겠는가?"

갈륵이 노성을 발하며 두 개의 륜을 동시에 타유를 향해 던졌다. 그러자 두 개의 륜이 허공에서 여러 번 교차하며 타유의 허리와 목을 노리고 닥쳐들었다.

타유가 재빨리 귀영팔보를 펼쳐 두 개의 륜을 벗어났다. 그러고는 신형을 사선으로 누이며 다시 갈륵을 향해 다가갔다.

파파팟!

타유의 검이 눈 깜짝할 사이에 세 번이나 허공을 찔렀다. 그러자 그의 검에서 만들어진 검기들이 갈륵의 세 방위를 점하며 그의 급소를 파고들었다.

"홍!"

갈륵의 입에서 한순간 나직한 비웃음이 흘러나왔다. 동시에 그가 허공에서 두 손을 어지럽게 움직였다. 그러자 타유를 지나쳐 뒤쪽으로 날아갔던 두 개의 륜이 마치 생명이 달린 물건처럼 되돌아와 타유의 검기를 좌우에서 갈랐다.

콰앙!

병기와 병기의 충돌이 만들어내는 파열음에 낡은 사당이 뒤흔들리며 벽 일부가 허물어져 내린다. 그런데 그때 갑자기 타유의 왼손에서 섬뜩한 빛이 번뜩였다. 그리고 다음 순간 그 빛은 순식간에 두 개의 륜을 회수하고 있던 갈륵을 향해 날아갔다.

쐐액!

륜을 회수하느라 노출된 갈륵의 심장을 향해 타유가 던져낸 암기가 박혀들었다.

"음!"

아무리 대단한 갈륵이라도 이번에는 당황하지 않을 수 없었다. 그의 입에서 나직한 침음성이 흘러나온다. 갈륵이 급히 상체를 뒤로 젖히며 급한 대로 륜을 들어 가슴을 보호했다.

차앙!

타유의 암기가 아슬아슬하게 갈륵의 륜에 스쳐 방향을 틀었
다. 그런데 그 순간 뒤로 젖혀진 갈륵의 하체를 향해 서늘한
검기가 닥쳐들었다.

"헛!"

갈륵의 입에서 당혹한 음성이 흘러나왔다. 그러고는 체면불
구하고 땅을 구르듯 몸을 회전시켜 가까스로 타유의 검기를
피해냈다. 그러나 그것으로 끝이 아니었다.

타유는 한 번 중심을 잃은 갈륵을 향해 쉬지 않고 공세를 펼
쳤다. 갈륵은 숨도 제대로 쉬지 못했다.

살수로서의 타유와 무인으로서의 타유가 혼재된 공격은 그
야말로 예측불허에 기이막측해서 마성의 절대고수 중 한 명인
갈륵조차도 그를 어찌 상대해야 할지 갈피를 잡지 못하는 것
이었다.

한순간 타유의 검이 비틀거리는 갈륵의 어깨를 찔러갔다.
갈륵이 급히 허리를 숙였다.

팟!

아슬아슬하게 검기가 갈륵의 어깨를 스치듯 베고 지나갔다.
피가 솟구친 것은 아니지만 베어진 옷자락 안쪽으로 붉은 피
가 보인다.

타유를 초대할 때의 갈륵으로서는 상상할 수 없는 일이 벌
어진 것이다. 그러나 더욱 문제가 되는 것은 타유가 이쪽에서

검을 거둘 것 같지 않다는 점이었다.

타유의 손에서 다시 두 개의 빛이 번뜩인다. 그러자 날카로운 암기가 갈륵의 얼굴과 다리를 향해 닥쳐들었다. 상하 어느쪽으로 움직이든 결국 한쪽의 암기는 피할 수 없다. 피할 방향은 좌우밖에 없는데 타유가 오른쪽을 점하며 달려들었고, 왼쪽은 낡은 사당이니 결국 갈륵은 함정에 빠진 꼴이다.

죽지는 않겠지만 다시 타유의 검과 암기에 몸이 상하는 수치는 피하기 어려운 처지에 빠진 갈륵을 구한 것은 결국 그의 수하들이었다.

"멈추시오!"

숲에서 서늘한 음성이 들리더니 한순간에 두 개의 검이 후방에서 타유를 향해 떨어져 내렸다.

쐐액!

어둠 속에서 나타나 타유를 공격한 자들은 앞서 타유와 갈륵을 위해 찻상을 준비한 자들이었는데 그들의 검 쓰는 법이 절정고수에 육박한다.

타유가 더 이상 갈륵을 몰아붙이지 못하고 신형을 우측으로 움직였다. 그러자 그의 왼쪽 어깨 부근으로 두 개의 검이 교차하듯 지나간다. 순간 타유가 번개처럼 검을 횡으로 그었다.

"엇!"

타유가 뒤로 물러나는 줄 알고 방심했던 갈륵의 수하 한 명이 자신의 옆구리를 파고드는 타유의 공격에 놀라 급히 검을 돌렸다.

캉!

벼락 치는 듯한 소리가 터져 나왔다. 동시에 갈륵의 수하가 들고 있던 검이 반 조각이 나 그 끄트머리가 허공으로 날아갔다. 순간 다시 한 번 타유의 검이 움직였다.

삭!

눈에 보이지 않을 정도로 빠르게 움직인 타유의 검이 상대의 등을 내리그었다.

"욱!"

갈륵의 수하가 신음성을 토해내며 비틀거렸다. 아마도 그는 더 이상 검을 들 수 없을 것이다. 등에서 어깨에 이르는 힘줄이 상했기에 팔을 제대로 쓰지도 못할 것이다.

팡!

타유가 검에 베여 비틀거리는 갈륵의 수하를 발로 걸어 차 버리고는 다시 갈륵을 향해 달려들었다. 그런데 그 순간 갈륵이 예상치 못한 행동을 했다.

투툭!

갈륵이 이 급박한 와중에 류을 손에서 놓았다. 갈륵이 버린 류이 그의 발아래 떨어졌다. 갈륵은 그야말로 모든 것을 포기한 사람처럼 보였다. 순간 타유 역시 검을 멈췄다.

갈륵의 술책이 두려운 것은 아니었다. 단지 그가 보기에 지금 갈륵은 이 싸움을 그만두자는 의사를 이런 식으로 표현한 것이기 때문이었다.

그를 벨 수도 있었다. 그러나 그건 타유에게도 결코 이득이 아니다. 아마도 갈륵은 그것까지 계산했을 것이다. 타유가 검을 회수하고 움직임을 멈추자 장내가 다시 고요한 침묵에 빠졌다.

"정말 놀랍구려."

먼저 입을 연 것은 갈륵이다. 그의 얼굴에 진심으로 감탄한 표정이 드러났다.

"고맙소."

타유가 고개를 까딱인다.

"원하는 것을 말하시오."

갈륵, 타유에게는 신산 상평이란 이름이 더 익숙한 그가 말했다. 싸움에 패했으니 패자로서 승자의 요구를 들어주겠다는 태도다.

"뭐든 가능하오?"

그러자 갈륵이 고개를 젓는다.

"비록 병기를 내려놓기는 했지만 끝까지 이 싸움을 이어갔다면 삼왕의 몸도 성치는 못했을 거요. 그러니 그 한계를 고려해서 요구하기 바라오."

"양패구상을 했을 것이다."

"나는 죽겠지만 삼왕께서도 몇 년 몸을 회복하느라 고생을 해야 했을 거요. 아니면 영원히 무공을 회복하지 못하든지……."

"난 일어나지 않은 일에 대해선 값을 쳐주지 않는 사람인데……."

"그럼 다시 병기를 들리까?"

갈특이 더 이상은 양보할 수 없다는 듯 물었다. 그러자 타유가 잠시 생각에 잠겼다가 입을 열었다.

"아무래도 상원을 공유해야겠소."

순간 갈특의 표정이 일변한다.

"너무 큰 것을 바라시는구려."

"천산 이마의 목숨이면 그 정도 가치는 있지 않겠소이까?"

"음… 내가 그렇게 가치있는 사람이었나?"

갈특이 고개를 갸웃한다. 그러자 타유가 고개를 끄덕였다.

"당연히 문상은 그럴 가치가 있는 분이오. 생각해 보면 문상이 아니었다면 어떻게 천마성이 그 먼 천산에서 중원의 일에 간여할 수 있었겠소이까? 그리고 내 짐작이지만 천마성의 고수들도 지금쯤이면 중원에 은밀히 들어오고 있을 것인데 그들을 먹고 입히는 일 또한 문상의 몫이 아니겠소?"

"하아……! 정말 빈틈이 없으시구려."

갈특이 탄식을 흘린다.

"금안각을 드나들면서도 정작 중요한 정보들은 취하지 못했소. 금안각의 무사들이 날 벌레 보듯 하니 어디 제대로 된 정보를 얻을 수 있겠소? 이제 돌아가면 가장 먼저 그 문제를 해소해 주시구려. 그리고… 사령에 내 사람을 좀 넣어야겠소."

"사령이라면… 그건 나로서도 장담할 수 없소. 솔직히 말해 사령은 무상의 사람들로 채워져 있소. 무상은 나도 함부로 대할 수 없는 사람이오."

"그 일은 내가 알아서 하리다."

"무상을 움직일 수 있다는 말이오? 혹… 나의 비밀을 말하려는 것이오?"

그러자 오히려 타유가 놀란 표정으로 물었다.

"아니, 그럼 무상조차 그대의 진실한 정체를 모르는 거요?"

"아이쿠, 이런 내가 내 입으로 내 발등을 찍는군."

갈륵이 쓸쓸한 미소를 짓는다.

"도대체 무상과는 어떤 사이요?"

타유가 물었다. 사실 이상하게도 그동안 타유는 무상 목우에게서조차 갈륵과 목우의 사이를 제대로 전해 듣지 못했었다.

타유는 갈륵이 천마성의 사람이라는 것을 모르고 있었기에 두 사람이 그거 오래전부터 친분을 나눈 사이로 생각했지, 그 이상의 인연에 대해서는 깊이 관심을 갖지 않았던 것이었다.

그러나 갈륵이 천마성의 천산 이마라면 이야기는 달라진다. 더군다나 목우가 그 사실을 모르고 있다면 갈륵은 아주 오랫동안 목우를 속여왔다는 말이 되는데 그건 두 사람 사이를 치명적으로 악화시킬 수 있는 문제였다.

"음… 무상과 난 친구요."

"물론 그건 나도 알고 있소. 그러나 진실한 친구에게는 비밀이 없는 법이오."

"후우… 오늘 이 갈륵의 체면이 말이 아니군."

갈륵이 고개를 절레절레 흔든다.

"아니면 돌아가서 무상에게 물어보지요. 물론 그렇다고 한들 문상께서 천산에서 온 사람이라고는 말하지 않으리다."

그러자 갈특이 손을 내저었다.

"아니오. 됐소. 내가 말해주리다. 그나저나 이렇게 서서 이야기할 수는 없고, 자리를 옮깁시다. 너희는 따라오지 말라."

갈특이 타유를 협공했던 자들에게 명을 내렸다. 그러자 두사람이 얼른 고개를 숙여 보인다. 그중 한 명은 당장 치료를 하지 않으면 죽을 지경인데도 공손함을 잃지 않았다. 갈특의 무서움이 여실히 드러나는 광경이다.

타유와 갈특은 어깨를 나란히 하고 숲길을 걸었다. 걷는 동안 두 사람은 특별한 이야기를 나누지 않았다. 그저 간혹 강호의 소식을 두고 이런저런 이야기를 나눌 뿐이었다.

그러다가 동정호가 보이는 지점에 도착했을 때 갈특이 바위에 걸터앉으며 민감한 이야기를 꺼냈다.

"음… 내가 무상을 만난 것은 삼십여 년 전이었소. 그때는 우리도 제법 젊었었지. 지금의 삼왕보다도 젊었었소."

타유가 갈특의 말에 고개를 끄덕이며 맞은편 바위에 올라앉았다.

"난 그때 막 마제의 명에 의해 천산 이마로 지목되어 강호활동을 접고 천산으로 가던 중이었소. 그런데 그때 난 큰 위기에 처했소. 당시의 상황이 지금과 무척 비슷했다고 할 수 있소."

타유는 잠자코 갈특의 말을 듣고 있었다. 무인들의 과거 이야기는 언제나 흥미롭다.

"대충 짐작은 하겠지만 당시가 바로 혈신의 난이 한창이던 시기였소. 혼돈시를 한 해 앞둔 시절이었으니 지금만큼은 아니더라도 오류 내의 분쟁이 제법 강하게 일어나고 있었다오. 마침 원과의 사이도 멀어지기 시작한 터라 제법 혈시에 대한 욕심들이 있었소."

갈륵이 먼 기억을 더듬는 듯 눈을 가늘게 뜨며 초승달을 바라봤다. 그의 얼굴에서 느껴지는 것은 그리움 같은 것이었다.

"당시 난 패기만만했소. 천하의 모든 이치를 깨달았다고 생각했소. 세상을 내 두 근 머리로 움직일 수 있다고 생각하던 시절이었소. 그러니 내 자신에 대한 방비가 허술할 수밖에 없었고, 그런 나의 약점은 그대로 혈시를 노리는 자들에게 노출되어 공격을 받게 되었소."

"누가 공격을 한 것이오?"

"혈마천의 고수였소. 적불이란 자였는데 육십의 나이에 무척 노련한 자였소. 그는 수하 열두 명을 이용해 완벽한 함정을 파고 난주 북쪽에서 날 기다리고 있었소. 난 그들의 포위망을 뚫고 이름 모를 산속으로 도주했소. 일단 숲에 들어가자 난 내 머리를 쓸 기회를 얻었소. 그래서 그 숲에서 난 그자들 거의 대부분을 죽였소. 그러나 그 와중에 나 역시 치명적인 부상을 입어 결국 적불에게 죽임을 당할 위기에 처했소."

갈륵이 당시의 기억이 떠오르는지 손을 들어 자신의 목을 스윽 만졌다. 그 모습에서 타유는 갈륵에게도 두려움이라는 것이 존재한다는 사실을 깨달았다.

"당시 난 적불의 검에 옆구리와 등 그리고 얼굴에 치명적인 검상을 입었소. 특히나 얼굴에 입은 부상은 무척 심각해서 뼈가 드러날 정도였지. 아무튼 그렇게 적불의 칼에 목이 떨어지려는 찰나 무상이 나타났소. 그러고는 적불을 베어 날 구했소."

"당시에도 무상의 무공은 대단했구려."

"물론 무상은 당시에도 뛰어난 무공을 지니고 있었소. 그러나 만약 적불이 평소의 그였다면 아마도 위험한 것은 무상이었을 거요. 그러나 적불은 날 사경에 몰아넣었지만 그 역시도 많이 지쳐 있었소. 그래서 결국 그는 무상의 검을 죽고 말았던 거요. 당시의 사건에 대해 오류 내에서는 적불이 내 검에 죽은 줄로 알려져 있다오. 무상과의 인연은 그렇게 시작됐소."

"무상에게는 그 싸움의 진실을 숨겼겠구려."

"그럴 수밖에 없었소. 무상과 이야기를 나누는 도중 나는 그가 혈막과 같은 세력을 이해할 수 없는 사람이란 것을 알았으니 말이오. 무상의 과거에 대해 얼마나 알고 있소?"

"상원 이전의 일은 모르오."

타유가 대답했다. 그러자 갈륵이 희미한 미소를 짓는다. 아마도 자신의 생각보다 타유와 무상 목우의 관계가 그리 깊지 않다는 것에 대해 안도감을 느끼는 모양이었다.

"무상은 연운십육주에 속한 탁주에 있던 목가장의 사람이라오. 목가장은 대대로 송 왕조에 충실한 무가였는데 연운십

육주가 요, 금에 넘어간 이후 줄곧 그 회복을 위해 송 왕조와 긴밀한 관계를 유지하고 있었소. 그러다가 원이 천하를 제압하면서 꿈을 이루지 못하고 몰락하고 말았다오. 무상은 그 목가장의 마지막 남은 혈손이오. 그러니 그가 혈막의 사람을 친구로 받아줄 수 있겠소?"

과연 맞는 말이다. 원의 탄생에 혈막이 깊이 관여했음을 생각해 보면 그 내막을 알았을 때 목우는 아마도 갈륵을 친구가 아닌 원수로 대할 가능성이 컸다.

"무상이 과거에 매여 사는 것 같지는 않던데……."

타유가 말꼬리를 흐렸다.

"물론 그렇소. 그가 이제 와서 다시 목가장을 회복하려 하는 것은 아니오. 그러나 그렇다고 해도 혈막과 같은 존재를 인정할 사람은 아니지. 더군다나 무상은 그 성정이 올곧은 사람이라……."

"그렇구려. 음모가 난무하는 혈막은 그에게 비웃음의 대상이겠지."

타유의 말에 갈륵이 고개를 끄덕인다.

"맞소. 해서 난 그에게 나의 진실한 신분을 말할 수 없었던 거요. 상평이라는 이름도 그때 급히 만든 것이라오. 이후 우리는 간간히 강호에서 만나 친분을 이어왔소. 그러다가 상원의 일이 터지고 상원의 천상사가 나에게 도움을 청하자 난 무상을 이 일에 끌어들였던 것이오."

그러자 갈륵의 말을 듣고 있던 타유가 아미를 모으며 뭔가를 생각하다가 질문을 던졌다.

"지금 나에게 한 가지 생각이 떠올랐는데 그게 무엇인지 아시오?"

타유의 질문에 갈륵이 고개를 젓는다.

"삼왕의 머릿속을 내가 어찌 알겠소?"

"난 그대의 약점 하나를 더 잡은 것 같소."

타유의 말에 갈륵의 눈이 한순간 번쩍인다. 숨길 수 없는 경계의 빛이다.

"뭐요?"

"이십여 년 전, 그대가 무상을 데리고 상원에 들어오게 된 그 일 말이오. 그러니까, 원 황실의 후원을 받는 상가들이 상원을 공격했던 그 당시의 사건… 혹 그건 그대가 상원의 은인이 되기 위해 스스로 만들어낸 일이 아니오?"

순간 갈륵의 눈빛이 다시 한 차례 변했다. 이번에는 살기가 뿜어진다. 그 눈빛을 보며 타유는 자신이 정곡을 찔렀음을 확신했다. 과거 문무 이상의 도움으로 극복했던 상원의 위기는 기실 갈륵이 만들어낸 위기였던 것이다.

만약 이 사실이 천상사가에 알려진다면 갈륵은 상원에서 발붙일 곳이 없을 것이다. 물론 그렇다고 해서 천마성의 고수인 그를 상원에서 어찌해 볼 수는 없을 것이지만 천마성과 갈륵은 수십 년 노력 끝에 얻은 상원의 기반을 한순간에 잃게 될 터였다.

"그대는 참으로 깊은 곳까지 들어왔구려."

갈륵이 무거운 음성으로 말했다.

"우리가 나눌 수 있는 것이 더 많다는 걸 의미하는 것이 아니겠소?"

"음… 좋소. 사실 이번 혈시의 난에서 천마성의 제일적은 혈마천이오. 그러니 밀문과 손을 잡는다고 하여 나쁠 것은 없겠지."

"그렇게까지 깊은 관계를 맺을 필요가 있겠소? 그저… 상원의 정보를 공유하는 정도로 족하오."

"음… 그렇다면 어쩔 수 없는 일이군. 좋소, 좋을 대로 하시오."

"문상의 양보에 감사드리오!"

타유가 가볍게 포권을 해 보인다. 그러자 갈륵이 혀를 찼다.

"이득을 취하러 왔다가 크게 손실만 보고 가게 생겼군. 나 갈륵 평생 이런 손해를 본 거래는 처음일 거요."

"세상사가 어찌 변해갈지는 아무도 모르니 혹시 아오? 오늘의 이 인연이 훗날 문상과 나의 관계를 특별한 사이로 만들지……."

타유의 말에 갈륵의 눈이 다시 반짝인다. 그러고는 의미심장한 말을 한다.

"그렇구려. 그리고 보니 밀문 삼왕도 밀문과 인연을 맺은 것이 불과 몇 달 되지 않았다고 했구려. 그렇다면 역시 우리는 앞으로도 좀 더 많은 이야기를 나눌 필요가 있겠구려."

"좋으실 대로!"

타유가 가볍게 고개를 끄덕였다.

*　　　*　　　*

강검산은 자신이 세상 끝에 와 있다는 것을 깨달았다. 이제 그에겐 두 가지 선택만이 남아 있었다. 세상의 끝을 넘느냐? 아니면 그가 살던 곳으로, 그가 해야 할 일이 남아 있는 곳으로 돌아가느냐 하는 것이었다.

그런 그의 앞에 흐르는 피의 강물이 보인다. 까마귀들이 죽은 시체 위에 맴돌고 있다. 사람이 사라지면 그들은 죽은 사람의 시체로 포식을 하게 될 터였다.

그런데 싸움이 끝난 것 같은 전장의 한쪽에선 여전히 싸움이 벌어지고 있었다. 그리고 그 싸움은 강검산에게 처절한 전장 속에서 피어나는 한 송이 꽃을 보는 듯한 느낌을 주었다.

강검산은 선승 묵철의 무공을 처음 봤다. 그의 의부 방남산이 말하기를 오경의 경주들은 그 무공이 종이 한 장 차이여서 누구도 승부를 예측할 수 없긴 하지만 그래도 당대의 최고수는 선경의 후계자인 선승 묵철일 거란 말을 했었다. 그럼에도 불구하고 그의 진실한 무공을 본 사람은 세상에 거의 없는데 이유는 선승 묵철이 스스로 적을 향해 검을 든 경우가 없기 때문이라고 했었다.

그리고 오늘 싸움도 그러했다. 선승 묵철은 이십여 인의 몽골 기병 사이에 뛰어들어 그들을 상대하고 있었다. 그런데 기병들을 상대하는 묵철의 손에는 검이 없었다.

싸움은 몽골의 기병들이 원행을 나섰다고 막 요동으로 들어서는 고려의 상인들을 공격하는 것으로 시작되었는데, 비록 그 세가 크게 약화되었다고 하더라도 몽골 기병의 위세는 대단해서 습격당한 상인들은 전멸을 면치 못한 상황이었다.

그래서 묵철과 강검산이 이 싸움을 목도했을 때는 일백이 넘던 상인의 무리 중에서 십여 명의 아녀자와 그들을 지키는 대여섯 명의 고려무사만이 살아남아 몽골 기병들에 둘러싸여 최후의 항전을 벌이고 있을 때였다.

그 위급한 상황에서 강검산이 검을 뽑으려 할 때 묵철은 강검산을 만류하고 자신이 직접 싸움에 뛰어들었다.

그리고 그 결과는 지금 강검산이 눈앞에서 보고 있는 바로 이 모습이었다.

묵철은 무공에는 피가 없다. 그는 바람에 실려가듯 몸을 날리고, 손길로 지친 사람을 어루만지듯 적에게 손을 댔다. 그러면 거짓말처럼 몽골의 기병들은 말과 함께 쓰러졌다.

죽음이란 묵철의 무공에 어울리지 않았다. 묵철의 손길이 닿은 몽골의 기병들은 그저 잠들 듯 그 자리에 쓰러질 뿐이었다.

수십 명에 달하는 몽골의 기병이 선승 묵철을 에워쌌으나 묵철은 그물에 걸리지 않는 바람처럼 몽골 기병들의 포위망을 자유롭게 드나들었다.

그리하여 묵철이 싸움에 뛰어든 지 채 이각이 지나지 않아 장내에 남아 있는 몽골 기병들이 숫자는 겨우 열을 넘지 않았다.

"후퇴! 후퇴!"

한순간 몽골 기병들 사이에서 커다란 외침이 일어나자 묵철과 싸우던 여덟 기의 몽골 기병이 초원을 달려 도주하기 시작했다.

선승 묵철은 그런 그들을 그대로 놓아 보내고는 살아남은 상인들을 향해 다가가 몇 마디 말을 건넸다. 그러자 살아남은 자들이 분주히 움직여 죽은 자들의 시신을 수습하기 시작했다.

묵철은 잠시 그 모습을 보고 있다가 강검산에게 다가왔다. 그러자 강검산이 물었다.

"그게… 선경의 무공인가요?"

"그렇다."

"왜 그를 직접 찾아가지 않으시죠?"

"왕함보?"

"예."

"설명하지 않았느냐? 그를 벨 수 없다고!"

"아뇨, 선승께서는 분명 그를 제거하실 수 있으실 겁니다. 선사님의 무공은… 세상에 적수가 없어요. 만약 선사님의 무공을 이겨낼 자가 있다면 그자는 조화신검이 만들어져도 죽일 수 없을 겁니다."

그러자 묵철의 온화하던 얼굴에 그늘이 생긴다. 그가 괴로운 듯 아미를 모으다가 입을 열었다.

"난… 절대 그를 벨 수 없다."

"왜죠?"

"두 가지 이유가 있다. 하나는 내가 무공에 입문할 시 전대 선경주께 절대 손에 피를 묻히지 않겠다고 약속했기 때문이다. 저들은 죽은 것이 아니야. 시간이 지나면 깨어날 것이다."

묵철이 자신의 손에 쓰러진 몽골 기병들을 가리키며 말했다.

"그게 선경의 전통인가요? 사람을 죽이지 않는 것이……?"

"아니, 그런 것은 아니다."

"하면 선사님의 스승께선 왜 그런 약속을 받으신 거죠?"

"그건… 당시 나의 살기가 너무 강했기 때문이다. 믿을지 모르겠지만 선경의 후계자로 지목되기 전 난… 살귀였다."

묵철의 말에 강검산이 믿을 수 없다는 듯 묵철을 바라본다. 이 노승의 어디에서 살귀의 흔적을 찾을 수 있단 말인가.

"믿을 수 없습니다."

"그래도 진실은 진실이지. 사부께선 내가 고금제일의 무재를 타고 났다고 하셨다. 그러나 또한 고금 제일의 살성이기도 하다고 하셨지. 나의 살기를 누르기 위해 선경의 무공이 필요하지만 또한 그것이 나를 천하제일의 살마로 만들 수도 있다고 하셨다. 그래서 약속을 받으신 것이다. 선경으로 살기를 눌러줄 테니 다시는 살검을 들지 말라는… 난 그 약속을 하고 스무 살에 사부의 문하에 들었다. 그런데 스무 살이 되기 전에,

그러니까 십대의 내가 죽인 사람이 몇인 줄 아느냐? 비통하게도 일백이 넘는단다."

여전히 믿을 수 없는 말이다. 이 고귀해 보이는 노승 어디에서 살마의 흔적을 찾을 수 있단 말인가. 그러나 강검산이 믿거나 말거나 묵철이 다시 말을 이었다.

"두 번째 이유는……. 음… 왕함보, 그는 바로 내가 사부의 문하에 들기 전 속세에 남겨두었던 단 하나의 혈육이기 때문이다. 아이의 어미는 기녀였는데… 그는 결국 어린 시절 나의 어두운 삶에 대한 낙인 같은 것이지. 그 아이는……."

第四章 ユ！

수선경

　형형한 안광의 사내가 타유 앞에 섰다. 그의 곁에 두 명의
사내가 더 있었는데 모두 굴강한 근육을 자랑하는 장한들이
다.

　"부르셨습니까, 좌호법!"

　타유를 부르는 호칭이 좌호법이라면 이들은 모가장의 사람
들이다.

　"어서 오시오. 오랜만이오."

　타유가 사내에게 미소를 지어 보인다. 그러자 사내가 조금
서운한 기색을 보이며 말했다.

　"상원에 오시자마자 저희를 찾을 줄 알았지요."

　"하하하, 나도 그러고 싶었지만 급한 일이 있어서 그만 늦었소이다. 미안하오. 사실 나도 조금은 걱정하고 있었소. 그대가 모가장을 떠나 북방으로 돌아갔을까 봐 말이오."

타유의 말에 사내의 표정이 부드럽게 변한다.

"그러셨군요. 사실 그럴까도 생각 중이었습니다. 인연이 있어 모가장에 들었지만 오래전부터 마음을 두지 못했지요. 다행히 지난번 좌호법님을 만난 이후 좌호법님이라면 함께 있어 봄직도 하다 생각했었는데 그렇게 떠나신 후 연락도 없으시고 해서……."

"다시 한 번 사과하리다."

타유가 가볍게 고개까지 숙여 보인다. 그러자 사내가 정색을 하며 말했다.

"좌호법께선 밀문에 들어 무척 귀한 신분이 되셨다고 하더군요."

"그 소식도 들었소?"

"지왕당 내에서는 파다한 소문이지요."

"저런 그렇다면 곧 상원 내에도 소문이 퍼지겠는걸? 그건 곤란한데."

"당주께서 엄히 입을 막고 계시니 그럴 일이야 있겠습니까?"

"세상에 영원한 비밀은 없는 법이오. 더군다나 상원과 같은 곳에서는……."

"뭐, 아무튼 그야 어찌 되었든, 좌호법께서는 어째서 저에게 이렇게 과한 대접을 하십니까? 밀문 삼왕이 되신 분이 말투도 그러하거니와… 다른 사람들의 시기를 살까 두렵습니다."

"하하, 그대에게도 두려움이 있었소?"

"사람들의 평판은 아무래도 두려운 법이지요."

"차간, 그대에게 부탁이 있소."

갑자기 타유가 화제를 바꿨다. 타유의 부름을 받고 그를 찾아온 사람은 차간과 그의 동료들이었다. 본래 차간은 과거 타유가 처음 상원에 올 때 그 진중한 성정이 마음에 들어 모가장에서부터 동행을 시킨 사람이었다. 그러다 모혼이 죽어 타유가 모잠과 함께 성도의 모가장에 복귀할 때 함께 돌아가지 못하고 모불승의 지왕당에 들어 상원에 남아 있었던 것이다.

"부탁이시라니… 명을 내리시면 될 것을!"

"아니오. 이건 부탁을 해야 하는 일이오."

"무슨 일이십니까?"

차간이 굳은 표정으로 묻는다. 북방 이족 출신으로 거친 면이 다분하지만 또한 그 사내다움에서 묻어나는 신뢰감이 진득한 차간이다. 비밀스런 일을 맡기기에 다시없는 사람이었다.

"나와 잠시 이야기를 합시다."

타유가 무겁게 말했다. 차간은 그제야 타유가 하려는 일이 보통 일이 아님을 깨달았다.

"그러시지요."

차간에 고개를 끄덕인다. 그러자 타유가 자리에서 일어나 차간을 데리고 거처를 나섰다.

그날 타유는 차간과 오랜 시간을 함께 보냈다. 사람을 얻는다는 것은 어려운 일이다. 그것도 전혀 다른 삶을 살아온 사람의 진심을 얻는다는 것은 더욱 어렵다.

그러나 차간은 타유의 사람이 되었다. 어떤 경우에는 수십 년을 두고 공을 들여도 마음을 얻을 수 없는 사람이 있고, 또 어떤 경우에는 단 일각의 만남으로도 평생을 함께 할 지우를 만날 수도 있다.

타유와 차간은 후자의 경우였다. 북방의 초원에서 살아온 차간과 살수로 살아온 타유에게는 전혀 공통점이 없을 것 같았지만 어둡고 거친 삶을 살아온 사람들은 쉽게 서로의 마음을 얻을 수 있었다.

그리하여 두 사람은 그날 어제의 모가장 좌호법과 지왕당의 무사의 관계가 아닌 내일을 함께할 지우의 관계로 변했다. 물론 차간은 지우가 아닌 주종의 관계라고 생각했을 수도 있었다.

타유는 차간을 자신의 사람으로 만들기 위해 자신의 비밀구 할을 그에게 이야기했다. 그가 그렇게 차간을 믿을 수 있었던 것은 모가장에서 상원으로 오는 동안 차간에게서 느꼈던 그 인간적인 신뢰감 때문이었는데 차간과 같은 사람은 절대 한 번 마음을 준 사람을 배신하지 않는다는 확신이 있기 때문이었다.

그러나 그런 타유조차도 차간에게 말하지 않은 것이 하나 있었다. 그건 바로 상원 사령주 복묘상이 청풍의 어머니라는 사실이었다. 그 사실은 너무도 중요한 비밀이어서 타유로서도 최악의 순간을 대비하지 않을 수 없었다.

그래서 복묘상은 그저 타유의 옛 친구의 부인으로만 차간에게 이야기를 해둔 타유였다.

"재미있을 것 같군요."

긴 대화 끝에 차간이 대답했다. 그의 얼굴에 무료했던 중원의 삶에서 벗어날 수 있다는 묘한 흥분이 느껴졌다.

"무척 위험한 일이오."

"사내가 그 정도 위험은 즐길 줄 알아야지요. 하하, 내 처음부터 좌호법께서는 보통 분이 아니라고 생각했습니다. 그런데… 밀문이라니. 하하하!"

차간이 다시 호탕한 웃음을 터뜨렸다. 그러자 타유가 깊은 눈으로 차간을 보며 말했다.

"내 제안을 받아주어 고맙소."

"그런 말씀 마십시오. 저도 이렇게 모가장의 일개 무사로 한 세상을 보낼 생각은 없었습니다. 사실 좌호법께서 돌아오시지 않았다면 불원간 중원을 떠나 초원을 돌아갈 생각이었지요. 그곳에서 마음에 맞는 친구들을 모아 작은 문파라도 개파할 생각이었습니다."

그러자 타유의 눈이 더욱 깊어졌다.

"내가 차간 그대를 나의 사람으로 만들고 싶어한 이유를 알고 계시오?"

"글쎄요. 이 무식한 오랑캐의 어디가 마음에 드셨습니까?"

차간이 장난스레 물었다. 그러자 타유가 말했다.

"그건 바로 아무에게도 알려지지 않은 그대의 도를 보았기 때문이오."

순간 차간이 나직하게 탄식을 흘렸다.

"하아……. 역시 그렇군요. 저도 어느 정도 짐작을 하고 있었습니다. 성도에서 상원행에 동행할 무사들을 뽑으실 때 좌호법께서는 망설이지 않고 저를 지목하셨지요. 그때 사실 저는 깜짝 놀랐습니다. 수 년 간 모가장에 머물렀지만 나를 눈여겨 본 사람은 없었지요. 그래서 내 도를 아는 사람도 없었습니다."

차간이 허리춤에 들린 도를 툭 쳤다.

"나도 운이 좋아서 그대의 도를 볼 수 있었소. 성도에서 상원 이령주 헌원고를 제압할 때 상원의 고수들을 상대하던 그대의 도법을 우연히 보았으니 말이오."

"아하, 그렇군요. 그때 보셨군요."

타유가 이내 고개를 끄덕였다. 그러면서 다시 말을 이었다.

"인연이란 역시 우연하게 이어지나 봅니다. 사실 그때까지 전 모가장에서 제 도를 제대로 쓴 적이 없었지요. 다른 사람의 주목을 받기 싫었기 때문이지요. 그러다가 그날은 어두운 밤이고, 또 사람들이 몹시 흥분해 있어 날 살필 자가 없다 생각하고 오랜만에 제대로 도를 한 번 써본 것인데 좌호법님의 눈을 피하지 못했군요."

"도를 숨긴 것을 보고 모가장 정도에는 관심이 없는 줄 알았소."

"그런 면에서 보자면 전 조금 좌호법께 실망을 한 적도 있었지요. 좌호법께서 겨우 모흔 부자의 뒤나 돌봐줄 사람은 아니라고 생각했었으니까요."

"서로 가슴에 둔 사연이 다르니 그런 오해는 당연한 것이 아니겠소."

타유가 대답했다. 그러자 차간이 진중한 표정으로 말했다.

"한 가지 부탁이 있습니다."

"말해보시구려."

"이 일이 어디까지 갈지 모르겠으나, 혹여라도 제가 한 사람의 목을 베는 일로 인해 좌호법님의 곁을 떠나는 일이 있더라도 이해를 해주시기 바랍니다."

"마음에 원한이 있소?"

호방은 차간의 성정을 생각하면 마음에 복수심을 품고 있다는 것은 뜻밖의 일이다. 그러자 차간이 고개를 끄덕였다.

"초원은 거친 땅이지요. 비록 원이 수백 년 초원을 지배해 왔다고는 하나 그런 땅에는 사실 주인이 없습니다. 그런데 그 땅의 주인 행세를 하려는 자들이 있지요. 바로 마적 떼들입니다."

"대막의 마적들이 중원의 초적과 비교할 수 없이 잔혹하다는 것은 알고 있소."

"제가 살던 곳은 갈구라는 곳이었는데 제가 무공을 수련하기 전, 한 떼의 마적들 습격을 받아 마을이 몰살당했지요. 그때

저도 죽을 위기에 처했었는데 제게 도를 가르쳐주신 분이 마침 그곳을 지나다가 절 구해주셨습니다."

"음, 천행이구려."

"그렇지요. 사부께서는 그때 이미 연세가 백을 바라보고 계셨지요. 그래서 제가 사부께 무공을 배운 시간은 채 삼 년이 되지 않습니다. 만약 사부께서 좀 더 오래 살아계셨다면……."

차간이 아쉬운 듯 말꼬리를 흐린다. 그러다가 얼굴색을 회복하며 다시 말을 이었다.

"사부께서 돌아가신 후 전 고향 마을을 습격했던 마적 떼를 찾아 나섰지요. 그즈음에는 도법에도 어느 정도 자신이 있어서 반드시 복수를 할 수 있을 거라 생각했었습니다. 그런데 결국 그 복수는 끝내지 못했지요. 고향에 돌아와 보니 당시 마을을 습격했던 마적 떼는 뿔뿔이 흩어져 버렸더군요."

"초원의 마적들은 구름처럼 모였다가 바람처럼 흩어진다고 듣기는 했소."

"그렇지요. 그래서 그들을 상대하기가 어려운 것이지요. 그러나 저로서는 복수를 포기할 수는 없었습니다. 다행히 당시 마을을 습격했던 자들 몇을 잡을 수 있었는데 그들의 입에서 기이한 자의 이름을 하나 들었습니다."

"어떤 사람이오?"

타유가 호기심을 보였다.

"혈랑이라 불리는 괴이한 자입니다. 당시 마을을 습격했던 마적 떼들의 우두머리였는데 그 진실한 이름은 그 놈들도 모르고 있었지요. 그런데 기이한 것은 그 혈랑이란 자가 마적 떼들을 조직한 것은 마을을 습격하기 일 년 전이었다고 합니다. 그는 자신의 마적 떼를 이끌고 딱 삼 년 초원을 종횡했는데 그때 그들의 손에 죽은 자가 거의 일천에 이른다고 하더군요."

"음, 고약하군."

"그렇지요. 악마 같은 자입니다. 그런데 더 놀라운 이야기는 그자가 마적 떼를 규합해 양민을 습격한 것이 재물을 노리고 한 일이 아니라는 겁니다."

"그럼 왜 그런 짓을?"

"제게 그의 이야기를 한 놈들도 확신은 못하지만 나중에 그가 마적 떼를 해체하고 떠난 이후 그를 가까이서 시중들던 자들의 말에 의하면 그 혈랑이란 자가 흡정공을 수련했다는 말들을 했다고 합니다."

"흡정공!'

타유가 크게 놀랐다. 그 역시 살수의 삶을 살아왔으니 떳떳한 과거라고는 할 수 없다. 그러나 흡정공을 수련하는 것과는 전혀 다른 문제였다. 사람의 정기를 취해 무공을 수련하는 이 수법은 강호에서 철저하게 금기시되는 무공이었다.

"그래서 더욱 그자를 용서할 수 없었던 거지요. 그자가 마적 떼를 만들어 초원의 양민들을 학살한 이유가 바로 흡정공 때문이니 말입니다."

"그러나 이상한 일이오."

"무엇이 말입니까?'

"만약 그자가 정말 흡정공을 수련하였다면 강호에 그 소문이 나지 않았을 리 없는데……."

"그게 바로 놈의 교활한 점입니다. 만약 그자가 흡정의 대상을 강호의 무인으로 했다면 당연히 소문이 났겠지요. 사실 흡정공은 무공을 수련한 자를 상대로 해야 그 효용이 큰 것이니까요."

"맞소. 물론 무공을 수련치 않은 사람에게도 선천지기가 있으니 흡정을 할 수는 있지만 그 효과는 무척 미미할 터인데……."

"대신 소문을 막을 수 있지요. 무인을 상대하지 않으니 강호의 고수들 눈에 띌 염려도 없고 말입니다. 그자가 마적 떼를 이끈 시간이 삼 년, 그런데 그 안에 죽인 양민의 숫자가 일천입니다. 그렇다면 하루가 멀다 하고 살육을 했다는 것이지요. 그 정도라면 당연히 고수들을 상대로 한 흡정의 효과에 비견될만한 진기를 모으지 않았을까요?"

"생각해 보니 그렇구려. 연후 흔적을 지우고 사라진다?"

"그렇습니다. 백방으로 그자를 찾아보았으니 어디서도 그자를 찾을 수 없었습니다. 사실 모가장에 들어온 이유도 혹 그자가 중원에 나와 있지 않을까 하는 이유에서였습니다."

차간의 말에 타유가 고개를 끄덕인다. 그와 청풍도 금석촌의 복수를 위해 동분서주하고 있었으니 차간의 심정을 충분히 이해할 수 있었다.

"그런데 혈랑이라는 그의 별호 말고 다른 단서는 없소? 혈랑이라는 별호만으로는 그를 찾기는 어려울 것이오. 그가 그 별호를 계속 사용할 리도 없고…….”

“그의 얼굴을 기억하는 거 말고는 별로 쓸 만한 단서가 없습니다.”

“답답한 일이군. 그의 무공은 어떻소?”

“조공을 쓴다고 하더군요.”

“음, 조공은 흡정공과 어울리는 무공이지.”

타유가 고개를 끄덕였다. 그러자 차간이 말했다.

“해서 어떤 경우가 되었든 그자를 발견하면 전 그를 추격할 것입니다. 미리 이 말씀을 드려놓아야 할 것 같아서…….”

“알겠소. 나 또한 그자를 찾아보리다. 금안각의 정보들 중에 그자를 찾을 수 있는 단서가 있을 수도 있소. 그러나… 만약에 그를 찾게 된다하더라도 홀로 그자를 상대할 생각은 하지 마시오. 수년간 흡정을 했다면 그 내공이 이미 무소불위의 지경에 들었을 거요.”

“조심하겠습니다. 아무튼 이제부턴 사령에 들어 사령주님을 도와드리면 되는 것이군요.”

“그렇소. 그러나 사람들의 눈에는 사령주와 불편한 관계로 보여야 하오.”

“알겠습니다. 세인들의 오해를 사지 않도록 조심하겠습니다.”

“그럼 내일 사령주를 만나러 가십시다.”

모불승은 타유가 차간과 그의 동료 셋을 사령에 넣겠다는 말을 듣고는 불편한 표정을 지었다. 이들은 애초에 그가 이끄는 지왕당에서 가장 믿을 만한 무사들이었으므로 그들을 내놓기가 아쉬웠던 것이다.

그러나 모불승은 타유의 말을 거부할 수 없었다. 타유는 예전의 타유가 아니었다. 모가장의 좌호법 정도라면 차간 등을 내놓는 것을 반대할 수 있으나 밀문 삼왕이라면 이야기가 다르다. 밀문 삼왕의 지위는 언제라도 모불승의 목을 칠 수 있는 자리이기 때문이었다.

그렇게 모불승의 불편한 동의 속에 타유가 차간과 그 동료들을 데리고 복묘상을 만나러 갔다.

복묘상은 이미 문상 상평으로부터 모가장의 고수들을 사령에 들인다는 말을 들었으므로 일찍부터 타유가 오기를 기다리고 있었다.

"어서 오세요, 대협!"

복묘상이 정중하게 타유를 맞이한다.

"앉으세요."

복묘상이 타유 일행에게 자리를 권했다. 타유가 먼저 자리를 잡고 앉자 뒤를 이어 차간 등이 타유의 주위에 앉았다.

"문상께 연락은 받았습니다."

"혹, 번거롭게 해드리는 것은 아닌지……?"

"그럴 리가요? 저로서야 노련한 분들이 사령에 들어오게 되니 고마울 뿐이지요."

이미 타유와 복묘상 사이에는 차간 등이 사령에 들어오는 것에 대한 논의가 되어 있었다.

"이 사람이 사령에 들어올 사람입니다!"

타유가 차간을 소개한다. 그러자 차간이 자리에서 일어나 복묘상을 향해 포권을 해 보였다.

"차간이라 합니다. 잘 부탁드리겠습니다."

"복묘상이에요. 차 대협을 모시게 되어 기쁘군요. 앞으로 많이 도와주세요."

"령주님의 명에 충실히 따르겠습니다."

차간의 호방한 모습에 복묘인도 고개를 끄덕인다. 이미 타유에게 차간에 대해 들어 알고 있었지만 직접 보니 그 사람 됨됨이가 썩 믿을 만해 보였다.

"문상의 기색은 어떻습니까?"

타유가 복묘상에게 물었다. 차간이 있었지만 이미 차간에게는 비밀이 없는 사이라 타유가 거리낌없이 갈륵에 대해 물었다. 그러자 복묘상이 신중한 표정으로 말했다.

"조심하라고 주의를 주더군요, 위험한 사람들일 수도 있다고. 그리고 차 대협들은 사령의 일에 너무 깊이 투입하지 말라는 당부도 있었어요."

"음, 그렇겠지요."

타유가 고개를 끄덕였다. 그러자 복묘상이 다시 입을 열었다.

"그러나 너무 걱정 마세요. 그는 절대 우리의 관계를 알지 못하니 절 경계하는 일은 없을 거예요."

"그러나… 조심하셔야 합니다. 천산 이마의 명성이 괜히 생긴 것은 아니지요."

"저도 처음 그가 천산 이마 갈륵이라는 소리를 들었을 때는 그를 만나기가 두려웠지만 이젠 익숙해졌으니 걱정하지 않으셔도 됩니다."

복묘상이 여유를 드러내자 그제야 타유의 마음이 놓인다. 그러자 복묘상이 다시 입을 열었다.

"그럼 앞으로 차 대협을 통해 연락을 드리면 되는 건가요?"

"그렇지요. 아무래도 우리 두 사람이 직접 만나는 것은 사람들의 오해를 살 수 있으니……."

"알겠습니다."

복묘상이 고개를 끄덕였다. 타유와 차간 그리고 복묘상은 밤이 늦을 때까지 향후의 일을 논의하고는 밤이 깊어서야 헤어졌다.

*   *   *

청풍은 푸른색 등이 켜진 장원을 내려다보고 있었다. 악양 북쪽의 작은 촌락에 위치한 장원은 그리 크지는 않지만 담이 높아 높은 나무에 오르기 전에는 그 안을 들여다 볼 수 없었다.

청풍은 수백 년은 자란 듯한 느티나무의 무성한 가지 사이에 앉아 있었는데 밤바람이 불어 나뭇잎들이 요란한 소리를 내는 통에 장원 안에서 들려오는 소리를 제대로 들을 수가 없었다.

그러나 그렇다고 담을 넘어 장원 안으로 들어가기도 꺼려졌다. 이유는 하나, 장원이 바로 천살문주의 딸 홍연이 죽은 일객 한뢰의 시신을 수습한 후 찾아 들어간 곳이기 때문이었다. 홍연이 찾아들었다는 것은 장원이 천살문, 아니 적어도 흑룡문이나 흑룡문이 속한 살막과 관련이 있다는 의미가 된다.

포상의 말에 의하면 살막의 시작은 삼백 년 전 천하를 떨게 한 살마 요복이라고 한다. 당시 요복은 천하살수들의 조종이라고 알려진 인물이었는데 어느 순간 살수의 껍질을 벗고 강호의 일대고수로 변신해 모습을 나타냈다.

당시 그는 살수의 굴레를 벗기 위해 천일행이라는 비무행을 했는데 장장 천 일 동안 쉰다섯 명의 강호 절대고수와 비무를 벌여 모두 승리를 함으로써 살수가 아닌 절대무인으로서의 위치를 차지한 인물이었다. 이후 그는 하나의 세력을 만들었는데 그것이 바로 오늘날의 살막이다.

살막은 비록 살수 집단으로 인식되지는 않지만 그 안에 살수 출신의 무인들이 무척 많았다. 또한 꼭 살수들이 아니더라도 살막의 무인들은 실전에 유용한 살검을 수련한 자들이 대부분이어서 혈막 내에서도 독곡과 함께 가장 상대하기 까다롭기로 유명했다.

그런 자들의 소굴 속으로 들어가는 것은 청풍이 아니라 누

구라도 두려운 일이다. 그러나 또한 들어가지 않으면 저들의
사정을 살필 수도 없었다. 애써 홍연의 뒤를 쫓아온 보람 없이
발길을 돌릴 수는 없는 일이다.

'아버지라면 당연히 들어가셨겠지.'

청풍이 결심을 굳혔다. 그러고는 바람에 흔들거리는 나뭇가
지를 타고 좀 더 높을 곳으로 올라갔다.

휘이잉!

청풍이 올라 있는 나무가 바람에 밀려 크게 휘어진다. 그러
자 다음 순간 청풍이 그 탄력을 이용해 허공으로 치솟았다. 마
침 구름이 달을 가렸으므로 청풍은 어둠을 속을 날아 가볍게
장원의 담을 넘었다.

장원 안쪽에도 오래된 나무들이 제법 많았다. 청풍이 그 중
한 나무의 무성한 가지 사이로 들어갔다.

스스스!

바람이 불어와 나뭇가지들이 심하게 흔들렸으므로 청풍의
움직임으로 일어난 소음은 바람 소리에 묻혔다. 청풍이 나뭇
가지 사이로 보이는 장원 안쪽의 풍경을 세심하게 살폈다.

장원에는 모두 네 채의 건물이 있었는데 세 채는 삼각형을
이루며 마주보고 서 있는 기와집들이었고, 다른 하나는 다른
세 채의 건물과 멀리 떨어져 길게 직사각형을 이룬 기와집이
었다.

불이 켜져 있는 곳은 세 채의 건물 중 오직 한 채. 청풍이 올

라 있는 나무과 가장 가까운 쪽에 있는 동쪽 건물이었다. 그리고 그 즈음이 되자 바람 소리에도 불구하고 건물 안쪽의 사람들 목소리가 청풍의 귀에 들리기 시작했다.

"아무래도 좀 더 서둘러서 문주님을 모셔와야 할 것 같군요."

굵직한 사내의 목소리다. 그러자 청풍의 귀에 익은 홍연의 목소리가 들린다.

"아버님이 얼마나 서두르실 수 있을지 모르겠어요."

"그러나 일객 어른의 죽음은 결코 만만치가 않은 일입니다."

"알고 있어요. 하지만 살막 내 삼문의 경쟁이 치열한 와중에 아버님이 살막을 떠난다는 것은……."

"다른 삼문과의 경쟁도 중요하지만 흑룡문 내부의 적도 중요합니다. 아직도 전대문주를 잊지 못하는 자들이 많습니다. 이런 와중에 일객이 돌아가셨으니 저들이 더 이상 우리 천살문 출신들을 두려워하지 않을 수도 있습니다. 그러니 문주께서 장원으로 돌아오셔서 문을 안정시키셔야 합니다."

이후 잠시 사람들의 목소리가 들리지 않았다. 청풍이 좀 더 신경을 곤두세웠다. 그러자 잠시 후 다시 홍연의 목소리가 들린다.

"알겠어요. 일단 아버님께 기별을 넣겠어요. 그리고 다들 문도들의 움직임을 주시하세요. 아버님이 오시기 전에 일이 벌어지는 것은 어떻게든 막아야 해요."

"알겠습니다."

"두 명의 호법은 어디에 있죠?"

"혈시를 쫓고 있으니 쉽게 귀환하지는 않을 겁니다. 문제는 그들이 아니라 사귀입니다. 흑우저가 죽은 이후 그들의 위세가 크게 꺾이기는 했지만 그래도 무시 못할 존재들이지요."

"그 늙은이들은 두고두고 문제가 되는군요. 왜 육기와는 다른 걸까요?"

"당연한 일입니다. 그동안 육기의 기주들은 삼대호법과 사귀의 위세에 눌려 궂은일을 도맡아했었지요. 그런 그들에게 문주께서 사귀를 넘어설 기회를 주셨으니 당연히 육기의 기주들은 전대 문주를 잊고 문주께 충성을 하는 것입니다. 그러나 사귀는 다릅니다. 이들은 전대문주와의 인연이 돈독한데다 육기의 기주들이 자신들의 위치를 위협하는 것이 큰 불만이겠지요."

"그들이 반란을 일으킬 수 있을까요?"

"육기처럼 수하를 거느린 자들이 아니니 쉽지는 않겠지요. 그러나 적어도 한 사람을 상대하는 것에 있어서는 육기의 기주들이 사귀를 따를 수 없습니다. 애초에 무공부터 차이가 있으니까요."

"그렇군요. 그래서 어쩌면 더 위험하겠어요. 역시 아버님을 서둘러 모셔오는 것이 좋겠군요."

"그렇습니다. 그리고 문주께서 돌아오시면 이번 기회에 사귀에 대해 어떤 식으로든 결론을 내셔야 할 겁니다. 그래야 후

방이 안정돼 문주께서 원하시는 바를 이룰 수 있습니다."

"알겠어요. 그러나 아무리 서둘러도 아버님이 돌아오시기 위해서는 보름 이상 걸릴 것이니 그 안에는 모두 경계를 철저히 하고 사귀의 움직임을 놓치지 마세요."

"그리하겠습니다."

'그가 온다고? 그가 온다라……. 아버님은 어찌 생각하실지…….'

청풍의 머릿속에 문득 타유가 떠오른다. 타유에게 천살문주 홍암은 원죄와 같은 존재이다. 타유의 인생에서 어두운 부분은 모두 천살문주 홍암으로부터 비롯된 것이다. 그래서 타유는 절대지경에 오른 지금까지도 홍암이라면 본능적인 두려움을 갖고 있었다.

그런 홍암이 타유의 곁으로 가까이 온다는 것은 청풍으로선 걱정하지 않을 수 없는 일이었다. 그런데 한 가지 더 놀라운 일이 있었다. 그건 바로 홍연 등의 말을 들어보면 이곳이 마치 흑룡문의 본거지 같은 느낌을 준다는 것이다. 청풍이 알기로 흑룡문은 분명 난주 북쪽 감숙성에 깊은 곳에 자리를 잡고 있어야 했다. 그런데 어째서 홍연 등은 마치 이곳을 자신들의 본거지로 여기고 있는 것일까.

'홍암이 흑룡문을 접수한 이후 본거지를 옮긴 건가?'

청풍이 고개를 갸웃한다. 그러나 그 속사정까지 청풍이 알아낼 재주는 없었다. 그리고 그것보다 더 급한 일이 청풍에게 생겼다.

슥!

한순간 청풍의 오감이 요동쳤다. 서쪽에서 불어오는 밤바람에 사람의 기척이 느껴진다. 그저 그런 사람의 느낌이 아니라 그 자신을 주시하고 있는 듯한 느낌이다. 선천적인 오감을 타고난 청풍의 느낌은 눈보다도 정확하다.

'들켰군.'

서쪽에서 느껴지는 이 기운은 분명 자신을 향하고 있었다. 청풍이 사방을 향해 육감을 열었다. 그러자 장원 곳곳에서 미세한 움직임이 느껴진다. 어찌 보면 은밀하게 장원 전체가 움직이는 듯한 느낌이다.

'지체하면 당한다. 물러나야 해!'

청풍의 마음이 조급해졌다. 이럴 때일수록 침착해야 한다고 수백 번 타유에게 주의를 받았지만 막상 적진의 한가운데에서 적의 포위가 진행되는 것을 느끼자 청풍의 마음이 두근거리기 시작했다. 자칫하면 이성을 잃을 수도 있다.

"후욱!"

청풍이 크게 심호흡을 했다. 그러자 진탕되던 마음이 조금씩 가라앉는다. 청풍이 재차 기운을 열고 사방을 살핀다. 그러자 동남쪽으로 비어 있는 공간이 느껴진다. 공간을 찾은 순간 청풍이 움직였다.

쐐애액!

청풍의 신형이 나무를 벗어나 동남쪽으로 날았다.

"놈! 서랏!"

청풍이 올라 있던 나무를 향해 다가오고 있던 흑룡문의 고수들이 일제히 청풍을 향해 날아올랐다. 다행히 청풍이 살핀 대로 동남쪽은 아직 봉쇄되지 않은 상태여서 길이 열렸다.

쾅!

밖이 소란해지자 홍연 등이 방문을 박차고 밖으로 나왔다. 그러고는 눈을 들어 막 동남쪽 담장을 넘는 청풍의 신형을 발견하고는 살기 어린 목소리로 소리쳤다.

"쫓아라. 반드시 잡아야 한다. 팔다리는 없어도 상관없다. 대신 입은 남겨두라."

명을 내리는 홍연의 얼굴에 노기와 함께 초조함이 엿보인다. 지금까지 그 누구도 중원의 이 흑룡문 본거지를 살핀 자가 없었다. 그런데 이렇게 누군가가 은밀히 장원을 살피고 있었다는 것은 이제 이 장원이 더 이상 비밀이 아니라는 의미다.

"곤란하게 되었군요."

그의 옆에서 육십을 넘어 보이는 노인이 아미를 모으며 중얼거렸다.

"이객께서 쫓아주세요. 저도 가죠."

"그러죠."

노인이 고개를 끄덕이고는 훌쩍 자리를 박차고 날아올랐다. 그러자 한순간에 그의 몸이 검은 그림자로 화해 청풍을 뒤쫓기 시작했다.

청풍은 새삼스레 흑룡문의 무서움을 깨달았다. 천살문주가 살수의 굴레에서 벗어나기 위해 이름을 바꾸고 흑룡문에 들었지만 그가 장악한 흑룡문의 무사들은 또 다른 살수나 다름 없었다.

사방에서 은밀히 죄어 오는 흑룡문 무사들의 기운은 그들과 직접 도검을 맞대는 것보다도 훨씬 더 도망자를 두렵게 만든다. 그렇다고 그들의 무공이 대단해서 청풍을 능가하는 경공으로 그를 따라잡은 것은 아니었다. 하지만 이들은 사냥을 할 줄 아는 자들이었다.

사냥꾼이 호랑이보다 걸음이 빨라 호랑이를 사냥하는 것은 아니다. 노련한 사냥꾼은 자신이 원하는 방향으로 호랑이를 몰아가면서 호랑이가 지치기를 기다려 마지막 숨통을 끊는다.

이 사냥법은 사람 사냥꾼들에게도 마찬가지로 유용했다. 흑룡문의 고수들은 급하지 않게 청풍을 몰아댔다. 멀리서 그물처럼 죄어 오는 추격자들로 인해 청풍은 자신도 모르게 그들이 원하는 방향으로 움직이고 있었던 것이다.

그리하여 추격전이 시작된 지 반 시진 정도가 지나가 청풍은 드디어 막다른 골목에 이르렀다.

콰아아!

눈앞에 거대한 급류가 나타났다. 높이가 대략 삼십여 장에 이르는 절벽 아래로 사람이든 짐승이든 일단 떨어지면 단번에 집어 삼킬 것 같은 격류가 흐르고 있었다. 수십 리에 걸친 격류는 결국에는 동정호로 흘러들어 가겠지만 그 거대한 내륙의 바다에 닿을 때까지 격류에서 살아 있을 생명은 없을 터였다.

타유가 걸음을 멈췄다. 어느새 그의 얼굴은 복면으로 가려져 있었다.

"운이 다했군."

수많은 사람의 인기척 속에 타유의 앞에 떨어져 내린 것은 단 한 사람뿐이었다. 노인은 홍연과 대화를 나누던 자였는데 한 눈에 보아도 독심이 철철 흐르는 눈을 가지고 있었다. 오랜 세월 살수로 살았고, 그 삶을 즐기는 자의 눈이다. 이런 자가 마성이 깊어지면 결국 살마가 되고 만다.

"도대체 어디서 온 놈이냐? 본 문이 중원에 또 다른 본거지를 마련한 것을 아는 자는 흔치 않은데… 누구의 사주를 받고 왔느냐?"

노인의 질문에 청풍이 잠시 생각에 잠겼다가 심드렁한 목소리로 대답했다.

"내 흑룡문의 문주가 무도하여 자신의 주인을 주살하고 남의 집을 차지했다는 소문을 듣고 그를 한 번 만나러 들렀을 뿐이다. 또한 그에게 혈시가 있으니 나로선 일거양득이라고나 할까."

"혈막의 식구군."

노인이 음성이 달라진다. 혈막오류의 사람이라면 그리고 지금까지 청풍이 보여준 경공이라면 결코 무시할 수 없는 존재다. 그리고 더욱 걱정이 되는 것은 혈막오류의 사람이라면 결코 홀로 움직이지는 않았을 거란 것이다.

"주변의 경계를 강화하라. 장원으로 사람을 보내 장원 주변도 샅샅이 뒤지도록 하라."

노인이 명을 내렸다. 그러자 어둠 속에서 몇 사람의 움직임이 감지된다. 그런 노인을 보며 청풍은 이자가 잔혹할 뿐 아니라 무척 용의주도한 자라는 것도 알아챘다. 이런 자의 손에서 벗어나는 것은 그리 쉽지 않다. 그런데 그때였다. 어둠 속에서 다시 한 명의 인영이 모습을 드러냈다.

"잡았나요?"

홍연이다.

"독안에 든 쥡니다."

노인이 대답했다. 그러자 홍연이 복면을 쓴 청풍을 한 번 흘깃 보고는 고개를 끄덕인다.

"역시 이객님의 추격술은 천하제일이군요. 저자의 움직이 범상치 않아 잡을 수 있을까 걱정을 했는데……."

"제아무리 사나운 호랑이도 결국 노련한 사냥꾼의 그물을 피할 수는 없는 법이지요."

노인의 말을 듣고 나서 청풍은 노인의 정체를 알아챘다. 천살문에 대해서는 손금 보듯 알고 있는 청풍이다. 청풍으로 하여금 천살문의 뒤를 쫓게 한 타유는 그전에는 말하지 않았던 천살문 살수들에 대해 아주 작은 습관까지도 세세하게 설명해 주었다.

그래서 홍연의 입에서 이객이라는 별호가 나오는 순간 청풍은 이자가 과거 천살문에 있던 칠인의 절대살수 중 한 명인 독아 두철린이라는 것을 알 수 있었다.

독아 두철린은 그의 별호에서 알 수 있듯이 천살문의 살수

중 가장 심기가 독한 자였다. 한 번 목표를 정하면 그를 죽일 때까지 청부를 멈춘 적이 없고, 자신의 비위에 어긋나면 같은 천살문의 살수라도 반드시 손을 봐야 직성이 풀리는 자가 독아 두철린이었다.

손속 역시 잔혹해서 깨끗하게 사람을 죽이는 것을 살수의 도(道)로 생각하는 다른 살수들과 달리 그는 상대를 무척 고통스럽게 죽이는 것으로도 유명했다.

그래서 살수계에선 절대 독아 두철린과 시비를 붙지 말라는 말이 돌 정도로 유명한 인물이었다.

"그를 만나거든 두 배의 주의를 기울여야 한다. 그리고 만약 그가 너의 얼굴을 보았다면 반드시 그를 죽여야 한다. 그는 마음에 원한을 오래 품는 자라 너의 존재를 아는 순간 평생 널 위험하게 할 것이다."

타유가 독아 두철린을 두고 한 말이다. 타유의 당부가 떠오르자 청풍의 마음속에 살기가 인다. 비록 복면을 하고 있긴 하지만 두철린 같은 사람은 복면 속의 눈빛조차 기억할 사람이다. 그러니 오늘 두철린을 죽이지 못하다면 향후 언제 어느 때 청풍의 앞을 가로막을지 알 수 없었다.

"그를 사로잡아야겠어요."

홍연이 청풍의 마음을 아는지 모르는지 독아 두철린에게 말했다. 홍연은 지금 눈앞의 복면인이 한뢰를 죽인 자와 같은 사람이라고는 생각지 못하는 듯싶었다. 어쩌면 그런 면에서 그녀와 두철린이 다른 것일 터였다. 두철린이었다면 절대 두 사람이 같은 사람이라는 것을 놓칠 리 없었다.

"물론 그래야겠지요. 그러나 발이 빠른 자이니 두 다리는 성치 못할 겁니다."

"입만 멀쩡하면 되죠."

홍연 역시 독아 두철린 만큼이나 독한 말을 한다.

'아버지는 어쩌다가 저런 여인을 마음에 두셨을까?'

타유가 홍연에게서 벗어난 것은 오로지 상목혜를 만났기 때문이었다. 만약 상목혜를 만나 진실한 사랑에 대해 눈뜨지 못했다면 타유는 영원히 홍연에 대한 애증의 늪에서 벗어나지 못했을지도 모른다.

청풍이 보기에 홍연은 절대 타유가 좋아할 만한 여인이 아니었다. 의모 상목혜에 비하면 그녀는 표독스런 여우와 같은 여인이었다. 그러니 타유가 홍연에게 정을 가지고 있었던 것을 이해할 수가 없는 청풍이다. 그러나 청풍은 타유의 어린 시절, 살수로서 성장해야 했던 시절을 직접 겪지 못했으니 당시 타유가 당시 홍연을 마음에 둘 수밖에 없었던 것을 이해하긴 힘들 터였다.

"두 다리의 힘줄을 끊겠다. 물론 그래도 걸음을 걸을 수 있을 게다. 그러나 뛰거나 힘든 일을 할 수는 없겠지. 그래도 저승보다야 이승이 좋지 않겠는가? 도검을 버리고 순순히 따른다면 그 정도에서 널 살려주마."

항복의 조건치고는 가혹한 조건이다. 그러나 독아 두철린은 마치 그것이 크게 선심을 쓰는 일인 것처럼 말했다.

'살수에는 살수의 법대로…….'

청풍이 두철린의 독심을 대면하고는 그 역시 살수의 법으로 두철린을 상대하기로 결심했다.

"그 거래에는 응할 수 없소."

"응? 그럼 조건이 다르면 거래에 응할 수도 있다는 말인가?"

두철린의 표정이 살짝 변한다. 그러자 청풍이 천연덕스럽게 말했다.

"오늘 내가 그대들의 장원을 살핀 것은 사실 다른 사람의 청부를 받았기 때문이오. 본시 나는 남의 물건을 훔칠지언정 이렇게 무림인 간의 싸움에 관여치는 않소. 그런데 이번에는 나도 어쩔 수 없었소. 그자의 기세가 워낙 대단해서… 하지 않으면 죽을 수밖에 없을 것 같아 한 일이기는 한데, 여기서 다리의 힘줄을 잘리고 그자의 이름을 발설한다면 내가 도대체 어떻게 그자의 마수에서 벗어날 수 있겠소. 이래 죽으나 저래 죽으나 죽기는 매한가지라면 나야 굳이 당신들에게 항복할 이유가 없지."

청풍의 말에 두철린과 홍연의 눈빛이 번쩍인다. 청풍의 말에 따르면 그의 배후에 대단한 자가 도사리고 있는 것이 분명하다. 그의 존재를 알아내는 것은 불청객의 다리를 못 쓰게 하는 것보다 중요하다.

"그가 누구냐?"

두철린이 물었다.

"날 몸 성히 보내준다면 말해주리다."

"그리 해주마! 그러니 말하라!"

두철린이 청풍의 말을 재촉했다. 그러자 청풍이 고개를 저으며 말했다.

"아시다시피 이런 거래는 결코 말로 하는 것이 아니오. 더군다나 그대들의 성정으로 보건대 내가 그대들이 원하는 것을 말해준다 해도 결코 날 살려 보낼 것 같지는 않소. 그러니 이렇게 해주시오. 이곳을 벗어나 물살이 유한 강변에 배를 한 척 마련해 주시오. 그럼 내가 배에 오른 후 날 그대들에게 보낸 사람을 말해주겠소."

"하하하, 간교한 놈이로구나. 네놈이 우릴 너무 쉽게 보는구나. 배를 타는 순간 급류를 타고 하류로 내려간다면 어찌 네놈을 다시 잡을까?"

"그걸 걱정하는 것을 보면 당신도 무척 심약하군. 다른 곳에 배를 놓아두고 있다가 내가 말을 하지 않고 떠나면 추격을 하면 될 것 아니오?"

청풍의 말에 두철린이 고개를 갸웃하면 생각에 잠겼다. 그런데 그때 문득 홍연이 입을 열었다.

"아버님이 항상 하시던 말씀이 있지요."

그러자 두철린이 깨달은 듯 고개를 끄덕였다.

"그렇군요. 내가 잠시 문주님의 가르침을 잊고 있었군. 문주께선 세상의 기회는 두 번 오기 힘드니 한 번 기회를 잡았을 때 일을 끝내는 것이 상책이라 하셨지요. 안타깝구나. 넌 아무래도 우리 방식대로 다뤄야 할 것 같다."

두철린이 청풍을 향해 걸어 나오며 말했다.

'과연 천살문의 살수들이구나. 빈틈이 없군. 그러나 나에게
도 최후의 수단은 있지.'

청풍이 얼굴을 굳히며 천천히 검을 빼 들었다. 그러자 두철
린이 희미한 비웃음을 흘린다.

"후후, 반항을 하겠다고? 다리 대신 목숨이라 그도 나쁘지
는 않지."

스릉!

두철린도 어느새 검을 빼 들었다. 검신이 얇고 칼보다는 꼬
챙이에 가까운 두철린의 검이 요기롭게 번뜩인다. 오직 살행
을 위해 만들어진 검이 분명하다.

"내 몸이 상하는 순간 내 목숨도 사라지게 될 거요. 그럼 그
대들은 나로부터 아무것도 얻지 못하겠지. 어리석은 사람
들……. 거래를 할 줄 몰라. 내 뒤에 있는 자가 얼마나 무서운
자인지 안다면 결코 이런 결정을 내리지 않았을 텐데……."

청풍의 혀를 찼다. 상대가 마음을 바꿀 것을 바라고 한 말은
아니었다. 단지 청풍은 상대의 마음속에 약간의 망설임을 심
어주기 위해 한 말이었다. 그 작은 틈이 청풍에게 기회를 줄
수 있을 것이다. 다른 사람은 몰라도 이 독아 두철린은 오늘
꼭 벨 생각인 청풍이었다.

그런 청풍의 마음을 아는지 모르는지 두철린이 한순간 청풍
을 향해 왼손을 흩뿌렸다. 그러자 그의 손에서 콩알만 한 작은

암기들이 우수수 뿜어져 나왔다.

"간교하군!"

청풍이 번개처럼 검을 휘둘렀다.

투투툭!

청풍이 만들어낸 검기에 두철린이 날린 암기들이 사방으로 튕겨져 나갔다. 그러자 그 틈을 타고 두철린이 날아들었다.

팟!

두철린의 검이 무서운 속도로 청풍의 가슴을 찔렀다. 그러자 청풍이 재빨리 세 걸음 물러나며 검을 들어 아래로 내려쳤다.

우웅!

무거운 파공음과 함께 청풍의 검에서 만들어진 투명한 검기가 산을 쪼갤 듯한 기세로 두철린을 갈랐다. 본래 청풍의 검은 타유의 영향을 받아 날카로운 쾌검에 가까웠지만 타유가 전수한 야천구검 중 딱 하나의 초식 제팔초의 검식은 무거운 중검을 쓰는 초식이었다. 타유가 야천구검에 그러한 초식을 하나 넣은 것은 청풍이 수련한 등천심공 때문이었다.

등천심공은 타유가 수련한 흑밀공과는 그 성질이 완전히 다른 심공이었다. 순수하고 진중한 공력이 체내에 쌓이고 태산과 같은 무거움과 바람 같은 부드러움이 함께 공존하는 심공이 등천심공이다.

흑밀공 역시 공력을 기르는 데는 나름대로의 장점이 있으나 그 성질이 순유하지 못하고 진중한 면이 없어 쾌속한 살검에는 적당하지만 진중한 검초를 펼치면 진기의 맥이 끊기고 자칫 주화입마의 위험까지 있는 신공이었다.

그러니 등천심공은 흑밀공과는 차원이 다른 신공인 것이다. 타유는 그런 등천심공을 수련한 청풍이 오직 흑밀공을 기반으로 하는 살검만을 수련하는 것이 아쉬워 야천구검의 여덟 번째 초식을 살검과 관계가 없는 중검의 초식으로 채웠다. 그리고 오늘 청풍이 바로 그 여덟 번째 초식을 펼치고 있었다.

쿠우웅!

거대한 돌덩이가 떨어지듯 청풍의 검이 두철린의 검을 향해 떨어져 내렸다. 청풍의 빈틈을 보고 들어가던 두철린이 상대의 검이 일으키는 심상치 않은 기운에 놀라 걸음을 멈추고 슬쩍 검을 회수했다. 그러나 그 순간 그가 예상했던 것보다 훨씬 길어진 청풍의 검기가 그를 덮쳤다.

"엇!"

두철린이 태산 같은 청풍의 검기에 깜짝 놀라 본능적으로 검을 들어 청풍의 검을 막으며 다시 뒤로 물러났다. 그런 두철린의 검을 청풍의 검기가 때렸다.

콰릉!

검과 검이 격돌하는 순간 천지가 진동하는 듯한 굉음이 일어났다.

"큭!"

굉음이 채 멈추기도 전에 두철린의 입에서 나직한 신음성이 흘러나온다. 청풍의 검에 몸이 베인 것은 아니지만 자신의 검을 통해 들어오는 막강한 청풍의 진기에 그의 내기가 크게 흔들렸던 것이다.

내기가 흔들린 고수는 중심을 잃게 마련이다. 두철린의 몸이 크게 한쪽으로 쏠렸다. 그러자 청풍이 번개처럼 검을 뻗어냈다. 청풍의 검에서 한 줄기 섬광이 번뜩인다.

팟!

청풍이 만들어낸 빛줄기가 두철린의 몸을 꿰뚫었다.

"악!"

벼락같은 두철린이 비명이 터져 나왔다. 두철린이 자신의 가슴을 보았다. 그러자 붉은 피가 분수처럼 솟구친다. 청풍의 검의 그의 가슴을 관통한 것이다.

"크악!"

두철린이 다시 단말마의 비명을 내질렀다. 그러고는 고목이 넘어지듯 그 자리에 무너져 내렸다.

장내의 흑룡문 무사들은 그들의 눈앞에서 벌어진 일을 도저히 믿을 수 없었다. 두철린이 누구인가. 그들에게는 홍화적을 알려진 천살문주 홍암을 따라 흑룡문에 들어온 절대살수가 바로 두철린이다. 두철린의 검은 흑룡문에서도 살검으로는 제일가는 것으로 인정받고 있었다.

그런데 그런 두철린이 제대로 자신의 장기인 살검을 펼치지도 못하고 단 두 번의 초식에 죽었으니 흑룡문 무사들의 충격은 말로 표현할 수 없는 지경이었다.

사실 청풍의 무공이 두철린을 이렇게 단 두 수만에 제압할 만큼 고강한 것인지는 청풍 자신도 모르는 일이었다. 한 가지 확실한 것은 두철린이 청풍의 무공에 당했다기보다는 청풍의 심기에 당했다고 보는 것이 타당했다.

청풍은 첫 초식으로 태산 같은 무게를 지닌 야천구검의 제팔초식 중검을 쓴 후 연이어 야천구검에서 가장 날카롭고 치명적인 살검인 일곱 번째 초식을 펼침으로써 두철린이 미처 쾌검을 방비할 여유를 주지 않았던 것이다.

만약 청풍이 초식의 순서를 바꾸었거나 혹은 처음부터 쾌검을 썼더라면 두철린은 절대 이렇게 쉽게 목숨을 잃지는 않았을 터였다.

"네놈, 네놈은 바로……! 놈을 죽엿!"

한순간 정신을 차린 홍연의 서릿발 같은 명이 떨어졌다. 그리고 그즈음 홍연은 자신의 눈앞에 있는 복면인이 며칠 전 일객 한뢰를 죽인 자와 동일한 사람임을 깨달았다. 첫 초식을 펼칠 때는 알아보지 못했지만 두 번째 초식의 그 쾌검은 한뢰가 죽을 때 복면인이 펼쳤던 무공과 꼭 닮아 있었기 때문이었다.

"죽어랏!"

홍연의 명이 떨어지자 사방에서 청풍을 향해 암기와 비도들이 쏟아져 들어오기 시작했다. 흑룡문의 무사들은 살수들과 다를 바 없었다. 단지 금자를 받고 청부를 하지 않을 뿐, 그들의 사용하는 무공은 살수의 그것이었다.

차앙!

청풍이 검을 휘둘러 자신을 향해 날아드는 암기들을 쳐냈다. 그러나 수십 명이 날리는 암기를 혼자 감당하는 것은 불가능한 일이다. 청풍이 재빨리 뒤로 몸을 빼 커다란 나무 뒤로 신형을 감췄다. 그러자 홍연이 살기가 번뜩이는 눈으로 소리쳤다.

"반드시 잡아라. 사지를 잘라도 좋다. 그러나 숨 줄은 끊지 마라. 내 놈에게 반드시 들어야 할 말이 있다. 잡지 못하면 너희가 그 대가를 대신 치러야 할 게다!"

표독한 홍연의 성정이 가감없이 드러났다. 홍연의 성정을 잘 알고 있는 흑룡문의 무사들이 눈에 불을 켜고 청풍을 좇기 시작했다.

그들은 홍연이라는 여인이 사갈같이 독한 마음을 지니고 있어 자신이 내뱉은 말을 반드시 지킨다는 것을 알고 있었다. 청풍을 잡지 못하면 그들이 치도곤을 당할 처지였다.

청풍은 빠르게 절벽의 끝을 향해 달려갔다. 그가 달린 거리는 그리 길지 않았다. 깊은 낭떠러지가 앞을 막고 있었다. 그 낭떠러지 아래로 사람이라면 도저히 살아남지 못할 격류가 용의 울음소리를 토해내며 흐르고 있었다.

청풍은 낭떠러지 끝에 도달하자 암기를 막고자 아름드리나무 두 개 사이로 들어갔다. 적어도 좌우에서 날아오는 암기는 그를 위협할 수 없을 것이다. 뒤는 낭떠러지니 앞에서 날아오는 암기만 상대하면 된다.

그러나 그것만으로 청풍이 살아남을 수는 없다. 이미 갈 길은 정해져 있었다. 청풍은 최후의 순간 격류로 몸을 날릴 생각이었다. 다른 사람에겐 죽음의 길일지 몰라도 청풍에게는 생로가 물이다. 아무리 난폭한 격류라도 청풍에게는 길을 열어 줄 것이다. 그러니 절벽 위는 막다른 골목이 아니라 생로의 문이었다.

그러나 그런 사실을 흑룡문의 무사들이 알 리 없다. 흑룡문 무사들이 그물에 고기를 가둔 표정으로 청풍을 에워쌌다. 연이어 홍연이 수하들 사이를 가르며 앞으로 나섰다.

"표독한 놈! 대체 정체가 뭐냐? 지난번 만났던 것은 우연이 아니었던 것이구나."

"좋도록 생각하시오."

청풍이 심드렁하게 대답했다. 전혀 두려움을 느끼는 목소리가 아니다. 그러자 홍연의 눈에 살기가 돈다.

"대범한 것은 인정하나 오만이 지나치구나. 네놈이 살아날 길은 없어."

"그럼 죽여 보시오."

청풍이 대답했다.

"놈!"

홍연이 청풍의 여유에 더욱 분노가 치밀어 검을 들어 당장 청풍을 향해 달려들 기세를 취했다. 그러나 그녀는 차마 청풍을 향해 달려들지 못했다. 청풍이 누군가. 일객 한뢰와 독아 두철린을 벤 자다. 그것도 너무도 쉽게 그들을 베었다.

한뢰와 두철린은 수십 년 천살문주 홍암을 보필해 온 자들로 지금의 홍암과 홍연에겐 가장 믿을 수 있는 고수들이었다. 그런 두 사람을 간단히 베어버린 청풍에 대해 홍연 역시 두려움을 갖지 않을 수 없었다.

그러나 홍연에게 무기가 검만 있는 것은 아니었다. 살수는 사람을 죽이는 데 방법을 가리지 않는다. 혼자 할 수 없다면 여럿이 하면 된다. 살수에게 무도(武道)란 사치다.

"좋아. 네놈이 언제까지 그렇게 여유를 부릴 수 있나 보겠다. 놈을 고슴도치로 만들어 버렷!"

홍연의 입에서 명이 떨어지자 흑룡문의 무사들이 다시 청풍을 향해 암기를 쏟아붓기 시작했다.

웅!

청풍이 다시 검을 휘둘렀다. 그러자 그의 앞에 투명한 검기의 막이 생겨났다.

따다당!

좌우에서 날아오는 암기는 아름드리나무가 막아주고, 정면을 파고드는 암기는 청풍이 만든 검기의 막에 막혀 사방으로 비산했다. 흑룡문도들이 날린 암기는 청풍의 옷자락 하나 건드리지 못했다.

그러나 그럼에도 불구하고 홍연은 여유가 있었다. 비록 암기가 청풍을 격중시키지 못하고 있었지만 시간은 그녀 편이었다. 아무리 대단한 고수라도 몇 시진을 계속 검기를 만들며 버틸 수는 없다. 더군다나 상대는 도망갈 곳도 없지 않은가? 그러니 홍연으로서는 진득하게 기다리면 결국 시간이 적을 그녀

앞에 무릎 꿇릴 터였다.

그녀에게 필요한 것은 지루함을 이겨내는 인내심 정도일 것이다. 그리고 그녀는 그 정도 인내심은 충분히 가지고 있었다. 살수의 딸이자 그녀 자신도 살수이므로 인내는 그녀에게 일상과 같은 것이었다.

청풍은 끊이지 않고 날아오는 암기들을 막아내며 이젠 떠나야 할 때가 되었다는 것을 깨달았다. 더 이상 이곳에 남아 있을 이유는 없다. 홍연과 대화라도 나눌 수 있다면 흑룡문에 대해 좀 더 많은 것을 알아낼 수도 있겠지만, 그녀는 더 이상 그와 말을 섞고 싶은 생각이 없는 듯 보였다.

한순간 청풍이 번개처럼 좌우의 아름드리나무를 베어냈다.

쿠웅!

사람 몸통만 한 나무 두 구루가 좌우에서 가운데 쪽으로 기울어지기 시작했다.

"조심햇!"

청풍을 향해 암기를 날리고 있던 흑룡문의 무사들이 갑작스런 청풍의 행동에 놀라 쓰러지는 나무를 피해 뒤로 물러났다. 그 덕에 잠시 암기의 공격이 멈췄다. 그러자 홍연과 흑룡문 무사들이 예상치 못한 일이 벌어졌다. 갑자기 청풍이 낭떠러지를 향해 달리기 시작했던 것이다.

"오늘은 제법 즐겁게 놀았소. 다음에 봅시다! 그리고 천살문주 홍암에게 전하시오. 다시 날 보게 되는 날, 그의 목을 베고 혈시를 얻을 거라고!"

이 한마디 말은 아마도 홍암에게 엄청난 혼란을 줄 것이다. 자신의 과거를 알고 있는 사람이 강호에 아주 없는 것은 아니지만 그렇다고 이렇게 드러내 놓고 자신의 과거 이름과 이끌던 살문을 직접 거론할 사람은 많지 않으니 그는 아마도 청풍의 정체를 알아내기 위해 제법 큰 혼란에 빠질 터였다. 그 작은 혼란이 그에게 빈틈을 만들 수도 있었으므로 청풍이 일부러 천살문주 홍암이라는 이름을 거론했던 것이다.

"놈을 잡앗!"

청풍이 낭떠러지를 향해 달리는 것을 발견한 홍연이 당혹스런 표정으로 소리쳤다. 천살문주 홍암이란 말이 흉수의 입에서 나온 것도 당황스러운데 흉수가 천애절벽을 향해 뛰어가고 있으니 그의 행동은 도저히 이해할 수 없는 것이었다.

홍연과 흑룡문의 문도들이 일제히 쓰러진 나무를 넘어 청풍의 뒤를 쫓았다. 그러나 그들은 곧 걸음을 멈춰야 했다. 그들은 한순간에 절벽의 끝에 도착했고, 하늘을 나는 청풍을 보았다.

청풍은 망설이지 않고 낭떠러지로 몸을 날리고 있었다. 그의 몸이 마치 새처럼 바람을 타고 빙글빙글 돌며 격류가 흐르는 아래로 떨어져 내렸다.

그를 쫓던 홍연과 흑룡문의 무사들은 무모한 청풍의 행동을 이해할 수 없는 시선으로 바라보고 있었다. 낭떠러지 아래에 흐르는 격류는 근 이십여 리를 넘게 이어져 있어 도저히 사람이 그 안에서 살아날 수가 없었다.

물론 가까운 강변에서 뛰어들었다면 어찌 벗어날 수도 있겠지만 이렇게 높은 낭떠러지에서 떨어진 후에는 그 안에서 살아남는다는 것이 거의 불가능한 일이었다.

그러나 모두의 생각을 비웃듯 급기야 청풍은 격류 속으로 떨어졌다. 그러고는 이내 격류에 휩싸여 그 모습이 사람들의 눈에서 사라졌다.

"미친 놈!"

흑룡문의 문도 중 누군가가 나직하게 중얼거렸다. 그 한마디가 흑룡문 문도들의 마음을 대변한다. 청풍의 선택은 누가 보아도 미친 짓이었던 것이다.

"산을 내려가 강 주변을 살핀다. 하류까지 모두 살펴라. 혹시라도 놈의 흔적을 발견하면 즉시 추격을 개시한다."

"아마… 살아남지 못했을 겁니다."

흑룡문도 중 한 명이 조심스레 말했다.

"만에 하나의 경우를 생각하라."

"알겠습니다. 가자!"

홍연에게 말을 건넸던 자가 수하들을 이끌고 산을 달려 내려가기 시작했다.

"살 가능성은 일 푼도 없다. 그러나… 이 기분은 뭐지? 꼭 다시 볼 것 같아……."

홍연이 청풍이 떨어져 내린 낭떠러지로 시선을 주며 중얼거렸다.

기인한 동거였다. 타유는 거리낌없이 금안각을 드나들었다.
그런 타유를 문상 상평, 그러니까 천산 이마 갈륵은 무던한 시
선으로 지켜보고 있었다. 두 사람 사이는 마치 절벽 위에서 위
태롭게 손을 잡고 서 있는 형국과 비슷했다. 한 사람이 손을
놓으면 결국 둘 모두 절벽에서 떨어지고 말리라.

위험한 만큼 소득은 충분했다. 타유는 천마성은 물론 혈마
천과 살막 그리고 독곡의 혈시 주인들 중 제법 여러 사람의 행
적을 추적할 수 있었다. 그러나 아쉬운 것은 그 정보들이 갈륵
에게도 고스란히 전해지고 있을 거란 사실이었다. 그들 중 누
구를 목표로 정해 밀문의 고수들을 움직일지 결정하는 것은
그래서 제법 어려운 일이었다. 그래서 타유는 그 선택을 밀황
에게 미루기로 했다.

"왔소?"

타유가 눈을 들어 포상을 본다. 포상이 타유에게 정중하게
머리를 숙여보였다.

"가까이 오시오."

타유의 말에 포상이 조심스럽게 타유 앞에 다가섰다. 이런
공손함이 타유로 하여금 더욱 포상을 경계하게 만든다. 비록
삼전 일사자로 자신의 가장 가까운 수하라고 할 수 있지만 그
래서 더욱 위험한 사람이다. 그는 자신의 사람이 아니라 밀황
의 사람이기 때문이었다.

"전서를 보내시오."

"무슨……?"

포상이 고개를 들어 타유를 보며 물었다. 그러자 타유가 두 개의 종이를 포상에게 건네며 말했다.

"모두 다섯 사람의 행적이 들어 있소."

"아, 벌써 혈시 주인들의 행보를 파악하셨군요."

포상이 예상치 못했던 일이라는 듯 감탄스런 표정을 짓는다. 그 노련한 내숭이 고깝기는 하지만 감정을 드러낼 타유도 아니다.

"다섯 중 어떤 자들을 공격할지는 밀황께서 결정하시라 전하시오."

"알겠습니다."

포상이 타유가 넘긴 두 장의 종이를 받으며 대답했다.

"그런데… 혹 일사자에게는 욕심이 없소?"

"욕심이라시면……?"

포상이 되묻는다.

"혈시에 대한 욕심이 없느냐는 말이오?"

"그야… 저와 같은 늙은이에게는 과분한 물건이지요."

"난 그렇게 생각지 않소만……."

타유의 말에 포상이 시선을 들어 타유를 바라본다. 깊은 눈이다. 그의 본모습이 느껴지는 시선으로 절대 자신의 상전을 바라보는 눈빛이 아니다. 그러자 타유가 가벼운 웃음과 함께 한 장의 종이를 다시 포상에게 던졌다.

타유의 손을 떠난 종이가 가볍게 날아 포상의 무릎 위에 떨어진다. 그러자 포상의 시선이 타유에게서 종이로 향했다.

"살막삼문 중 하나인 동황문의 절대고수들, 동황십수 중 첫째인 묘첨이란 자의 행적이오. 마침 이 동정호 근처에 있다고 하던데… 혈시를 받은 자 중 하나요. 도전해 보시겠소?"

"왜 제게 이런……?"

포상이 의심 어린 표정으로 묻는다.

"일사자의 능력이 아까워서 그러오. 일사자의 능력은 솔직히 말해 모가장주에 비할 바가 아니지. 그런데도 불구하고 그대는 혈시의 주인이 되지 못했소. 이번 기회에 혈시를 얻는다면 밀문 내에서의 지위도 크게 변하게 될 것이오. 좋은 기회 아니오?"

"제가… 불편하십니까?"

포상이 물었다.

"그건 또 무슨 소리요?"

"제가 혈시를 얻게 되면 아마도 삼왕님의 곁을 떠나게 될 것입니다. 그 사실을 삼왕께서 모르실 리 없지요."

"그러니까, 내가 그대를 곁에서 떼어 놓으려 일부러 혈시를 얻으라고 부추긴다는 말이군. 음… 그리 생각할 수도 있군."

타유가 고개를 끄덕였다.

"아닌지요?"

포상이 물었다. 그러자 타유가 가만히 침묵을 지키다가 한 줄기 미소와 함께 입을 열었다.

"역시 그대는 혈시를 얻어야겠어."

"……?"

"그대는 내가 환보를 벤 것을 알고 있지?"

"그렇습니다."

환보는 밀황전의 네 명 사자 중 한 명으로 천중원에 밀황이 들어올 때 오왕들에게 오만한 행동을 했다가 타유에게 팔이 상한 자였다. 당시 포상이 그자를 치료했으니 당시의 일을 기억하지 못할 리 없다. 그런데 그 일을 갑자기 꺼내는 이유가 무엇인지 포상으로서는 알 수 없었다.

"내가 그때 왜 환보를 베었지?"

타유가 물었다. 그러자 포상이 대답했다.

"그것은 그가 밀황전의 사자라는 신분에 도취되어 오왕님들의 권위를 무시하다……! 아, 죽을죄를 지었습니다. 삼왕!"

갑자기 포상이 바닥에 머리를 대고 조아린다. 그러자 타유가 싸늘하게 말했다.

"밀황전의 사자인 환보도 눈에 거슬리면 벤 나다. 그런데 그대는 오늘 감히 나에게 대담한 질문을 던지는군. 그건 그대가 환보보다 능력이 뛰어나서인가? 아니면 밀황전의 사자인 환보보다도 기실 밀황의 신뢰를 더 받고 있기 때문인가?"

"삼왕… 부디 무례를 용서하시길!"

웅!

한순간 타유의 검이 포상의 목에 닿았다. 그의 손길에는 거리낌이 없어서 정말 당장에라도 포상의 목을 벨 수도 있을 것 같았다.

"혈시를 얻어보라면 그리하겠다고 하면 되는 것이고, 자신이 없다면 자신이 없다고 말하면 그뿐이야. 그런데 감히 내가 그대를 꺼려하느냐고 묻다니 이 얼마나 오만한 자신감인가 말이야. 그런데 사실 나도 참 의외였어. 그대가 그렇게 경솔한 사람인 줄 몰랐거든. 그리 물으면 내가 어떻게 대답할 거라고 생각했나? 내 대답을 알고 싶다면 말해주지. 나로서야 아주 간단한 일이야. 감히 날 모욕한 대가로 그댈 베면 그만이니까."

"삼왕!"

포상의 이마가 바닥에 닿는다. 그는 타유를 만난 이후 처음으로 땀을 흘리고 있었다. 생각지도 못했던 생사의 기로가 그의 앞에 놓여 있었다. 타유가 식은땀을 흘리는 포상의 목을 검날로 스치듯 훑었다. 그러자 포상의 목에 한 줄기 혈선이 그어진다.

"우리 솔직히 말하자고. 난 그대가 내 곁에 있든 없든 상관이 없어. 왜냐하면 그대가 나의 사람이 아니라 밀황의 사람인 줄은 진즉에 알고 있었으니까. 물론 나에게도 그댈 곁에 두는 것도 제법 유용한 면이 많아. 그대가 나의 동정을 밀황께 따로 보고할 수도 있겠지만 그럼에도 불구하고 그대는 무척 능력 있는 사람이거든. 그러나 밀황께서도 내가 그대를 벤다고 해서 아쉬울 것은 없으시지. 삼전의 사자들 중 누군가가 그대의 일을 대신하면 되니까."

타유가 검을 거둬들였다. 그가 검 끝에 묻은 혈흔을 포상에게 건넸던 종이로 스윽 닦고는 검집에 검을 꽂았다. 그러고는 피 묻은 종이를 다시 포상에게 건네며 말했다.

"내가 그대를 동황문의 묘첨에게 보내려 함은 혈시를 얻기 위한 목적도 있지만 살막의 실력을 가늠해 보고 싶어서야. 그러니 다녀와서 말해주게. 혈시를 얻으면 좋지만 얻지 못한다고 해도 상관없어. 단지… 살막에서 혈시를 지닌 자들의 수준을 한 번 가늠해 보자고. 그러니 반드시 살아서 돌아와야 하네."

"명을 따르겠습니다."

"좋아, 그만 나가봐."

타유의 말에 포상이 무릎걸음으로 서너 걸음 뒤로 물러난 후 얼른 일어나서 타유의 방을 벗어났다. 그러자 타유가 중얼거렸다.

"밀문이 먼저일지 혹은 살막이 먼저일지 모르지만… 일단 둘 사이에 불씨를 당길 시기는 되었지. 문주, 아주 기이한 인연으로 다시 보게 될 것 같소."

타유의 표정이 태산처럼 무거워졌다.

청풍이 상원으로 돌아온 것은 그가 흑룡문의 무사들을 피해 격류로 뛰어든 지 오 일이 지난 후였다. 보통 사람이었다면 반드시 죽었어야 할 상황이지만 청풍에게 물은 땅보다도 편한 공간이었다.

격류에 뛰어든 청풍은 반나절 만에 동정호에 이르렀고, 그

곳에서 뭍으로 나온 후 육로를 통해 상원에 도착했다. 그러고
는 즉시 타유를 찾아가 그가 보고 들은 것들, 그리고 겪은 일들
을 전했다.

"왜 그런 무모한 짓을 했느냐?"

가만히 청풍의 말을 듣고 있던 타유가 갑자기 화를 냈다.

"무슨 실수를 했나요?"

청풍으로서는 제법 많은 정보를 얻어왔고, 또한 천살문주
홍암의 심복인 일객 한뢰와 독아 두철린을 제거했으니 제법
큰 소득을 얻은 셈이라 생각하고 있었는데 타유로부터 갑자기
불호령이 떨어지자 당황한 기색이 역력했다.

"넌 운이 좋았어. 만약 그곳에 문주가 있었다면 지금처럼 이
렇게 쉽게 살아 돌아오지 못했을 것이다. 애초에 그들의 장원
에 들어간 것이 잘못이고, 둘째는 일단 도주를 시작했으면 싸
우지 말고 적을 따돌려야 했다. 그 일이 네게 얼마나 위험했던
일인지 모르겠느냐? 만약 네가 잘못된다면, 그것도 금석촌의
일이 아니라 천살문의 일로 잘못된다면 내가 어찌 네……."

타유가 말을 하다 말고 입을 닫았다. 하마터면 복묘상의 존
재를 드러낼 뻔했기 때문이었다.

청풍은 이내 타유가 한 말의 의미를 알아챘다. 타유가 화가
난 것은 자신의 안위 때문이었던 것이다.

"아버지 말씀은 잘 알겠어요. 앞으로 더욱 조심할게요. 하
지만 뭐… 자신이 있어서 한 일이에요."

"음……. 네 무공을 모르는 바는 아니지만 살수를 상대하는

것은 다른 일이다."

"명심할게요."

"좋아, 그런데 그가 온다고?"

"네."

청풍이 조금 긴장한 목소리로 대답했다. 홍암을 만나본 적
이 없지만 타유가 그를 두려워하는 모습을 여러 번 보았기에
청풍에게도 홍암은 특별히 경계가 되는 인물이었다.

"그가 온다면… 반드시 날 만나려 하겠군."

"어쩌시겠어요?"

청풍이 물었다.

"그들이 날 의심치는 않겠느냐?"

"그럴 리는 없어요. 그저 혈시를 노리는 오류의 한 무인으로
알고 있을 거예요. 물론 말해둔 것이 있으니 과거 천살문주와
원한을 맺은 사람들을 살피기는 하겠지만… 이미 아버지께서
밀문 삼왕이 되었다는 것을 안 이상 홍수가 아버지라고는 생
각지 못할 거예요."

"그렇긴 하겠구나."

"그리고 사실 그 독아 두철린이란 자를 벤 것도 제 신분이
노출되는 것을 막기 위해서였어요. 그는 복면 속의 제 눈빛마
저 기억할 사람 같았거든요."

"음……. 그건 맞는 말이다. 그는 독한 심성에 빠른 눈을 가
진 자다. 눈빛으로 사람을 구분할 줄 아는 자지."

"그가 죽었으니 절 알아볼 사람은 없을 거예요."

"무공이 문제구나."

"야천구검 중 칠초와 팔초를 썼어요."

"그 두 가지 초식을 사용했다면 너와 날 연관시킬 수는 없겠군."

타유가 고개를 끄덕인다.

"그를 만나실 건가요?"

청풍이 다시 물었다.

"내가 밀문 삼왕이 된 이상 피할 수만은 없는 일이지."

타유가 굳은 표정으로 말했다.

*   *   *

노인은 기이한 눈을 가지고 있었다. 눈동자가 없는 것은 아닌데 그의 눈은 거의 흰자위만 보이는 것 같았다. 죽은 자가 다시 살아난 듯도 하고 혹은 산 자가 혼이 나간 듯도 했다. 그럼에도 그의 존재감을 소름끼치게 느낄 수밖에 없는 것은 그 작은 눈동자에서 흘러나오는 안광 때문이었다.

보는 사람의 가슴을 단번에 꿰뚫을 것 같은 송곳 같은 안광이다. 그 시선이 닿은 곳의 모든 사물이 얼어버릴 것 같이 차갑기도 하다. 그래서 그의 앞에 선 그의 딸조차 두려움에 떨었다.

"하하하! 타유! 타유라!"

노인이 웃음을 터뜨렸다. 나직하지만 대전이 흔들리는 힘을 지니고 있다.

"확실한 거지?"

노인이 다시 묻는다. 그러자 홍연이 대답했다.

"거의."

"그래, 한뢰가 확신했다면 확실한 거겠지."

노인의 말에 홍연이 가만히 입술을 깨문다. 죽은 한뢰에 대한 슬픔 따위는 생각지 않는 노인의 표정에 실망한 듯한 모습이다. 그러자 노인이 그런 홍연을 지그시 바라보다 그녀를 불렀다.

"이보게, 삼호법!"

"말씀하세요."

홍연이 대답했다.

"늦었지만 이제라도 타유와 부부의 정을 맺는 것은 어떠한가?"

"아버님!"

순간 홍연의 눈에서 노기가 솟구친다. 그를 상대하고 있는 노인이 홍연의 분노에 빙그레 미소를 짓는다.

"이상하군. 난 네가 그를 잊지 못하고 있는 줄 알았는데? 이제라도 인연을 맺으면 그도 좋고, 너도 좋고, 나도 좋지 않을까?"

"어떻게 그런……!"

홍연이 여전히 노기를 감추지 못하고 노인을 노려본다. 그러자 노인이 얼굴에서 미소를 지으며 말했다.

"삼호법, 그와 혼인을 하는 것은 꼭 자네 개인의 문제가 아니다. 우리 흑룡문을 위해서도 무척 중요한 일이지. 밀문 삼왕이 나의 사위가 된다면 오류의 판도는 어찌 변할지 누구도 예측할 수 없을 것이다. 현재의 오류는 각 파의 수장들이 너무 오래 각 세력을 지배하고 있어서 도저히 깨뜨릴 수 없는 힘을 지니고 있어. 그러니 나와 같은 사람이 다른 무엇인가를 도모하기에는 너무 힘겹지. 그 틀을 흔들어줄 사람이 필요해. 타유라면 아주 좋은 재목이지. 아마 지금이라면 그는 오류의 수장 중 하나 정도는 상대할 수 있을 걸?"

"그에게 또 다시 죽음을 강요하시겠다는 말인가요?"

"안되느냐?"

갑자기 노인이 차갑게 물었다.

"그는 이미 아버지에 의해 두 번 죽은 사람입니다."

홍연이 반발했다. 그러자 노인이 고개를 저었다.

"죽을 뻔한 것과 죽은 것은 다르지. 그는 여전히 살아 있어. 그리고… 살아 있는 한 그는 내 사람이다. 나 홍암의 사람이란 말이야!"

노인의 눈에서 차가운 한광이 쏟아진다. 홍연이 그 시선을 받지 못하고 고개를 숙인다. 노인은 바로 타유가 천하에서 유일하게 두려워하는 존재, 천살문주 홍암이었다.

그는 과거 두 차례나 타유를 배신하고도 다시 타유에게 욕심을 내고 있었다. 홍연은 그런 그가 못마땅하면서도 감히 더 이상 반발하지 못했다.

"흐흠……. 누가 좋을까?"

홍암이 가벼운 미소를 지으며 턱을 쓰다듬는다. 그 미소와 함께 묻어나는 눈빛이 지옥의 사자와 같다. 심약한 자라며 그의 미소와 눈빛만으로도 혼절을 하고 말았을 것이다.

"제가 가죠."

홍연이 대답했다. 적어도 그녀는 다른 사람에게 타유를 만나는 일을 맡기고 싶은 생각이 없었다.

"그를 만나러 갈 사람을 고르는 게 아니야."

홍암이 고개를 저었다.

"그럼 누굴 고르시는 거죠?"

"녀석이 죽여줄 사람. 오류의 수장 중 누굴 죽여주는 것이 내게 가장 유리할까? 연아, 넌 어찌 생각하느냐?"

홍암이 다시 홍연의 아비로 돌아와 물었다. 그런 홍암은 보며 홍연은 자신의 눈앞에 있는 사람에게 더 이상 기대할 것이 없다는 것을 깨달았다.

그런 홍연의 내심을 아는지 모르는지 홍암이 득의한 표정으로 다시 중얼거린다.

"아냐. 겨우 오류의 주인들을 상대하라기에는 너무 아깝지 않을까? 최후의 순간 그를… 왕함보를… 하하하! 일객과 이객이 죽은 손실을 타유가 갑절로 보충해 줄 수 있겠구나. 하하하!"

홍연이 몸을 떨었다. 새삼스레 아버지 홍암의 웃음소리가 소름끼치는 홍연이었다.

　　　　　　*　　　　*　　　　*

　강검산의 눈에 먼 초원 위에 세워진 세 채의 천막이 보인다.
천막 주변으로 백여 마리의 양떼와 이십여 마리의 말이 한가
롭게 풀을 뜯고 있다. 노인 한 명이 어린아이를 어깨에 올리고
양떼들 사이를 거닐고 있었다.

　"화마경주도 늙은이가 다 되었군."

　선승 묵철이 혀를 찼다. 양떼들 사이를 걷고 있는 사람은 당
대의 화마경주 방남산이다. 그렇다면 아이는 필시 강검산의
아이일 터였다.

　"돌도 지나지 않았을 아이를……."

　강검산은 다른 이유로 혀를 찼다.

　"세상일은 참으로 알 수가 없어."

　선승 묵철이 중얼거렸다.

　"무슨 말씀이세요?"

　강검산이 묻자 선승 묵철이 천천히 방남산이 있는 곳으로
말을 몰아가며 말했다.

　"넌, 네 의부가 어떤 사람이었는지 아느냐?"

　"그건… 듣지 못했네요. 정말……."

　그러고 보니 강검산은 방남산이 화마경주가 된 인연을 알지
못했다. 당연히 그 전에 그가 어떤 사람이었는지도 모른다.

　"그는 사실 오경주 중 그 과거와 가장 변함이 없는 사람이라

고 할 수 있지. 그는 화마경주가 되기 전에도 대장장이었어."

"그런가요?"

강검산이 조금 의외라는 듯 되물었다. 강검산은 화마경주 방남산이 보여주었던 그 잔혹했던 손속으로 인해 화마경주 이전에는 대단한 살성이었을 거라 생각하고 있었다. 그런데 그저 평범한 대장장이었다니 의외의 일이었다.

"사람 한 번 죽여본 적이 없던 사람이지. 전대 화마경주가 그런 네 의부를 화마경의 전수자로 고른 것은 대장장으로 살아와 화기에 친숙하다는 것과 보통 사람은 상상하지 못할 인내심을 지니고 있었기 때문이었다. 화마경을 대성하고 과거 가장 뛰어났던 화마경주 송추월 조사의 경지를 다시 한 번 구현할 수 있는 재목이라 여겼던 거지. 그러나 전대 화마경주께선 한 가지 사실을 간과했다."

"그게 뭔가요?"

"네 의부의 심성이 너무 여리다는 것이었지. 독함이 부족하여 그 성취에 한계가 있었던 것이다. 화마경은 독심과 노기가 있어야 대성할 수 있는 무공인데 말이야."

"믿을 수가 없군요."

강검산이 고개를 저었다. 수적들을 주살할 때의 방남산을 보았다면 절대 그의 심성이 여리다는 말을 할 수 없을 것이다.

"수적들에게 펼친 독수는 아마도 그의 평생 처음 있는 일이었을 것이다. 그는 너에게 화마경의 마기를 보여주고 싶었던 것이다. 네가 화마경을 대성하길 바라는 마음에서 말이야."

순간 강검산이 말고삐를 당겨 선승 묵철을 바라봤다. 그러고는 물었다.

"그 이야기를 왜 지금에서야 하시는 겁니까?"

자신이 방남산을 오해했었다는 것을 깨달은 강검산은 화가 났다.

"그는 스스로를 변명하는 사람이 아니다. 그리고 그가 처음 한 행동이기는 했지만 결국 자신이 벌인 일 아니냐? 변명은… 화마경주에게 어울리지 않아. 어쨌든 말이다. 지금 저 모습, 저 평화로운 모습이 본래 화마경주의 모습이었단다."

"왜 화마경 같은 것은 아서가지고……."

강검산이 퉁명스레 중얼거렸다.

"그러게 말이다. 돌이켜 보면 나와 네 의부는 서로 운명이 바뀌었다고 해도 좋을 것 같다. 어린 시절 영악한 살성이었던 나는 수선경을, 온화한 대장장이었던 네 의부는 화마경을 익혔으니."

"그래서 다행인 거지요. 선승께서 화마경을 수련하셨으면 어쩔 뻔했어요."

"후후후. 맞아. 그래서 세상의 이치란 참으로 오묘한 것이야. 크게 보아 한쪽으로 치우침이 없거든. 그게 천도다. 그래서 넌 조화신검을 만들어야 하는 것이지. 세상의 균형을 맞추기 위해서 말이야. 그게 네게 주어진 천명이다."

"천명 같은 것 전 상관없어요."

"그래서 조화신검을 만들지 않겠다고?"

"아뇨. 만들지요. 아버지를 위해서, 아들을 위해 자신의 손을 더럽힌 저 어리석은 양반을 위해서 말이죠."

강검산이 자신을 발견하고는 부리나케 달려오고 있는 화마 경주 방남산을 보며 말했다.

『수선경』 7권에 계속…

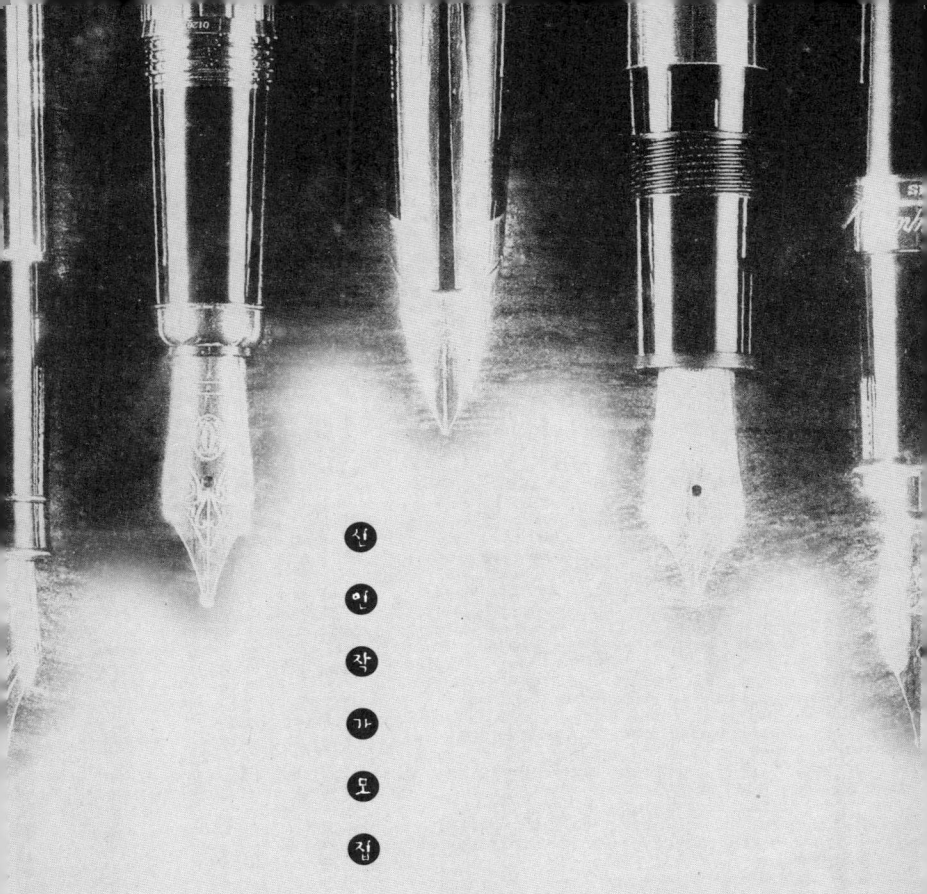

신
인
작
가
모
집

시작이 반이라고 했습니다.
작가의 길에 대한 보이지 않는 벽을 과감히 깨뜨리십시오!
청어람은 작가 지망생 여러분들의
멋진 방향타가 되어드리겠습니다.

저희 도서출판 청어람에서는
소설 신인 작가분들을 모집합니다.
판타지와 무협을 사랑하시는 분들의 많은 참여를 바랍니다.
소정의 원고(A4용지 150매)를 메일이나 우편으로 보내주시면
검토 후 출판 여부를 알려드리겠습니다.

주소:경기도 부천시 원미구 심곡2동 163-2 서경B/D 2F 우편번호 420-822
TEL:032-656-4452 · FAX:032-656-4453
http://www.chungeoram.com
e-mail:chungeoram@chungeoram.com

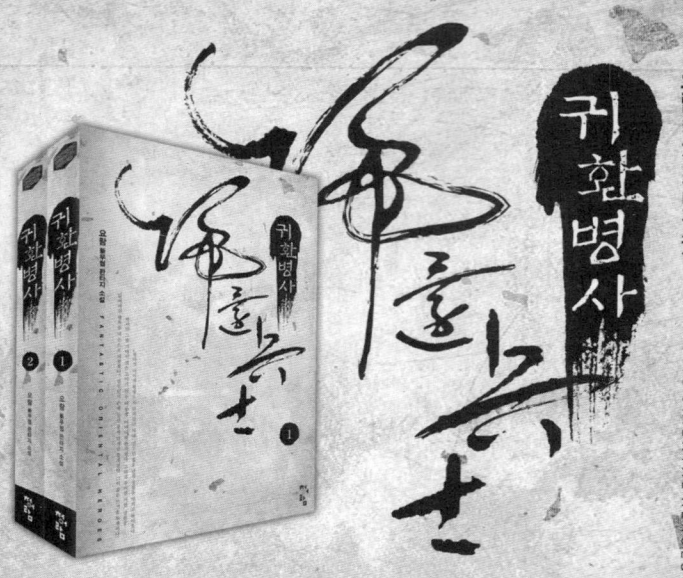

요람 新무협 판타지 소설
FANTASTIC ORIENTAL HEROES

국내 최대 장르문학 사이트를 휩쓴 화제작!
여름의 더위를 깨뜨리며 차가운 북방에서 그가 온다.

『귀환병사』

열다섯 나이에 북방으로 끌려갔던 사내, 진무린
십오 년의 징집을 마치고 돌아오다.

하지만 그를 기다린 것은 고아가 된 두 여동생, 어머니의 편지였다.
그리고 주어진 기연, 삼룬공……

"잃어버린 행복을 내 손으로 되찾겠다!"

진무린의 손에 들린 창이 다시금 활개친다.
그의 삶은 뜨거운 투쟁이다!

Book Publishing CHUNGEORAM

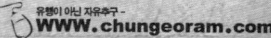
유행이 아닌 자유추구 -
WWW.chungeoram.com

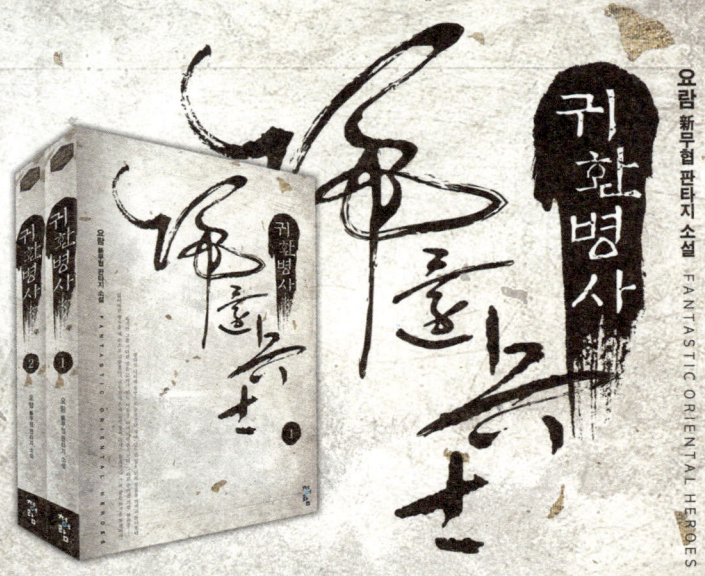

FUSION FANTASTIC STORY

HUNTER MOON

헌터 문

이훈 장편 소설

보름달이 떠오르면 밤의 사냥이 시작된다.
헌터문(Hunter-Moon), 사냥꾼의 달.

귀계의 밤이 열리며 저물지 않는 달이 떠올랐다.
실체 없는 힘을 좇아 명맥을 이어온 퇴마사들.

이제 그들로 인해 세상이 뒤바뀐다.
[미녀들과 귀신 탐험대]의 사이비 퇴마사 예용종과
그의 가족들이 펼치는 좌충우돌 퇴마기.

"퇴마사는 얼어 죽을! 그거 다 쇼야!"
"저기 하늘에 구멍이 뚫렸는데요?"
"으잉?"

Book Publishing CHUNGEORAM

유행이 아닌 자유추구
WWW.chungeoram.com

수선경
水仙經

허담 新무협 판타지 소설
FANTASTIC ORIENTAL HEROES

작은 샘이 바다로 모여들 듯,
만류의 법이 하나로 회귀하듯,
다섯 개의 동경이 드디어 하나로 모인다.

검을 만드는 사람과
검을 쓰는 사람,
그리고 검을 버리는 사람의 이야기!

천명을 타고 태어난 청풍과 강검산
그리고 혈로를 걸어온 살수 타유,
그들이 다섯 줄기의 피의 숙명과 마주한다.

Book Publishing CHUNGEORAM

유행이 아닌 자유추구
WWW.chungeoram.com